国家社科基金重大招标项目

"十四五"国家重点出版物
出版规划项目

湖北省公益学术著作
Hubei Special Funds 出版专项资金
for Academic and Public-interest
Publications

民国时期中国文学史
著作整理丛刊

丛书主编 陈文新 余来明

白话文学史大纲

周群玉 著 彭娟 整理

中国文学史讲稿

胡小石 著 方宪 整理

长江出版传媒 崇文书局

图书在版编目（ＣＩＰ）数据

白话文学史大纲 / 周群玉著；彭娟整理．中国文学史讲稿 / 胡小石著；方宪整理．-- 武汉：崇文书局，2024.1
（民国时期中国文学史著作整理丛刊 / 陈文新，余来明主编）
ISBN 978-7-5403-6596-7

Ⅰ．①白… ②中… Ⅱ．①周… ②胡… ③彭… ④方… Ⅲ．①中国文学－文学史 Ⅳ．① I209

中国国家版本馆CIP数据核字（2023）第198206号

出 品 人	韩　敏
项目统筹	程可嘉
责任编辑	黄振华　陈春阳
责任校对	董　颖
装帧设计	甘淑媛
责任印制	李佳超

白话文学史大纲　中国文学史讲稿
BAIHUA WENXUESHI DAGANG　ZHONGGUO WENXUESHI JIANGGAO

出版发行　长江出版传媒　崇文书局
地　　址　武汉市雄楚大街 268 号 C 座 11 层
电　　话　(027)87677133　邮政编码　430070
印　　刷　湖北新华印务有限公司
开　　本　880 mm×1230 mm　1/32
印　　张　11.875
字　　数　256 千
版　　次　2024 年 1 月第 1 版
印　　次　2024 年 1 月第 1 次印刷
定　　价　49.00 元
（如发现印装质量问题，影响阅读，由本社负责调换）

总目录

白话文学史大纲

周群玉 著　彭娟 整理

前　言

　　周群玉先生生平未详，所著《白话文学史大纲》（以下简称《大纲》）1928年由上海群学社推出。他将白话文学分为"上古、中古、近古、中华民国文学"四编，并阐明：上古文学为黄帝以前至秦是创造的文学；中古文学由两汉至五代是模仿的文学；近古文学从宋到清，是玩意的文学；中华民国的文学是普遍的文学。末附录《历代文学检查表》《诸子作物》《曲辨》等八篇。在这部文学史的写作上，他本着"建设新文学"的进步理念，以白话语体书写文学史，呼应了当时语体和学术的现代转型趋势；相比前辈学者，他具有更加明确的纯文学史观，以时代更迭为经，以诗歌、小说、戏曲、词、辞赋、散文这些文体为纬，着眼于揭示文学与环境的关系，注重时代精神对于文学的影响；在文学批评方法上，他吸收了泰纳（H. A. Taine）[①]的"种族、环境和时代"三因素学说以及英国温彻斯特（C. T. Winchester）的文学批评理论进行文学史书写。他于书中专设的"中华民国文学"一章，有意识地将民国文学作为新文学的起点，实开民国文

---

　　① 《大纲》中作"泰纳"，现在的出版物中一般译作"丹纳"。

学之端。本书在彼时具有易观易入的推广革新之功；如今，亦不失为专业普及、纲举目张的读物。

一、白话语体的选择与建设新文学的门径

群玉先生除了这本《大纲》外，还有《先秦诸子述略》，由群众图书公司于 1929 年 4 月出版，书中有表及图解，其中对先秦儒、道、阴阳、法、名、墨、纵横、杂、农诸家 21 人的思想学说作了简单介绍，书前有老师刘白华序，自己在序中说明是针对"中等学生"的"指南"与"入门"。另有《小朋友寓言（上）》，北新书局 1930 年出版。从其所著来看，皆非专深之论，有着致力于普及性教育、提纲挈领指示大意的用心。群玉先生述及自己是个想努力读书又有点懒惰的读书人①，在《大纲》的《序言》中质直地指出自己编书的原因："一则因为太懒惰，二则因为看书欠系统。"想要通过自我鞭策来克服怠惰，"定出一个看书大纲"，"照大纲看去"。这本《大纲》并未务求周密和深入，也是适用于入门的指南。

群玉先生在《大纲·序言》中解题："本书的取名《白话文学史大纲》是用白话文体做成，并非书中所选的诗歌、小说、剧曲都是白话的。"他对白话文的语体选择是对当时国语运动与白话文学主潮的呼应。白话文运动虽自晚清便已开始，但文言一直应用广泛，纵然辛亥革命后政体更张，由于文化上一仍旧制，民

---

① 周群玉：《先秦诸子述略》，上海：群众图书公司，1929 年，《自序》第 1 页。

初十年文言文仍保持着主流的地位。① 随着民国时期政治生态的变化，社会对新文化、新思潮的需求和推广也愈加强烈，新文化运动与文学革命蓬勃兴起。新文化运动的先驱者胡适大张旗鼓地宣扬：传统文化与社会变革的要求相脱节、相冲突，古老的文言作为旧文化的载体，已经成为新文化的障碍，"国语的文学，文学的国语"成为国语运动与白话文学运动的实践纲领。1918 年后，不少大学的讲义用到了白话文，小学应用白话文也较早，但面向中学的白话文应用较晚。1919 年，北洋政府教育部召开了"国语统一筹备会"第一次会议，议案建议改"国文"科为"国语"科，中小学教科书改用白话编撰。次年 1 月，教育部训令小学从一、二年级起将教科书改用白话文，随后大中小学的教材都逐渐使用白话文。② 白话文终于确立为现代国语，在国民教育中全面推行，成为国语运动胜利的标志。1920 年之后，如群玉先生所言："于是提倡白话文的声浪，日高一日，到现在差不多已满布于中国了。"

　　群玉先生对白话语体的自觉选择，也是出于对胡适先生为"文学革命"服务意识的认同。在他看来，"移风易俗，改造社会，文学总是其中的原动力。明白了这个原因，方可以建设新文学"。由于"旧文学是渊深的，不容易懂的，要使一班平民来欣赏，非白话不可"。"要想建设新文学，必须从研究旧文学入手；因为旧文学的沿革变迁和因果关系，都是创造新文学者的基

① 陈永正、徐晋如主编：《百年文言》，杭州：浙江古籍出版社，2015年，《前言》。
② 吴洪成、田谧、李晨等：《中国近现代教科书史论》，北京：知识产权出版社，2017年，第230—231页。

础，建设新文学者的门径。"这种辩证的认识，正是对新文化运动与白话文学运动精神的领悟与实践。我们能看到胡适的《建设的文学革命论》①对于著者的显著影响。在古汉语向现代汉语的转化过程中，文学研究界在用白话语体进行中国古代文学史的研究和书写时，用科学的方法整理历史文化与文学遗产，形成民国文学史的著述风气，构成了学术现代化转型的一部分。但他的"白话文学"仅限于语体，不同于胡适先生泛化的"白话文学"概念与《白话文学史》的撰写方式。1921年胡适在第三届国语讲习所讲授"国语文学史"并编写8万字的讲义，1922年于南开大学讲演时对讲义进行了修改，有油印本，1927年黎锦熙将他的讲义校订出版，而胡适对此版并不满意，于是自己将1921年的讲义重新整理后交由新月书店易名于1928年6月出版。胡适把"白话文学史"当作"中国文学史"来写，他的框架、内容和评判标准都是全新的，但也产生了过度的排斥，将辞赋、骈文、律诗以及不少诗人的典丽之作排斥到中国文学史有价值的部分之外了。如胡云翼先生所言，"过于为白话所囿"，"大有'凡白话写的作品都是杰作'之概，这未免过偏了"。②尽管其观点在整体上很难被后来者接受③，不过他对白话文学的理解和评判方式仍然启发了很多人，如凌独见的《新著国语文学史》（1923年）与曹聚仁的《中国平民文学概论》（1926年）都受

---

① 胡适：《建设的文学革命论》，载《胡适文存 1》（最新修订典藏版），北京：华文出版社，2013年。

② 胡云翼：《新著中国文学史》，上海：北新书局，1935年，第4页。

③ 骆玉明：《走进文学的深处》，厦门：鹭江出版社，2017年，第12—17页。

其影响，但正如凌独见所认为的，宋以前，国语文学史的史料难以获得，在是否为国语文学的认定上往往存在争议。[①]《大纲》避免了这种"为白话所囿"的问题，但著者也认同胡适先生将白话文学与古代文学，平民文学与贵族文学各自二元对立的逻辑。他对于上古、中古、近古文学的分期及特点的判定，便是在探查作家作品与时代、地域关系的基础上，结合进了平民文学与贵族文学对立关系的考量。他将自然活泼、表现人生的平民文学视为活的文学，并将其作为新文学的源泉，而将表现贵族与文人生活和情趣的文学视为没有生气的文学。上古时期，文学开始于合作，脱口成诗的民歌是纯粹的民众文学，春秋以后政府的控制力弱化，民间自由发表思想的机会更多了，所以此期文学是农民的讴歌和失志者的哀诉以及许多讽刺俚谣，充满了生机活力，是"创作的文学"；两汉至五代时期，诗歌是《三百篇》的变相，乐府从古诗中脱化出来，说部继续着小说家开启的道路，似乎是对上古文学的往日重现与添设枝叶，故称"模仿的文学"；到了宋元明清近古期，多是官员来进行文学创作，平民终日辛苦，没有空闲来欣赏文学，就算有为平民呼冤的文人，也难以产生影响，所以这个时期"总带有贵族色彩"，文学"专为贵族的玩意儿"，此期是为"玩意的文学"。他对民国文学的分析，肯定了是西方新思潮输入的影响，带来了诗歌、小说、剧曲方面的新变。他对胡适、俞平伯、康白情、郭沫若的白话诗评价极高，所占篇幅更多，认为他们"有什么话做什么诗""有多少话做多少长的诗"，是思想上和格律上的自由解缚。

---

① 凌独见：《新著国语文学史》，上海：商务印书馆，1923年，第8页。

该书白话语体的转变，带来了文学史写作风格的变化。近代以来，文学史书写体例逐渐打破以正史《文苑传》叙述体例为中心的书写模式，从白话与文言的两个谱系的并立走向文学史书写格局的多元化。[①] 以今人的视角回望，固然不再坚持白话与文言、新旧与今古之间的二元对立，毕竟，在文学史书写中，思想内核才是转型的关键。同期于1928年1月出版的《中国文学沿革一瞥》[②]中，赵祖抃先生仍选择以文言形式叙述从古代至民国时期文学演变的情形，但其文学史观与学理思考已不再保守。这与《大纲》等白话文学史的书写恰可以形成互补。《大纲》以白话文学史的书写作为创造新文学的基础与建设新文学的门径，成为文学史书写体例现代转型过程中的一角景观。

二、纯文学史观下着眼于文学与环境的关联

《大纲》全书仅有7万字，相对于浩瀚的中国古典文学史而言，可谓篇幅短小。其框架承袭胡适"历史的进化的"文学观念[③]，以当时文学史书写较为通用的时代演进为经，以诗歌、小说、戏曲、词、辞赋、散文这些文体为纬，在作家作品简述后多

[①] 田恩铭：《传统的有效性与文学图谱的重构——从胡适〈白话文学史〉说起》，载《中古史传与文学研究》，长沙：岳麓书社，2015年，第212页。

[②] 赵祖抃：《中国文学沿革一瞥》，上海：光华书局，1928年。

[③] 温儒敏：《现代文学的阐释链与"新传统"的生成》，载《"五四"与中国现当代文学国际学术研讨会论文集》，北京大学中文系、北京大学二十世纪中国文化研究中心主办，2009年4月23日—25日，第67页。

引用古代经典的评点，注重揭示文坛趋向与嬗变，构成他描述文学史的基本模式。他开宗明义地讨论了对"文学"范围的界定，指出阮元"必沉思翰藻，始名之为文"的观念失之过狭；章太炎"文学者，以有文字著于竹帛，故谓之文；论其法式，谓之文学"的论断则失之过宽。虽然没有进行周密论析，但是他经过厘清，选择了诗歌、小说、戏曲、词、辞赋、散文作为文学史的主体内容，不再依循传统的泛指一切学术的"文学"观念，有助于简化和明晰中国文学史的叙述线索。清末民初以来，学者对古今中外"文学"的概念与外延进行了多番比较与对接。[①]五四运动之前，受西学影响出现了正统文学史观与西方文学史观相交融的"大文学史观"——既纳入正统的经、史、子学，又有西学所重的小说戏曲等。1919 年罗家伦批评了阮元和章太炎的文学观，并在吸收西方近代文学观的基础上重新提出了"文学"概念。[②]1919 年朱希祖作《文学论》指出"文学"观念的主流已由对一切学术的泛指缩小为"纯文学"。[③]胡云翼先生在《新著中国文学史·自序》中指出初期的文学史家如谢无量、曾毅、顾实、葛遵礼诸位先生，较缺乏明确的文学观念，错把学术当作文学；而且缺乏现代文学批评的态度，多拾古人陈言为定论，缺少独立见解，因袭人云亦云的错误。[④]随着五四运动的推进，在进

---

① 余来明：《"文学"观念转换与20世纪前期的中国文学史书写》，《文学遗产》2013年第5期，第124—135页。

② 《新潮》第一卷第2号，1919年2月。

③ 原载《北京大学月刊》1919年第1期。参见朱希祖著，周文玖选编：《朱希祖文存》，上海：上海古籍出版社，2006年，第45—55页。

④ 胡云翼：《新著中国文学史》，上海：北新书局，1935年，第3—4页。

化论、唯物史观等的影响下，"纯文学史观"逐渐成为主流。周群玉虽非大家，但在这方面受到了学者前贤与西学理论的影响和启发，方能更新"文学"观念和知识结构，厘清文学史的叙事线索。纵然，我们会如胡云翼先生般，对于《大纲》"未能深刻研究"颇为不满，但也须肯定作者此期在文学观念上的进步，以及其文学史编著方法"较能现代化"。^①就当时来说，这种进步正是文学史编著的现代转型过程中，承前启后、难能可贵的变化。在《大纲》之后，赵景深、谭正璧、郑振铎、胡云翼、刘经庵等先生在这方面的表现更为成熟和典型。

《大纲》对散文的论析篇幅最少，仅将"一小部分的散文"纳入其文学史范围，具体包括先秦哲理、历史散文，两汉政论、经术、历史、哲学散文，南朝"评论文学"的散文，唐宋古文、清代古文，对骈体四六文很少提及。而且由于存留有传统的"文学"观念的影响，他在介绍两汉时期文学思潮背景时，是将两汉文章与学术背景混合论说。古代散文文体多样，应用极为广泛，但作为一种独立的文体概念，则在南宋时期才开始广为流传。古代为了区别于韵文、骈文，将不押韵、不重排偶、用散行文字组成的书面语言概称散文；而在西方启蒙与审美的现代性影响下形成的现代散文是一种文学体裁，二者并不通融。《大纲》这种处理方式反映了"散文"文体概念的古今差异，并不符合古代散文的发展实际——作为文学体式正宗的地位。此外，他较为注重元明清戏曲文学的梳理介绍，在罗列整理上颇费了些精力，在全书

---

① 胡云翼：《新著中国文学史》，上海：北新书局，1935年，第3—4页。

的篇幅上所占较多，大大超过了对明清诗歌和小说的论析篇幅，由此亦可知他的兴趣偏好和知识结构。王国维先生的《宋元戏曲考》对于戏曲研究有开创性贡献，吴梅先生的《顾曲麈谈》（1914 年）和《中国戏曲概论》（1926 年）则奠定了明清戏剧研究的基础，渐渐形成戏曲研究的新趋势。民国时期的文学史著对于戏曲的论述多直接引用他人观点，进行散点式的品评。《大纲》亦是如此，且尤喜罗列元明清戏曲名目，这可能表现了他对于这种研究趋势的呼应，以及列出大纲或表格以便观览的个人兴趣。

在具体解释思潮变化原因与作家作品风格时，《大纲》借鉴了泰纳的“种族、环境和时代”三因素学说。群玉先生在《绪论》第三章《文学与环境》中，标举“时代精神”与“地势影响”，明显有泰纳学说的印记。泰纳将文学艺术规律的阐释归结为“时代精神与风俗概况”，认为要了解一件艺术品、一位或一群艺术家，必须正确了解他们所属的时代的精神与风俗概况，这“是艺术品最后的解释，也是决定一切的基本原因”。[①]《大纲》借用这种模式从社会历史文化的角度去解释文学史上的各种文学现象，因而较少关注文学的内在审美特征与形式结构特点。

群玉先生在文学批评方法上主要受到英国学者温彻斯特的文学批评理论的影响。《绪论》的“时代精神”一节便引用了温彻斯特的观点：“时代精神不但可以左右文学的性质与情趣，并且影响到他的体裁。”这是出自由景昌极、钱堃新译，梅光迪校的

---

① ［法］丹纳：《艺术哲学》，傅雷译，天津：天津社会科学院出版社，2004年，第12页。

《文学评论之原理》译著，该书于 1923 年出版，是较早在中国翻译出版的文学批评理论著作。他对于文学的界定，以及文学批评方法——历史法、传记法、评论法的运用，多受到此译著的引导和启发。

虽然《大纲》常采用零篇断语的引述，论析显得比较简略粗糙，但其间也不乏凝炼之论。例如，相较于一些文学史对于宋代性理诗的忽视，群玉先生对于朱熹的性理诗予以肯定，指出"朱熹的诗也很好"，是"得力于《三百篇》和《楚辞》"，这应是从朱熹的《诗集传》《楚辞集注》《楚辞辨证》的诗学理解中探查而来的结论。群玉先生在有限的篇幅中，对于女流文学亦进行了一定的论析。在春秋时期的诗歌中列出女性的诗歌，如《风俗通》中百里奚妻、《列女传》中杞梁妻的《琴歌》，《彤管集》中韩凭妻的诗歌。两汉文学中专列一节"女流作家及其作品"介绍卓文君、华容夫人、班婕妤、赵飞燕、苏伯玉妻、窦玄妻、王昭君、秦嘉妻徐淑、蔡文姬等女诗人的至情之作。在介绍北齐文学时，特别指出齐代女流作家冯淑妃开后来弹词的滥觞。《大纲》还对宋代女词人李清照的词加以评析。可惜的是这条线索本来涉及的女性作家作品就较为简略，到了宋代更是中断了，未能对宋代之后女性文学的发展情形加以梳理。

另外，群玉先生对当时学者的论断多有吸收和借鉴。例如，他认为陶渊明是"乐天派的自然主义底诗人"，除了受到古典诗学评点的影响，还受到梁启超先生《陶渊明之文艺及其品格》对陶渊明的"自然"人生观的分析[1]的影响；也与胡适先生所认为

---

[1] 梁启超：《陶渊明》，上海：商务印书馆，1923年，第25—26页。

的陶渊明"是自然主义的哲学的绝好代表者"[①]的观点相合。他的这一观点排斥儒家传统的"名教说"，与当时流行的"自然说"相一致。又如，他对凌独见先生于宋代文学的论断多有借鉴。《大纲》第三编第一章《宋代文学》所谓宋代文坛上的三种趋势是理胜、复古、白话，便是对凌独见《新著国语文学史》于北宋文学有三种运动（理胜、复古、白话的运动）观点的复刻。[②]他对宋初的邵雍和石曼卿多有推崇，认为邵雍因时起志，因物寓言，因志发咏，因言成诗，"是真正的诗人。可是后世人都刮眼看他，实在不应该"。他还论及邵雍和石曼卿对程颢、司马光、富弼等人的影响。这也与凌独见从白话诗的角度对其高度评价极为相类。[③]

三、提出"中华民国文学"之说，认可新文学的价值

《大纲》致力于梳理中国古代文学发展演变的过程，但在最后一编写了"中华民国文学"的发生与大致情形。该书于1928年由上海群学社推出时，距离民国诞生只有短短十七年，与南京国民政府取代北洋政府成为南北统一的中央政权时处同年，

---

① 胡适著，骆玉明导读：《白话文学史》，上海：上海古籍出版社，2019年，第101页。
② 凌独见：《新著国语文学史》，上海：商务印书馆，1923年，第148—149页。
③ 凌独见：《新著国语文学史》，上海：商务印书馆，1923年，第157—158页。

所以，此书的第四编"中华民国文学"相对于前三编"上古文学""中古文学""近古文学"来说，相当于"现在进行时"的关注。

其实，早在1921年12月，刘贞晦在《中国文学变迁史略》[①]中已将民国文学纳入到文学史的叙述中来，他在最后一篇《民国成立以来的文学》中，对白话诗和"文明新剧"的演出进行了评述。1922年3月3日胡适应上海申报馆50周年纪念特刊之请而撰《五十年来中国之文学》[②]，叙述了中国文学从古文的没落、古文学的新变到白话小说的发达的过程，其第十节述文学革命的发生和新文学的发展状况，对新文学的评价有不少拓展。凌独见在1923年出版的《新著国语文学史》第六编设专门章节《中华民国》进行了论述，探讨了在文学革命发生背景下新文学在散文、新体诗、小说、戏剧方面取得的成绩，对比了其与民国之前的文体和题材演变的情形。[③]谭正璧1925年出版的《中国文学史大纲》[④]是用白话文编写的中国文学通史，第十一章为"现代文学与将来的趋势"，把新文学纳入中国文学史的范畴加以肯定和赞扬。余来明教授曾统计1927—1937年产生的六十多种文

---

① 刘贞晦、沈雁冰著，闻野鹤编：《中国文学变迁史》，上海：新文化书社，1921年。

② 胡适1922年3月完稿，1923年3月发表于《申报》五十周年纪念特刊《最近之五十年》。原版由新民国书局发行，1929年1月出版。

③ 凌独见：《新著国语文学史》，上海：商务印书馆，1923年，第330—350页。

④ 谭正璧：《中国文学史大纲》，上海：泰东图书局，1925年。

学史著，指出其中设专章论述"文学革命"的不下二十种。① 可见，在当时的民国文学史的叙述中，将民国建立作为文学革命发生的重要政治背景的叙史方式是较为普遍的。即便是按朝代更迭的历史意识，将民国时期纳入文学史框架亦不乏学理性思考。② 诚如赵祖抃在《中国文学沿革一瞥》所言："文学一事，首重环境，而一代帝王，尤足以转移当时风气，故本篇分朝诠论，以明文学时代，互为推移。"③

　　在《大纲》之前与同期的文学史著，例如胡怀琛的《中国文学史略》（上海梁溪图书馆 1924 年版），顾实的《中国文学史大纲》（上海商务印书馆 1926 年版），都没有把新文学写进中国文学史。当时不少学者对于新文学表现出批判的态度，对新诗的质疑尤多。而群玉先生则不吝赞美之辞，认为新文学反映了形式与内容的自由。不过，他未能正视白话诗的作者们仍然未曾摆脱的古典诗歌的影响，而这是显而易见的事实。在他之前，凌独见在《新著国语文学史》中虽然为新体诗辩护，但也客观承认："新诗是要以旧诗（包括古今中外）做功底的。"④《大纲》中对于新文学的热情论调，应源自他为推广新文学摇旗呐喊的主观性

---

① 余来明：《"文学"如何"革命"——近代"文学革命"话语的生成》，《中国地质大学学报》（社会科学版）2008年第4期，第12—17页。他是根据平心编《全国总书目》、阿英编《中国新文学大系·史料索引》（1927—1937）、《民国时期总书目》等资料进行统计的。

② 汤溢泽、廖广莉：《民国文学史研究》，长春：吉林大学出版社，2011年，第24页。

③ 赵祖抃：《中国文学沿革一瞥》，上海：光华书局，1928年，《凡例》第1页。

④ 凌独见：《新著国语文学史》，上海：商务印书馆，1923年，第344页。

意图。

群玉先生于书中专设的"中华民国文学"一章，是有意识地将民国文学作为新文学的起点。四年后，钱基博在其《现代中国文学史长编》一书中才明确将"现代"划至中华民国初年以后。他先于钱基博四年横空提出中华民国文学之说，实开民国文学之端。虽然在本论著中，他仅以有限的语言做了轮廓式的描述，并没有深入展开，但这的确启发了我们，在民国框架下重新审视新旧文化与新旧文学间的联系，民国与现代之间的微妙关系。

或许因为民国政治的制度性缺陷，以及历史研究政治化倾向的影响，后世学人没有接过周群玉手头的接力棒对"民国文学"的学术思考加以精进。好在进入 21 世纪以来，关于民国文学的认识，除了以历史时段命名文学史之外，更有了意义层面的探索。回首又见，整理此书，可有助于重新审视从古典到民国、从民国到现代的历史理性。

本次点校以上海群学社 1928 年 3 月版为底本，首次将竖排改为横排，繁体字改为通行的简体字，异体字、旧字形也做了符合当今规范的处理；分章断句和标点符号在基本尊重原著的基础上，也做了符合规范的微调；原书中专名（人名、地名、书名）及其译名一仍其旧，原注依从原貌置于正文之后；书中引文多有脱、衍、讹、倒之处，并未径改，而以编者注形式置于脚注，还请读者留意。囿于整理者水平，其间难免错漏，还请方家校正。

目　录

序　言

　　编一本《中国文学史》不是一桩容易的事情。因为评论历代的文学，倘若没有看过历代的文学，是不成功的。

　　像我这种人，是不配做这一件工作的———一则因为太懒惰，二则因为看书欠系统。

　　因为我太懒惰，不喜欢看书，所以要克制这懒惰，除非用这个方法来鞭策自己不可。

　　因为我看书欠系统，所以要想补这缺点，只有定出一个看书大纲 out line[①]，照大纲看去。

　　这两点就是我编辑这一本书的缘起。

　　有人说："批评文学家，只须用两个或四个八个的适当字句，字句之外，讲不到什么。叙述文学家的字号、籍贯、著作，并无关系。"这两层见解，我可不赞同的。因为用两个或四个八个的适当字句，只能表出文学家的作风，至于与时代精神究竟之关系，是不明白的。不叙述文学家的字号、籍贯和著作，是不甚妥的。试举一例子来讲：

---

　　① 编者注：应作outline。

《桃花源记》是元亮作的吗？稗村能作《长生殿》吗？"岭海多才，以未染中原江左习气，故尚存古风。"如此看来，字号、籍贯和著作，是我们研究文学史的一件必要的事情。

本书的取名《白话文学史大纲》，是用白话文体做成，并非书中所选的诗歌、小说、剧曲都是白话的。读者诸君，请勿误会。

本书错误的地方，在所不免，希望读者随时校正，十分感谢！

一五，四，二七·作者自识

绪 论

第一章 文学史的界说

什么叫做文学史？我可简单的解释在下面：

文学史者，研究历史文学之沿革而观察其变迁之因果关系者也。

因为文学有变迁，所以此一时的文学与彼一时的不同——有的极好，有的极坏；甚至移风易俗，改造社会，文学总是其中的原动力。明白了这个原因，方可以建设新文学。

要想建设新文学，必须从研究旧文学入手，因为旧文学的沿革变迁和因果关系，都是创造新文学者的基础，建设新文学者的门径。

我们要创造新文学，所以要明白旧文学的因果关系。文学史就是研究旧文学的因果关系的学问。换句话说：文学史是研究文学的历史的。

第二章　文学的范围

中国解释文学的论调，从来有两派：

其一，必沈思翰藻，始名之为文。（阮芸台）

其一，文学者，以有文字著于竹帛，故谓之文；论其法式，谓之文学。（章太炎）

这两种论断文学，不免失之过狭和过宽。在本书所讲的文学范围，如下表：

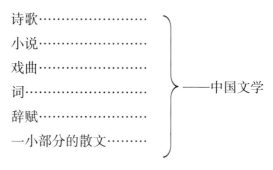

诗歌……………………⎫

小说……………………⎪

戏曲……………………⎪

词………………………⎬——中国文学

辞赋……………………⎪

一小部分的散文………⎭

上表不过大略言之，倘若细细分析，就诗歌中可以分叙事诗、抒情诗、史诗、歌谣、童谣等项。

第三章　文学与环境

支配文学，总是受着环境的势力，现在我分两方面讲。

Ⅰ.时代精神

文学不是一件孤立的东西，是"时代精神"的反映。举凡一时代的生活状况、人民心理、学术趋势，都能一一表现于文学上面。但是各时代的生活状况不同，所以各时代的文学也就两样了。试看楚骚、汉赋、唐诗、宋词、元曲、明清小说，这显然是各时代文学之不同的地方。所以左丘明不能作《水浒》，吴敬梓也不能作《春秋》；推而至于伊利沙白①（Elizabeth，1533—1603）有伊利沙白时文学，维多利亚（Victovia②，1819—1901）有维多利亚时文学；沙士比亚③（Shakespeare，1564—1616）不能做《群鬼》（Gjengangere，1881）；般生（Bjornsen，1832—1910）④亦不能作《汉米尔特（Hamlet）》⑤。这真是受"时代精神"的支配啊！

文采斯德（Winchester）⑥说："时代精神不但可以左右文

---

① 编者注：伊利沙白，今译作"伊丽莎白"。

② 编者注：Victovia应为Victoria。

③ 编者注：沙士比亚，今译作"莎士比亚"。

④ 编者注：般生，今译作"比昂松"。Bjornsen，应为Bjornson。比昂斯滕·比昂松（Bjornstjerne Martinus Bjornson），挪威戏剧家、诗人、小说家。

⑤ 编者注：汉米尔特（Hamlet），今译作"哈姆莱特"。

⑥ 编者注：文采斯德，今译作"温彻斯特"。温彻斯特（C.T. Winchester），英国学者。

学的性质与情趣，并且影响到他的体裁。"的确如此。

Ⅱ.地势影响

古人说："郑卫多淫声，燕赵多悲歌慷慨之士。"这都是地势的影响。

所以托尔新泰[1]（Tolstoy，1828—1910）之与高加索（Coucasus），泰戈儿（Tazre，1369—）[2]之与喜马拉亚[3]（Himalaya），莫泊三[4]（Maupassant，1850—1893）之与撒哈拉沙漠（Sahara Desert），以及李白之与峨眉山。他们的梦想当中，总含着"真美""真善""真爱"的恋心，卒后使他们成功[5]伟大的不朽的文学。

---

[1] 编者注：托尔新泰，今译作"托尔斯泰"。
[2] 编者注：泰戈儿，今译作"泰戈尔（Tagore）"，其生年应为1861。
[3] 编者注：喜马拉亚，今译作"喜马拉雅"。
[4] 编者注：莫泊三，今译作"莫泊桑"。
[5] 编者注：似应作"成就"。

第四章　本书的分期

每一时代的文学，因为背景不同，遂有不同的色彩。我们因为便利研究起见，把这种不同色彩的文学，分作三个时期：

第一期，上古文学——黄帝以前到秦。

第二期，中古文学——自汉到五代。

第三期，近古文学——自宋到清。

第四期，中华民国文学。

第一期的文学：是创造的文学，是纯粹的文学。

第二期的文学：是模仿的文学，是脂粉的文学。

第三期的文学：是专有的文学，是玩意的文学。

第四期的文学，是普遍的文学，是故意的文学。

第一编　上古文学

第一章　黄帝以前的文学

人类在未有文学以前，就有言语；言语未能完全成立以前，就会动作。现在要谈到文学，似乎总不能离开文字，不知在上古未有文字的时候，人类言语动作，早就含有文学兴趣了，所以我们一讲到黄帝以前的文学，就应该追想到黄帝以前的状况。

我国在黄帝以前，文字固然没有，就是语言组织也还未完全，不过仅用一种极单纯的声音以表示他的情感，无规律的动作以发泄他的兴趣——如快乐时模仿鸟类的鸣声——此即舞蹈与歌谣的前部先锋，实为后日高尚优美之文学的基础。（1）后来渐渐进化，文字虽仍未制造，不过语言组织已较前完全——能自由发表思想，把单纯的声音与散漫的动作演进为一种谣舞，实包含动作、乐调及语言三部分，为后世一切文学的渊源。葛天氏之乐，即其代表，现在仅能知道那"三人持牛尾，投足以歌八阕"的题目，（2）歌辞就失传了！至于伏羲时的《驾辨》曲（见《楚辞·大招》），《网罟歌》（《隋书·乐志》），神农时的《丰年歌》（夏侯玄《辨乐论》），《有焱颂》（《庄子·天运》）。这些作品，虽是黄帝时人追记的话，然而我们不能不认为是黄帝以前的文学的一斑；可是现今传其名而不得见其文，这分明是受文字未造出的影响，一有文字，那些黄帝以前的文学，就可以记载下来了！

到了黄帝时候，文化日进，歌谣甚盛，可是文字初造，去结绳时代不远，所以失去的歌谣一定很多。据《汉书·艺文志》载有《黄帝铭》六篇，现在只见《巾几》《金人》二铭；《管子》有《明台议》（《文心雕龙》），《归藏》有《网罟歌》，《水经注》有《渡江歌》《衮龙颂》。这些作品，是否黄帝所作的，今已失传，无从去考证起。

（1）这一个时代，因时期荒远，未有文字，更无典籍可凭，似乎无从证实；但是从英人赫智尔氏（Haechel，1833—1919）[①]发明复现说 Decapitukation teeory[②]以来，我们可以从旁证明：如未能说话之儿童，当他快乐的时候，即能随口歌唱，以声音的长短高低疾徐来表示他的情感。当儿童这个时期，正合那时代的人民一样。

（2）葛天氏之民，三人持牛尾，投足以歌八阕——一《载民》，二《玄鸟》，三《逐[③]草木》，四《奋五谷》，五《敬天

[①] 编者注：赫智尔氏，今译作"海克尔"。恩斯特·海克尔（Ernst Haeckel，1834—1919），德国生物学家、哲学家。

[②] 编者注：应为Recapitulation theory，即胚胎重演学说或生物发生律。

[③] 编者注：依（汉）高诱注，（清）毕沅校，徐小蛮标点：《吕氏春秋》第五卷《仲夏纪·古东》，上海古籍出版社，2014年，第101页，为"遂"。

帝^①》，六《建^②帝功》，七《依地德^③》，八《总禽兽之极》。（详《文心雕龙》）

---

① 编者注：应为"常"。
② 编者注：应为"达"。
③ 编者注：应为"缘"。

第二章　唐虞文学

唐虞的时候，天下太平，人民除耕种之外，唱歌游玩，非常放任。《帝王世纪》：

> 帝尧之世，天下太和，百姓无事，有老人击壤而歌："日出而作，日入而息，凿井而饮，耕田而食，帝力于我何有哉？"

《列子》：

> 帝治天下五十年，不知天下治与，不治与？亿兆愿戴己与？乃微服游于康衢，闻儿童谣云："立我蒸[①]民，莫匪尔极，不识不知，顺帝之则。"

《家语》：

> 舜弹五弦之琴，歌《南风》之诗，其诗曰："南风之薰分[②]，可以解吾民之愠分；南风之时分，可以阜吾民之财分！"

《尚书·大传》：

> 舜将禅禹，于是义俊百工相和而歌《卿云》，帝又倡之，八伯咸稽首而和，帝乃载歌："卿云烂分，纠缦缦分；日月光华，旦复旦分。"

像这类歌谣，虽是社会生活状况及政治方面的描写，然而都很能表白陶醉的自然！

---

① 编者注：应为"烝"。
② 编者注：应为"兮"。

　　此外散见于各书的，唐则有《帝力歌》（见《高士传》）、《三多祝》（《庄子》）、《尧戒》（《淮南子》及《古诗源》）、《大唐歌》（《路史后记》及《文心雕龙》），虞则有《明良歌》（《文心雕龙》）、《普天诗》（《吕氏春秋》）、《大唐歌》（《尚书·大传》）、《思亲操》（《古今乐府》）、《祠田词》（《文心雕龙》）、《喜起歌》（《文心雕龙》）。

　　这两代的文学，差不多完全是韵文——歌谣，由此可是[①]诗歌的发生在文章之前，只是诗歌的进步甚为迟缓。唐虞之世，尚是稚气，而文章的技能，已向前直进，所以《诗》三百篇比《股肱》《元首》歌稍见发达，而"二典""三谟"比商周的文章差得多了！

---

① 编者注：应为"见"。

第三章 三代文学

"三代当中，文学作者，前后辈出，嘉言懿训，流传于今者很多，或者全书尚存，或者逸文散见于诸子百家……"

（一）夏之文学

《涂山歌》是伪的，《五子歌》是亡了；此外散见于各书的：《周书》载有《夏箴》，《困学纪闻》有《夏后铸鼎》，《鬻子》有《开望》《簨簴铭》，《吕氏春秋》有《孔甲歌》……夏禹四百年间的文不过如此。

（二）商之文学

到了商代，歌谣更多，其散载于各书的，如：《盘铭》（见《礼记》）、《桑林祷辞》（《荀子》）、《商铭》（《国语》）、《大旱祝辞》（《说苑》）、《帝乙归妹辞》（《困学纪闻》）。

汤之《盘铭》曰：

> 苟日新，日日新，又日新！

章三句，句三字，仅以新字为韵，实后世铭文的滥觞。

《桑林祷辞》曰：

> 政不节与？使民疾与？宫室崇与？妇谒盛与？苞苴行与？谗夫昌与？

这也是三言诗，每句后加语助词"与"字，实后世祝辞的祖宗。

（三）周之文学

周代自武王兴兵伐纣，拥举为王，直到赧王被灭，凡八百余平①间是文学最庞杂的时代，也是文学最发达的时代。

周代的文学，可以分下列三个时期。

一、周初。

二、春秋。

三、战国。

一、周初

《史记》："武王已平殷乱，天下宗周，伯夷叔齐耻之，义不食周粟，采薇首阳山，②饿且死，作歌。"

> 登比③西山兮，采其薇矣。以暴易暴兮，不知其非矣！神农虞夏，忽焉没兮，吾适安④归矣？吁嗟徂兮！
>
> 命之衰矣！

《史记》："箕子朝周，过故殷墟，感宫室毁坏，生禾黍，箕子伤之，欲泣⑤则不可！欲泣为其近妇人，乃作《麦秀》之诗以歌⑥之。"

> 麦秀渐渐兮，禾黍油油。彼狡童兮，不与我好兮。

---

① 编者注：应为"年"。
② 编者注："采薇首阳山，"应为"隐于首阳山，采薇而食之。及"。
③ 编者注：应为"彼"。
④ 编者注：又作"安适"。
⑤ 编者注：应为"哭"。
⑥ 编者注：应为"歌咏"。

其缠绵悱恻的感情、谐和清纯的音节，决不是昔日的歌谣之可比，而抒情诗的畅达，实开三百篇的先声。

《诗经》　姬周最大的文学贡献，当然要推《诗》三百篇。

古《诗》本来有三千余篇，经孔子把烦重的删去而取有礼义的：上采后稷，中述殷周，下至厉王、幽王，凡三百另五篇，孔子弦歌之，皆可入乐。大概三百篇体兼抒情与叙事——叙事诗的声韵不必和谐，体制也不必整齐；而抒情诗则因感物与^①怀、怀思情致，当发为歌咏时，便觉得柔婉而多情。这诗是^②三百篇可以入乐的缘故。

《诗》三百篇，孔子把他入乐的意思，在乎陶冶民心，而先王以为是一种"政教"。因此分别为风、雅、颂三类。郑樵说："风者，出于风土，大概小夫贱隶妇人女子之言，其意虽远，其言浅近重复，故谓之风；雅出朝廷士大夫，其言纯厚典则，其体抑扬顿挫，非复小夫贱隶妇人女子能道者，故曰雅；颂者，初无讽诵，唯以铺张勋德而已，其辞严，其声有节，以示有所尊也，故曰颂。"这话说得很不错。

后人说《诗》有六义，以情质分，有：

风——又叫"国风"，是民间底歌谣，是民间讽刺帝王诸侯的歌谣。

雅——雅分"大雅""小雅"，是出于王朝的乐歌。

颂——是宗庙的乐歌。《诗谱序》里说："动天地，感鬼神。"

---

① 编者注：应为"兴"。
② 编者注："诗是"应为"是《诗》"。

以体裁分，有：

赋——是陈事直言的。

比——是假物言志的。

兴——是托物兴词的。

《诗》三百篇的真相，《大序》里说："发乎情，止乎礼义。"孔子说："《诗》三百，一言以蔽之曰：思无邪！"所以，《国风》好色而不淫，《小雅》怨诽而不乱。叙年青男女恋爱，虽乐而有仪；描写夫妇决裂的事情，虽怨而不怒；讽刺君臣时政的龌龊，虽哀而不伤；歌颂道德教化的完美，虽正而不谀。这是三百篇富于文学的兴趣的色彩！

三百篇诗，大都以四言为定式，然而也有长短不一的，如：

"缁衣之宜兮，敝，予又改为兮；适子之馆兮，还，予授子之粲兮。""敝""还"是一言的。

"祈父，予王之爪牙；胡转于予恤，靡所止居。""祈父"是二言的。

"苕之华，其叶青青；知我如此，不如无生。""苕之华"是三言的。

"思文后稷"是四言的；"投我以木桃"是五言的；"嘉宾式燕又思"是六言的；"如彼筑室于道谋"是七言的；"十月蟋蟀入我床下"是八言的。

像这一类的诗，句子长短，随着思想而定，是很自然的纯粹的文学。后世的诗人做诗，什么五言七言，实在想模仿这种式子，反而弄得"画虎不成反类狗"的笑话，便先失作诗的真意了。

《诗》三百篇，以黄河为中心，是北方的文学。我们翻开

《诗经》来看，十五国中：周南、召南、王、桧、陈、郑在河南；邶、鄘、卫、曹、齐、魏、唐在河北；豳、秦、滨、泾、渭在河西。疆域所及，不外河南、陕西、山西、山东四省——《礼记》上说："温柔敦厚，诗教也。"这话可说是北方文学的色彩。

周代散文，如文王演卦爻系词，武文伐纣作《泰誓》《牧誓》，周公作爻辞、《尔雅》，制有《仪礼》《周礼》，召公作《旅獒》《君奭》。这些作品，我们都可以在《易经》《书经》《礼记》这几部书中看得见。

周公的著作，除《尚书》所载以外，歌咏最多，如：《东山》，风也；《常棣》，雅也；《时迈》，颂也。所以，周公是周初的大文豪。

二、春秋

从周初到春秋，六经——《易》《书》《诗》《礼》《乐》《春秋》——方面，已经完全告成了。

此后，孔子删《诗》《书》，订《礼》《乐》，赞《周易》，修《春秋》。

孔子是一个极有魄力的人，所以敢大胆的审定六经。不但如此，孔子并且是个博览群籍的好学者，相传他曾看过一百二十国的藏书，佚文秘书无所不阅，远近方言都懂得。这种贤能多才的人，实在不可多得的。

他的门弟子都很有贡献，左丘明著有《春秋传》（即《左氏传》）及《国语》，曾子作《大学》《孝经》，卜子夏作《丧服传》《诗大序》，又与仲弓合辑《论语》，游子有《礼运篇》，子贡作《乐记篇》。再传弟子子思作《中庸》，穀梁赤作《穀梁传》，公羊高作《公羊传》。他们的文章简约而理精，总说是孔子一流的人物。

当时与孔 [1] 的思想相反者是老子。的 [2] 俩的主张：

孔子的主张——仁义。

老子的主张——不仁义。

孔子的主张可以不必申说，老子的主张我们要晓得。他说："绝圣弃智，民利百倍；绝仁弃义，民复孝慈；绝巧弃利，盗贼无有。"又说："大道废，有仁义；智惠出，有大伪；六亲不和，有孝慈；国家昏乱，有忠臣。"以上他把不要仁义与不要仁义的理由，说得很明白透澈的了。

他俩的主张既然不同，他俩的宗教当然两样。

孔子的宗教是提倡"孝弟仁义"的。老子的宗教是鼓吹"虚无主义"与"自然主义"的，在理论上讲来，要比孔子的高一着；在实际上讲来，不及孔子的实用。其实，各有各的长处，各有各的短处，更不必硬去分别个高下。

同时，还有管仲的《管子》，晏子的《晏子春秋》，敬姜的《论劳逸》，曹刿、子鱼的《论战》，叔向的《贺贫》，臧僖伯的《谏观鱼》，臧哀伯的《谏纳鼎》，以及大小戴《礼》、河间《乐记》、后苍《曲台记》、《古文记》诸书，都可说是中国文学的渊薮。

姬周以《诗》为政教，以《诗》为政治得失的反应，所以周初大治。到了春秋，周室渐微，诸侯势力日见扩大，这是《诗》

---

① 编者注：即为"孔子"。
② 编者注：读为dí。

教萎息的一大原因。孟子说得好："王者之迹息而《诗》亡，《诗》亡然后《春秋》作。"观此，可知春秋的诗坛上是不甚热闹的。

虽然如此，但是我们还可以找到下面的诗来点缀这时候的寂寞。

孔子不但是儒教的大伟人与讲仁义的道德家，他也很能做诗。

《史记》："孔子相鲁，鲁大治。齐人归女乐，季桓子受之，三日不听政，郊又不致膰于大夫。孔子遂行，歌曰：'彼妇之口，可以出走。彼妇之谒，可以死败。盖优哉游哉，维以卒岁！'"

《说苑》上有孔子的《蟪蛄歌》："违山十里，蟪蛄之声，犹尚在耳！"

这是孔子借蟪蛄来讥鲁政的扰乱者。沈德潜说："政尚静而恶哗也。"

此外，《水经注》上有他的《临河歌》："狄水衍兮风扬波，舟楫颠倒更相加，归来归来胡为斯？"《孔丛子》上有他的《获麟歌》："唐虞世兮麟凤游，今非其时来何求？麟兮麟兮我心忧！"《龟山操》："予欲望鲁兮，龟山蔽之！手无斧柯，奈龟山何？"以上三首歌，是孔子在命运的不济时候作的，但是歌中绝对没有末路语调，也许是他的涵养功夫吧？所以当他临死的时候，也唱着歌：

泰山其颓乎？梁木其坏乎？哲人其萎乎？

他临死时的尾声，就在此歌里——孔子是鲁人，他见鲁国这样，不能不使他悲观。

这时候除孔子以外，《淮南子》上有甯戚底《饭牛歌》：

南山矸，白石烂。生不逢尧与舜禅，短布单衣适至骭。从昏饭牛薄夜半，长夜漫漫何时旦？

全歌共三首，此第一首。歌中三字四字七字成句，为后世"乐府"的滥觞。

《风俗通》有百里奚妻底《琴歌》：

百里奚，五羊皮；忆别时，烹伏雌，炊扊扅；今日富贵忘我为？

《列女传》有杞梁妻底《琴歌》：

乐莫乐兮新相知，悲莫悲兮生别离！

《彤管集》有韩凭妻底《乌鹊歌》[1]：

南山有乌，北山张罗。乌自高飞，罗当奈何？

乌鹊双飞，不乐凤凰。妾是庶人，不乐宋王。

以上是春秋女流的作品，在这一代文学史上，是有数的文学。

三、战国

春秋之世终，战国之世始。在这个时代，是诸侯横行霸道的时代。他们只想扩大自己的势力范围，所以诸子百家就乘此而起，各树论说，聚党徒，卒后弄得战国七雄的勃兴，自相扰乱……

因之，我们研究这时代的文学，不能不先谈这时代的学术。《文史通义》里说：

战国之文，其源皆出于六艺……老子说本阴阳，庄

---

[1] 编者注：北魏《韩朋赋》中作《乌鹊歌》。

列寓言假象：《易》教也；邹衍侈言天地，关尹推言五行：《书》教也；管商法制，义存政典：《礼》教也；申韩刑旨归赏罚：《春秋》教也。其他杨墨尹文之言，苏张孙吴之术，辨其源委，挹其旨趣，九流之所分部，《七录》之所叙论，皆于物曲人官，得其一致，而不自知为大典之遗也。

又说：

……出于《诗》教，何谓也？曰：战国者，纵横之世也。纵横之学，本属行人之官。现《春秋》之辞命，列国大夫，聘问诸侯，出使专对，盖欲文其言以达旨而已。至战国而抵掌揣摩，以博取富贵。其辞敷张而扬厉，变其本而加恢奇焉。不可谓非行人辞命之极也。孔子曰："诵《诗三百》，授之以政。不达，使于四方；不能专对，虽多奚为①？"是则比兴之旨，讽喻之义，故行人之所肄也。纵横者流，推而衍之，是以能委折而入情，微婉而善讽也。

读此，我们对于战国文学的渊源，可说知道一个大概了。

但是向来讲文学的人，都把这时代的学术分为儒家、道家、阴阳家、法家、名家、墨家、纵横家、杂家、农家、小说家十家。（详《汉书·艺文志》）

儒家　班氏说："盖出于司徒之官。"若孟子、荀子、景子、世子、芈子、公孙尼子……他们的学说，提倡"孝""悌""仁""义"。

---

① 编者注：应为"虽多，亦奚以为"。

道家　班氏说："盖出于史官。"若庄子、文子、蜎子、列子、田子、老莱子、黔娄子、鹖冠子、关尹子……他们的学说，鼓吹"自然""虚无"。

阴阳家　班氏说："盖出于羲和之官。"若邹子……专讲"吉凶之变"，或曰"谈天"。

法家　班氏说："盖出于理官。"若李悝、商子、尸佼、慎子、申不害、韩非子……他们的学说"崇法术""尚刑名"。

名家　班氏说："盖出于礼官。"若惠子、尹文子、公孙龙子……他们的学说，在"总核名实"。

墨家　班氏说："盖出于清庙之守。"若墨子、田俅子、随巢子、胡非子、缠子……他们的学说，主"利他"，或说"为人"，又说"兼爱"。

纵横家　班氏说："出于行人之官。"若苏秦、张仪……他们的学说，"尚权谋"。

杂家　班氏说："盖出于议官。"若吕不韦……他们的学说重议论，是儒道墨三家的并合。

农家　班氏说："盖出于农稷之官。"若许行、陈相、陈辛……他们提倡君臣并耕，均贫富，齐劳役，很有"共产"精神。

小说家　班氏说："盖出于稗官。"若鬻子、青史子、燕丹子、朱子……言名怪诞。

以上十家的思潮，总括起来，也不过四派：

邹鲁派——倡"仁义"，孔子、孟子为中坚，荀子、景子等为克派。

陈宋派——主张"自然""虚无"，老子、庄子为中坚，墨子、宋牼、许行、陈相、陈辛为克派。

郑卫派——"尚法术"，郑申不害、卫公孙鞅、赵慎到、韩韩非子为中坚，邓析、惠施、公孙龙、魏牟等为克派。

燕齐派——重"空疏"，邹衍、邹奭、淳于髡、田骈、接子为中坚。

十家的著作（附于本书后面可作参考），都是富于智谋的文章，因为是处于这时代的背景的地位的缘故，所以在此也不便多说。

战国的诗歌，更不及春秋了。因为那时候只要有精密的智谋，便可得贵族式的生活，饱食暖衣，无所他求，于是虚荣心的人，被这种魔力所引诱，投身此中，去经营利己的事业了。

但是，这个时候，引起社会上的农民底讴歌，与失志者底哀词，倒很可观。按《史记》上《襄田者祝》：

　　瓯窶满篝，污邪满车，五谷蕃熟，穰穰满家。

这首歌是写瘠地丰获的农民，十分得意；虽然如此，但也可说是农民的自慰了。

《渡易水歌》："风萧萧兮易水寒，壮士一去兮不复还。"

这首歌的事实，在《史记》里说是燕太子丹使荆轲刺秦王，到了易水边……而作此歌。全歌仅二句，末句是很有精彩的。

《楚人谣》："楚虽三户，亡秦必楚！"

沈德潜说："哀痛激烈，比松柏之歌尤甚。"这话说得很不错。

此外，关于谚语一类的歌谣也不少，如《六韬》："天下攘攘，皆为利往；天下熙熙，皆为利来。"《国语》："兽恶其网^①，民怨其上。"《慎子》："不聪不明，不能为王；不瞽不聋，不能为公。"这种作品，虽是很短和没有诗的体裁，但看它精力所致，都是极好的讽刺俚谣。

这个时候有两位辞赋大家，就是屈原与宋玉，在中国文学史上，也有很大的贡献。

> 屈原名平，楚之同姓也。为楚怀王左徒，王甚任之。上官大夫谮之，王怒而疏屈平，故忧愁幽思而作《离骚》。离骚者，犹离忧也。（《屈原列传》）

《文心雕龙》里："自风雅寝^②声，莫或抽绪，奇文郁起，其《离骚》哉？固已轩翥诗人之后，奋飞辞家之前，岂去圣之未远，而楚人之才乎？"是说《离骚》的由来及屈原的才能。又："昔汉武爱《骚》，而淮南作传，以为《国风》好色而不淫，《小雅》怨诽而不乱，若《离骚》者，可谓兼之。蝉蜕秽浊之中，浮游尘埃之外，皭然涅而不锱^③，虽与日月争光可也！"这是评论《离骚》的一段话。可见这二十五篇的《离骚》，早为文人学士所推许的了。

《离骚》是《楚辞》的一篇。此外，又因被放于江南的荒野而作《九歌》《天问》《九章》《远游》《卜居》《渔父》等篇，申说己志，拨动君心，可是终不见省。他到了这步田地，不忍见他的宗国，不忍见他的故乡与乡人，遂赴汨罗之渊，自沈而死……

他的《九歌》，靡绮而伤情；《卜居》，标放言之致；《渔

---

① 编者注：一作"纲"。
② 编者注：同"寝"。
③ 编者注：应为"缁"。

父》，寄独往之情；《远游》《天问》，瑰诡而惠巧。事实虽发生于古代，而辞气却切于现今——纯洁的题材，芬芳的引喻，能把烦乱愁扰的脑海，悱恻困顿的思怀，一齐都表白出来了，实是后世词家的鼻祖。所以能引起一般人的注意，而产出不朽的文学的兴味。

宋玉，楚人，是屈原的弟子。他悯惜他先生因忠君而反放逐，作《九辩》述其志以悲之。后来，闻说屈原已死，他怜哀非常，作《招魂》一篇，也许是师生间之至情吧？

他俩底作品，是从心曲中流出来的，所以十分自然。"……故其叙情怨，则郁伊而易感；述离居，则怆怏而难怀；论山水，则循声而得貌；言节候，则披文而见时。"（《文心雕龙》）因此，后世的辞赋家，无意的带着《离骚》的遗响，受着《楚辞》（1）的感化，遂成写失意者的工具了。

宋玉又作《高唐》《神女》二赋，皆寓言托兴，含有讽刺的色彩。

与宋玉并称的是景差，也善作辞赋，《大招》就是他的作品。

（1）《楚辞》是楚人的歌声。

《离骚》《九歌》《天问》《九章》《远游》《卜居》《渔父》以上《离骚》凡七题二十五篇，皆屈原作。

《九辩》《招魂》《大招》《惜誓》《吊屈原》《服赋》《哀时命》《招隐士》　以上《续离骚》凡八题十六篇。

总集起来，谓之《楚辞》（详朱熹《楚辞集注》）（本书后面附有研究）。

第四章　秦代文学

秦始皇采用丞相李斯的政策，"焚诗书"，"坑儒人"，文气几绝，而所留文典，又概归官吏执掌。所以秦代的文学是贵族专有的文学，而且是少数人的文学。

嬴秦的焚书坑儒，在始皇的意思，是想把皇位"传之无穷"；在李斯是想谋得一己文学的大名……换一句话，李斯帮始皇的忙，始皇当然要宠任他，在"宠任"的二字上，便达到李斯底"个人主义"的目的！——到了那时，他在百姓面前横行霸道，凡事都得斜眼望他的憎喜呢。所以这一代，简直无文学可言。

论者都说李斯的《谏逐客书》是很丽藻的，《泰山刻石》是很苍劲的，这也无需毁言；但是他想出"愚民政策"，来把三代的文学付之一炬，而毫无遗剩，使秦以后的文学界上，费了不少功夫，从头整顿起，总许是他一人的罪恶！

李斯的罪恶固如上说，但是他的好处，也不能抹却——变"大篆"为"小篆"，缮写方面，比从前倒便利了许多。同时，史籀作"八分书"，在文字上辟一种新纪元。

第二编　中古文学

第一章　两汉文学

文学思潮，到战国时而大解放，中间虽然经过嬴秦的"焚书""坑儒"，但是为时极短，所以不久便又振兴起来了。

汉代的文学，值得在文学史上论的是：1.《楚辞》的遗韵；2.诗歌之盛；3.乐府之盛；4.辞赋之盛；5.小说之盛；6.女流作家及其作品；7.其他——王褒《僮约》。

1.《楚辞》的遗韵

汉高祖任用张良、萧何、韩信……一辈能人，把西楚霸王项羽灭了，心中十分喜欢。《史记》："高祖定天下，还，过沛，留，置酒沛宫，悉召故人父老子弟佐酒。发沛中儿，得百二十人，教之歌，酒酣，上击筑，歌曰：'大风起兮云飞扬，威加海内兮归故乡，安得猛士兮守四方？'"

这种气概，雄壮一世。而被他扫灭的项羽，在垓下唱出一首慷慨的悲歌，虽说是英雄豪壮，但一种呜咽缠绵之情，总似乎有些不忍。歌曰："力拔山兮气盖世，时不利兮骓不逝！骓不逝兮可奈何，虞兮虞兮奈若何？"

这两首歌，抄在一起读，可以看出汉高祖是由平民跃身而为帝王的，唱出的是乐极的欢声；垓下的项羽，是哀末路的英雄，唱出的是凄凉的悲歌。总之，都是从心曲中流出，写在白纸上，使人们看了惊心触目，引起不少的哀怜心，为项羽的不[①]命运申诉呢！

此后，高祖命唐山夫人韦昭作房中乐——《安世房中歌》，其辞深雅古奥，毫无儿女口吻。全歌大意，不外"德孝"二字，这是可贵的地方，真不愧为兴国文学啊！

汉高祖、项羽和唐山夫人的作品，都染有《楚辞》的遗韵，想是他们生在楚地，楚人的音节是他们的本质，而引起他们的，便是屈原的《离骚》。

2. 诗歌之盛

考《三百篇》亡于汉而绝于晋，大概汉代受了《离骚》的变风变雅的牵制，不能尽量做古诗——间或有能做古诗，只是少数罢了。因此，汉代的诗坛上有两种特产物。

五言诗　这种诗体是李陵、苏武创立的。韩愈有诗道："五言出汉时，苏李首更号。"《沧浪诗话》也道："五言诗起于李陵（或枚乘）。"并且我们可以说，这是来源于《离骚》的——钟嵘说："李陵之诗，其源出于《楚辞》。"观此，可以无

---

① 编者注：此处或为缺省，或为衍字。

虑了。

李陵与苏武的诗（参看《古诗源》），实是五言的鼻祖。或说："苏李诗一唱三叹，感寤俱存，无急言极论，而意自长、言自远也。"此外无名氏的《古诗十九首》做得很好。《玉台新咏》以《青青河畔草》《西北有高楼》《涉江采芙蓉》《庭中有奇树》《迢迢牵牛星》《东城高且长》《明月何皎皎》诸首为枚乘作。《文心雕龙》以《冉冉孤生竹》为傅毅作。昭明太子因为作者的姓名失传，统名为"古诗"，其实不止一人之作，亦非一时所作。

《古诗十九首》，我想是"失意者的悲声"。沈德潜说："……就五言中较然两体：苏李赠答，无名氏《十九首》，古诗体也。"

汉诗最好的，要算下面这两首：

　　古诗　上山采蘼芜，下山逢故夫。长跪问故夫："新人复何如？"新人虽言好，未若故人姝。颜色原[①]相似，手爪不相如。新人从门入，故人从阁去。新人工织缣，故人工织素。织缣日一匹，织素五丈余。将缣来比素，新人不如故！

　　古诗　十五从军征，八十始得归。道逢乡里人："家中有阿谁？""遥望是君家，松柏冢累累！"兔从狗窦入，雉从梁上飞；中庭生旅谷，井上生旅葵。烹谷持作饭，采葵持作羹；羹饭一时熟，不知贻阿谁？出门东向望，泪落沾我衣！

---

① 编者注：应为"类"。

这种真情挚意，诗人用他底手腕写下来，使我们百读不厌，真是绝妙的文学！

（以上这两首古诗，沈德潜把它归在乐府里。）

七言倡和　"元封三年，作柏梁台，诏群臣二千名，有能为七言诗，乃得上坐。"当时最著名的七言诗，就是汉武帝君臣倡和的《柏梁诗》：

> 日月星辰和四时　　帝
>
> 骖驾驷马从梁来　　梁孝王、武王
>
> 郡国士马羽林材　　大司马
>
> 总领天下诚难治　　丞相石庆
>
> ……
>
> ……（下面从略了）……

这种倡和体，和普通的七言诗不同。当时诗人，如司马相如、东方朔、枚乘、王褒、刘向等人，孜孜研究，也有这样底著作。

除七言、五言之外，四言在当时也是一种通行的体裁。

《古今乐录》："高祖时，四皓隐于商山，作《紫芝歌》。"

> 莫莫高山，深谷逶迤；晔晔紫芝，可以疗饥；唐虞世远，吾将何归？驷马高盖，其忧甚大！富贵之畏人兮，不若贫贱之肆志！

3. 乐府之盛

《汉书·礼乐①》："汉《房中祠乐》，高祖唐山夫人所作也。"已有乐府的可疑。

到了武帝时候，有个李延年的，知音律、善歌舞，所作新声变曲，很能感动听众。有一次，他在武帝面前，起而歌曰：

> 北方有佳人，绝世而独立。一顾倾人城，再顾倾人国！宁不知倾城与倾国，佳人难再得！

沈德潜说："欲进女弟，而先为此歌。"所以，武帝被他说得心花都开，毕竟迎娶为姬，延年就此得幸，可是他的女弟不久死了。《汉书》里：

> ……夫人早卒，方士齐少翁言能致其神。乃夜张灯烛，设帷帐，令帝居帐中，遥望见好女，如李夫人之貌，不得就视。帝愈悲，感为作诗："是耶非耶？立而望之，何姗姗其来迟！"

李延年靠女弟得幸，做了协律都尉，设立乐府，郊祀的时候，唤童男童女七十人同唱乐府。《郊祀歌》十九章，便是在这时所做的。（《郊祀歌》，或说司马相如作）

乐府中的上品，当推《羽林郎》《陌上桑》《孤儿行》《悲歌》《庐江小吏妻》。

《羽林郎》是辛延年所作，其骈丽之词，归宿点却是极贞静的。

《陌上桑》一曰《艳歌罗敷行》，其铺陈秾挚，与辛延年的

---

① 编者注：即"礼乐志"。

49

《羽林郎》一副笔墨，是非常神妙的作品。

《孤儿行》一篇，能使人哭得出来。沈德潜告诉我们说："极琐碎，极古奥，断续无端，起落无迹，泪痕血点，结缀而成。"

《悲歌》不知是谁作的，其愤懑心臆，有如骨鲠在喉，不吐不快。这一类多是悲歌慷慨，不知是血是泪？

《庐江小吏妻》即《古诗为焦仲卿妻作》，通常唤做《孔雀东南飞》。全篇有一千七百四十五个字，是古今第一首长诗。淋淋漓漓，反反覆覆，杂述几人口中的说话；而于描写各人的声音面目，无不毕肖，真是绝妙的笔墨，不朽的文学！

此外，好的乐府，如：蔡邕的《饮马长城窟行》，蔡琰的《胡笳十八拍》，无名氏的《战城南》《君子行》《善哉行》《东西门行》《伤歌行》《长短歌行》《相和曲》《瑟调曲》《平调曲》《清调曲》……都是很好的作品。

4. 辞赋之盛

汉楚元王交（高祖弟），淮南王安（元王子），吴王濞（高祖侄），梁孝王武、怀王揖都袭取孟尝君、吕不韦的故智，招致文人来作宾客。他们为什么喜欢这辈文人呢？藉此可以抬高声望、造作叛乱，想达到各人富贵荣禄的目的。在表面上看来似乎在共究《楚辞》，在想念上，明明是自私自利的，那^①有真心来提倡文学呢？

当时辞赋家，如：贾谊、伍被、严忌、枚乘、司马相如……

---

① 编者注：即为"哪"。

都曾作过他们底宾客，而在这辈辞赋家的动机，一面当然要讨各自主人的好，一面也要供武帝的赏识。所以相如学《高唐》《好色》而作《子虚》《上林》等赋，后来枚叔、庄助、朱买臣、吾邱寿、东方朔诸人，做出来的辞赋，又较艳丽些，愈能得武帝的宠爱。

辞赋至武帝时为最盛——按《〈汉书·艺文志〉序》，赋为五种（1），而武帝时人的作品最多。

《〈两都赋〉序》：“赋者，古诗之流也。”《文心雕龙》："赋自诗出。"观此，我们可以知道：汉代的辞赋，起初是从古诗分出，以后逐渐变化的——一面固然如此，但一面也是受着《离骚》的感化。

汉代的辞赋大家，当推司马相如为第一。他的《子虚》《上林》游猎^①是写田猎的；《美人》《长门》是写恋爱的；《大人》是写神仙的；《哀二世》^②是写哀吊的。其局度的开张，词藻的瑰丽，气韵的排宕，兴趣的渊涵，实是独有的妙技、千古的绝调，不愧古今独步！扬雄说："长卿之赋，非自人间来，神化之所至也。"相如自己也说："合纂组以成文，列绵^③绣而为质，一经一纬，一宫一商，赋之迹也。"

《七谏》是东方朔所作。其辞和谐，得相如思旨，有屈平余韵。

《七发》是枚乘作的。其声韵格律，善模《七谏》，以后傅

---

① 编者注：即《子虚赋》《上林赋》，《史记》《汉书》中合称《天子游猎赋》。
② 编者注：即《哀秦二世赋》。
③ 编者注：一作"锦"。

毅的《七激》、张衡的《七辩》、崔骃的《七依》，都是模仿《七发》而作的。

《吊屈原》《鵩[1]鸟赋》《服赋》，贾谊作。

《甘泉》《长扬》《校猎》，扬雄作。《甘泉》是模《子虚》之作；又作《广骚》《畔牢愁》。

《两都赋》（《东都赋》《西都赋》）、《论都赋》[2]，班固作。《两都》仿《子虚》作。

《两京赋》（《东京赋》《西京赋》），张衡作，仿《两都赋》。

此外，枚乘又作《河柳赋》《菟园赋》，公孙诡作赋[3]，邹阳作《酒赋》，公孙乘作《月赋》，王褒作《洞箫赋》等，先后献出。同时，武帝也好文学，作《秋风辞》：

> 秋风起兮白云飞，草木黄落兮雁南归。兰有秀兮菊
> 有芳，怀佳人兮不能忘！泛楼船兮济汾河，横中流兮扬
> 素波。箫鼓鸣兮发棹歌，欢乐极兮哀情多！少壮几时兮
> 奈老何？

其辞雄壮，有《离骚》遗响，实是不朽的作品！

5. 小说之盛

班氏说："小说家者流，盖出于稗官，街谈巷议、道听途说者之所造也。"战国是这样，汉代也是这样。但是汉代的小说，

---

① 编者注：应为"鹏"。
② 编者注：《论都赋》应为杜笃所作。
③ 编者注：应为《文鹿赋》。

似乎不甚纯粹。我们就《神异经》与《十洲记》二书而论，《隋志》并入史部地理类，《唐志》并入子部神仙类。不过，据《文献通考》里，以此二书入说部。

《穆天子传》《汉武内传》，河东尉伶玄撰。（《穆天子传》纪周穆王西巡事。）

《飞燕外传》《杂事秘辛》二书，在《汉魏丛书》中。其文太淫。或说，《飞燕外传》是尉伶玄作。

《洞冥记》，郭宪撰，内容是很神怪的。

《西方①杂记》《汉武故事》，旧题班固撰，或说刘歆作，《唐志》葛洪撰。

《神仙传》《灵异经》《神异经》《海内十洲记》，东方朔撰。王谟谓好事者之伪托。（《神异经》是说的八荒怪事；《十洲记》是说的十洲仙物。其文或神怪，或传异，颇似《山海经》。）

6. 女流作家及其作品

女流作家，汉代最多。《西京杂记》有卓文君的《白头吟》，华容夫人的歌诗。

汉代的女诗人，要推班婕妤了。《诗品》云："班婕妤，其源出于李陵。《团扇》短章，辞旨清捷。"与她同时的赵后飞燕，作《归风送远操》，遂得孝成帝的宠爱。此后，苏伯玉妻作《盘中诗》，窦玄妻作《古怨歌》，王昭君作《怨诗》，秦嘉妻徐淑作《赠答诗》，董祀妻蔡琰作《悲愤诗》，先后出世，颇受

---

① 编者注：应为"京"。

当时的欢迎。

蔡琰文姬的诗，激昂酸楚，读后发惊。其抒情，在东汉诗人中力量大，所作《胡笳十八拍》，使人忘其失节，而只觉可怜，是由于至情的产生出来，真是活泼泼地文学啊！

7. 王褒底《僮约》

胡适之《国语文学史》中，所引的王褒的《僮约》一篇，我看很有文学的色彩，姑且抄下，以供读者的观赏。

劈头就说：

蜀郡王子渊以事到湔，止①寡妇杨惠舍。惠有夫时奴，名便了，子渊倩奴行酤酒，便了拽大杖上大夫冢巅曰："大夫买便了时，但要守家，不要为他人男子酤酒。"子渊大怒曰："奴宁欲卖邪？"惠曰："奴大忏人，人无欲者。"子渊即决买券云云。奴复曰："欲使皆上券，不上券，便了不能为也！"子渊曰："诺！"

这是那篇文章的题目，下面是券文：

"神爵三年，正月十五日，资中男子王子渊，从成都姿②志里女子杨惠，买亡夫时户下髯奴便了，决贾万五千，奴当从百役使，不得有二言。晨起早扫，食了洗涤；居当穿白缚帚，裁于③凿斗……织履作粗；黏雀张乌，结网捕鱼；缴雁弹凫；登山射鹿，入水捕龟……

---

① 编者注：《古文苑》作"上"。
② 编者注：应为"安"。
③ 编者注：多作"盂"。"裁盂"又作"截竿"。

舍中有客，提壶行酤；汲水作铺，涤杯整案；园中拔蒜，断苏切脯……已而盖藏，关门塞窦；喂猪从^①犬，勿与邻里争斗。奴但当饭豆饮水，不得嗜酒；欲饮美酒，惟得染唇渍口，不得倾盂覆斗。不得晨出夜入，交关伴偶。舍后有树，当裁作船，上至江州下到湔……往来都洛，当为妇女求脂泽；贩于小市，归都担枲，转出旁蹉，牵犬贩鹅；武都^②买茶，杨氏担荷……持斧入山，断辕裁辕；若有余残，当作俎几木屐甂盘……日暮欲归，当送干薪两三束……奴老力索，种芋织席，事讫休息，当舂一石；夜半无事，浣衣当白……奴不得有奸私，事事当关白；奴不听教，当笞一百。"读券文适讫，词穷诈^③索，仡仡叩头，两手自搏，目泪下落，鼻涕长一尺！"审如王大夫言，不如早归黄土陌，丘蚓钻额！早知当尔，为王大夫酤酒，真不敢作恶。"

这篇东西，很足使人喷饭的，是活泼泼地文学！

在此要讲到：（一）诸子百家的余波；（二）经术的盛行；（三）史学的盛；（四）哲学派。

（一）诸子百家的余波

嬴秦焚坑之流毒未终，刘项之争强又起。当时丘革甫息、藩

封遍地，隐然是战国纷乱的局面。一部分的文人，还是脱不掉先秦的观念——要想极力深究诸子百家的学说。于是，陆贾的《新书》、贾山的《至言》、贾谊的《治安策》、晁错的《论兵事》都是应着时代精神的要求而作的；或许是子部的新发明。

（二）经学的盛行

汉代在秦火以后，所有经术很不完全，《尚书》一部，还是伏生口述出来的，其余也可想而知了。当时有人把藏在壁里的经书播传出来，而同时国家的录取贤良，也是把经文来作试验的标准，如：董仲舒的《天人三策》，公孙弘的置五经博士弟子员，等等，总是些黜废百家、尊崇儒术的举动罢咧！余若刘向、匡衡等人，专用经术来作文章，颇为时人所重，而经术之学大盛。

（这两种，在当代的思潮上很占势力的；在文学史上，只用略说其大概罢了。）

（三）史学的盛

自《尚书》《春秋》列入"经"后，论者都推崇司马迁是史家的杰出人才。迁于武帝时继承了父（谈）职，为太史令，发凡起例，作《史记》——旁①纪十二，列传七十，世家三十，表书十八——百三十篇，是空前的绝大著作，其文有长江大河一泻千里之势，除左氏外，谁能胜过他呢？只是班固不时的讥讽着，但平心而论，究非所及。

后来，班彪、班固父子俩撰《汉书》，将前汉一代的事迹，

---

① 编者注：应为"帝"。

编成纪、传、表、志百二十卷。其叙事较《史记》密，但文体却不及《史记》的宏壮。荀悦依《左氏传》撰《汉纪》，刘向作《新序》《说苑》《列女传》。于史学上，总很有贡献的。

（四）哲学派

汉自经术盛行后，诸子百家的学说，便失了它的立足地，但是在那时思想界上，仍有一班人孜孜深究——他们怕这种学说的完全要消灭，所以便把旁的名义来做标题。

淮南王安与其门下客苏飞、伍被、毛被、雷被、左吴、田由、李尚①等八人所撰《淮南子》，一名《淮南鸿烈》，文似《吕氏春秋》。

《论衡》是王充作的，其文最别致，有独见的奇论。或说充是中国怀疑派哲学家，故《论衡》以有批评精神见誉后世。

《申鉴》，荀悦撰，一名《小荀子》。其文言都儒家，似荀子。

《新书》是贾谊作，其中《治安策》《遇②秦论》二篇最有名。

扬雄善模仿——他仿《易经》作《太玄》，仿《论语》作《法言》。董仲舒作《春秋繁露》《天人策》，颇有精处。

（以上四项，于文学史上不甚关重要，也不便多请教吧！）

---

① 编者注：原文列出七人，或缺晋昌。
② 编者注：应为"过"。

（1）《序赋》五种

屈宋二十家

陆牧二十一家

荀卿二十五家

杂赋十二家

歌诗二十八家

（详《汉书·艺文志》）

第二章 魏代文学

三国的文学，蜀汉不及孙吴，孙吴不及曹魏，所以论文学史的人，索性用"魏代文学"的标题。

魏代最先的诗人，可说是武帝曹操。我们看他的《短歌行》：

> 对酒当歌，人生几何？譬如朝露，去日苦多。慨当以慷，幽思难忘。何以解忧？惟有杜康。青青子衿，悠悠我心；但为君故，沈吟至今。呦呦鹿鸣，食野之苹；我有嘉宾，鼓瑟吹笙。明明如月，何时可掇？忧从中来，不可断绝。越陌度阡，枉用相存；契阔谈宴，心念旧恩。月明星稀，乌鹊南飞；绕树三匝，何枝可依？山不厌高，海不厌深；周公吐哺，天下归心！

这首歌的意思，是说为人应当及时行乐；而在歌中时常看出他"沈雄俊爽，时露霸气"的风格。这样，也许他怀着王霸之心，才造出这种壮伟的诗来吧？

他的《短歌行》里"月明星稀，乌鹊南飞"两句，是写客子无所依的情景。这种绝妙的、不可多得的诗句，苏东坡借来点缀赤壁夜深的神秘呢。曹操的诗才，本来很好，只是他奸雄一世，受人诽谤，连诗名也埋没了。

文帝曹丕，字子桓，有文士气，做出来的诗，较他的父亲——曹操——要和柔得多。《文心雕龙》："魏文之才，洋洋清绮。"又："子桓虑详而力缓，故不竞于先鸣。"他的作品以《燕歌行》一篇，节奏之妙，不可思议。又作《典论》，是评论文学之短长的。他的作风，是"便娟婉约，能移人情"八字。

曹丕的弟弟曹植，字子建，聪明过子桓，诗才又很好。《文心雕龙》："子建思捷而才儁①，诗丽而表远②。"或说："子建诗，五色相宣，八音朗畅……苏李以下，故推大家。"

子建的诗，任情而作，不事雕饰，文帝素忌之。有一次，文帝想害死他，叫他在七步之内，要做出一首诗来。子建刚刚举脚，即应声歌道：

煮豆燃豆萁，豆在釜中泣；本是同根生，相煎何太急？

这首诗，虽然没有十分精彩的地方，但在七步内成了，实在不是容易的事。所以，谢灵运谓："天下文章只一石，子建独得八斗。"他的诗名，也可想而知了。

从此以后，子建作诗专从事于讽刺诗，如《名都》《白马》《美女》等篇，都是很好的作品；而《洛神赋》尤为不朽之作。三曹的文学，子建是居上位的了。

三曹的文学，其致力所及，不外如此："魏武以相王之尊，雅爱文章；文帝以副君之重，妙善词赋；陈思以公子之豪，下笔琳琅。"（《文心雕龙》）所以武帝的诗，还离不掉汉音，自子桓以下，才一变而为纯粹的魏响。

建安七子　三曹以外，再要讲到七子——七子名盛于献帝建安年间，故称建安七子，就是那孔融、王粲、陈琳、刘桢、徐幹、阮瑀、应玚七个才子。《文心雕龙》里说：

---

① 编者注：应为"儁"，同"俊"。

② 编者注：应为"逸"。

　　仲宣溢才，捷而能密，文多兼善，辞少瑕累，摘其诗赋，则七子之冠冕乎！琳瑀符檄擅声①，徐幹以赋论标美，刘桢情高以会采，应玚学优以得文……

《三国志·文帝与吴质书》：

　　伟长怀文抱质，恬淡寡欲，有箕山（孔融父）之子②，可谓彬彬君子。德琏常斐然有述作意，才学足以著书。孔璋章表殊健，微为繁富。公幹有逸气，但未遒③耳！至于五言诗，妙绝当时。元瑜书记翩翩，致足乐也！仲宣独自善于词赋，惜其体弱，不足起其文。至于所善，古人无以远过也！

　　七子的文学，在这两段里说得很明白了。

　　曹魏的文学已如上述，下面要讲孙吴与蜀汉的文学。

　　吴　孙吴霸据江东，东南文学之士——陆机、陆云、虞翻、康泰、薛莹等数十人，都在他势力范围以内，虽不及曹魏之盛，却比蜀汉要热闹得多了。在这班文人的著作，颇多可采的地方，所以在晋代及六朝时候，仍能保存一个地位。

　　蜀　蜀汉国土最小，交通又很不便利，理论上当然要缺乏人才，但是，也还有诸葛亮、谯周、杨熙④……几个人来点缀蜀境，也不致寂寞了。

　　诸葛亮本是个隐者，"刘备三过其庐"的故事，已经说得很明白。《三国志》："诸葛亮躬耕陇亩，好为《梁父吟》。"

---

　　① 编者注：应为"琳瑀以符檄擅声"。
　　② 编者注：应为"志"。
　　③ 编者注：应为"遒"。
　　④ 编者注：疑应为"任熙"。

步出齐城门，遥望荡阴里。里中有三坟，累累正相似。问是谁家墓？田疆古冶子。力能排南山，文能绝地纪。一朝被谗言，二桃杀三士。谁能为此谋？国相齐晏子。

不但如此，他的文章前后《出师表》也是读者所推许的。三国的文学，不过如此的了。

第三章　晋代文学

晋代的文学，可分作三个段落来讲：

A. 正始文学。

B. 太康文学。

C. 永嘉文学。

A. 正始文学

建安七子以后，文学趋势日渐改变。到了正始年间，文学由重声韵一变而重思想。于是，一般文人菲薄儒家，蔑视礼法，其中的主要分子，要推何晏、王弼两个。他俩崇拜老庄，对于老庄的学说，能宣出真义，使当时群众都能了解和崇拜。因此，许多文士也随了他俩的习气，谈起老庄来了。

竹林七贤　继何、王而起的，有山涛、阮籍、嵇康、刘伶、向秀、阮咸、王戎等七人，因为他们曾聚游竹林，时人尊称"竹林七贤"。在他们的团体中，阮籍、嵇康二人，可做代表。

阮籍意旨遥深。他的作品，文有《大人先生传》《乐论》《达庄论》等；赋有《东平赋》《首阳山赋》等，都是陶冶性情、发扬幽思而写的。但是，他文学的价值，却不在文与赋，而在诗。所作《咏怀》八十二首，反覆凌乱，兴寄无端，和愉哀怨，杂集诗中，是《十九首》后之大笔墨。沈德潜道："其源自《离骚》来。"嵇康志气清峻。他的《幽愤诗》，平直写去，自怨自艾、若隐若晦的地方，很有精彩。《文心雕龙》说：

"嵇康师心以遣论，阮籍使气以命诗，殊声而合响，异翮^①而同飞。"至于刘伶的《酒德颂》，虽说是千古绝笔，但平心而论，究不及。

B. 太康文学

武帝太康年间，文学称盛。《诗品》："晋太康中，三张、二陆、二潘、一左，勃而复兴，踵武前王，风流未湮，亦文章之中兴也。"但就诸子评论，除左思以外，似乎都是陷于同一的毛病——好说老庄之学——于是，萎靡不振的作品，不能使读者感着十分满意。

三张是张华、张载、张协。

张华有奇才，他的《鹪鹩赋》，笔法题意都非常奇异。《文心雕龙》评他："张华短章，奕奕清畅；其《鹪鹩》寓意，即韩非之《说难》也。"阮籍称他："王佐之才。"他的作风："犹恨其儿女情多，风云气少。"（《诗品》）

张载所作《剑阁铭》，文采甚丽。他的弟弟张协，钟嵘谓："其源出于王粲，文体华净，少病累，又巧构形似之言。"刘勰道："孟阳、景阳，才绮而相埒；可谓鲁卫政，兄弟之文也。"

二陆是陆机、陆云兄弟二人。

陆机少有奇才，善属文，张华见之曰："人之为文，常恨才少，而子更患其多。"《文心雕龙》："陆机才欲窥深，辞务索广，故思能入巧而不制繁。"他的作品之"华美"为弟陆云所不及。

---

① 编者注：应为"翩"。

二潘是潘岳、潘尼。

潘岳诗赋甚美。《文心雕龙》："潘岳敏给，辞自和畅，钟万[①]于《西征》，贾余于哀诔，非自外也。"从子潘尼，作文尚可观。

一左是左思。他的诗赋之才很好，曾作《三都赋》，张华见而叹曰："班张之流也。"《文心雕龙》评："左思奇才，业深覃思，尽锐于《三都》，拔萃于《咏史》，无余力矣。"

他们的诗，虽无建安风骨，而影响于六朝者极大。

在这个时候，有一种新发明要讲到的是：

"四六"的成立：陆机兄弟俩做出来的文章，极为绮丽藻艳。机所作的连珠《豪士赋》《文赋》，是骈俪文，大开四六之门。同时，潘岳、张载时常想学做。以后，葛洪、郭璞也很能做。颜延之、谢灵运更好些。到后周，徐陵、庾信，遂集六朝的大成。

C. 永嘉文学

太康中，文人派别甚多，以致绮靡不堪，无所归宿。到了永嘉年间，左思回顾前弊，心上有所不忍，他想改革底心，十分着急。同时，刘琨、郭璞起来，是谓"三杰"。他们的文学，精雅俊秀、超然独表！

左思本是太康中的健将，至此因改革之功，得称老师的上位。或者，太冲胸次高旷、笔力雄健，把汉魏二代的文学陶冶出来，自制伟词，所以，他被推为一代作手。他所作《咏史》八

---

① 编者注：应为"美"。

首，实为千古绝调！钟嵘说："……'野于陆机而深于潘岳'，此不知太冲者也。"

刘琨以英雄失路、万绪悲凉，所以把作诗随笔倾吐，哀音无次，毕竟致"雅壮而多风"的风格。《文心雕龙》："景纯艳逸，足观①中兴，《郊赋》既穆穆以大观，《仙诗》亦飘飘而凌云。"以上是评郭璞的话。大概他虽是打破空谈幻梦的事情，然而有时候仍不勉②有所迷信——仙心——看他的《游仙诗》便明白了。

晋代最大的诗人，要推陶渊明了。他是最大的天才作者，而能被一般人所尊崇的。他的作品，"不事雕琢，合于自然，不可几及，在真在景，卓绝千古"。至于他的人品，尤极清高，我们可以引一段话来：

> 有疑陶渊明诗，篇篇有酒，吾观其意不在酒，亦寄酒为迹者也。其文章不群，辞采精拔，跌宕昭彰，独超众类，抑扬爽朗，莫之与京。横素波而傍流，干青云而直上。语时事则哲而可想，论抱怀则旷而且真。加以贞志不休，安道苦节。不以躬耕为耻，不以无财为病。自非大贤笃志，与道污隆，孰能如此乎？

这是昭明太子和他作序的话。

读了上面这段话，总可以晓得他的诗的确是"不群""精拔"，"跌宕昭彰""抑扬爽朗"的了。后世的诗人，每每赏识

---

① 编者注：应为"冠"。

② 编者注：应为"免"。

他的诗，十二分羡慕和模仿他，但那①里能够及到他呢？钟嵘称他是古今隐逸诗人的鼻祖。真的，他是个伟大的诗人，在六朝中要算第一流人物！他的诗如：

……采菊东篱下，悠然见南山。山气日夕佳，众鸟相与还。……（《饮酒》）

……平畴交远风，良苗亦怀新。……（《癸卯岁始春怀古田舍》）

……衣食终须记，力耕不我欺。……（《移居》）

这类自然流露的诗句，是陶公特殊的色彩。因之，陶渊明是个田园诗人了。

他作《桃花源记》，描写别一个天地，幻想所及，无不写得十分周密，所以有人把这篇作小说读，也有说本篇是讽刺文的。至于《归去来兮》一篇，我分析为——首独悲之，中自酌之，末孤往之——三组思想。要之，他的诗意是：“观察宇宙一切，以博溺心，以文藏质。”而“清远间②放”的风格，是千古不朽的了！同时，我们要唤他“乐天派的自然主义底诗人”。

此外，先后于陶渊明的文人，如：孙楚、孙绰、皇甫谧、范甯、石崇、羊祐③、何劭、王羲之……几十个，亦有重名。

晋代小说，还可称述。干宝作《搜神记》，陶潜作《搜神后记》（补缺《搜神记》的）。王嘉作《拾遗记》，曹毗作《续杜兰香歌》，焦度作《稽神异苑》等，都是后世神怪小说之先导。

---

① 编者注：同“哪”。

② 编者注：应为“闲”。

③ 编者注：应为“羊祜”。

第四章　六朝文学

六朝文学，即南北朝文学。在这一代中的文学——文人的作文，把散文的文体完全变成骈体，而且很讲究修辞学的：在每篇文字中，多用故典，每句总要对偶和押韵，十分美观，十分艳丽，所谓"美文"的，就是六朝文。大抵六朝文是受了晋末清谈的遗风，而《归去来兮》一篇，反能引起六朝文人的欣赏。

南北朝的文学，只是骈体的文学，然而严格的说来：南朝的文学，注重华藻；北朝的文学，注重朴质——南朝的诗歌，儿女情多；北朝的诗歌，英雄气多。

南朝　南朝的文人，专在字面上用工夫——只讲究词句的排偶和文字的声律。原来那时代的文人，只供自己的娱乐和旁人的颂扬底目的，所以弄得非常绮艳。

一、宋代的文学

宋代的文学，四句话可以说尽："气变而韶，色变而丽，体变而整，句变而琢。"（《文心雕龙》）又："……自宋武帝爱文，文帝彬雅，秉文之德；孝武多才，英彩云构；自明帝以下，文理替矣！"因为这几种关系，宋代的文学便大有可观了！

文 [①] 嘉文学　《诗品》："元嘉中，有谢灵运才高词盛，富艳难踪，固已含跨刘郭，陵轹潘左，故知陈思为建安之杰，公干仲宣为辅；陆机为太康之英，安仁景阳为辅；谢客为元嘉之雄，

---

① 编者注：应为"元"。

颜延年为辅，斯皆五言之冠冕，文词之命世也。"大概宋代的文学，元嘉年间为最盛，而作家谢灵运、鲍照、颜延年三人为最著名。

谢灵运，他不喜欢谈老庄的学说，只沉心于游玩山水，对于田野一切的自然景色，用客观的思想化入诗词。他新俊流利的作风，可与陶潜相比，故世以"陶谢"并称。前人评他的诗说："东海扬帆，风日流利。"刘勰说："游山水诗，以康乐为最。"这些话，都说得很透彻。

鲍照的诗，如《行路难》等，皆清高俊逸，我们很喜欢读，可惜稍带有琢句的毛病。他的作风，在谢颜二人之间。

颜延年，论者称他"颜彪"。他的作品尚带三分病容，只因他兴赏田野的美景时独自领会，因为太寂寞、太干燥了，卒致产出乏味的文学。鲍照说破他道："延之终身病之。"

此外，灵运的族人：谢惠连、谢庄、谢瞻、王僧达^①也能做诗。谢惠连赋才很好，他的《雪赋》，灵运赞他道："张华重生。"谢庄善于描写景物的诗；谢瞻的诗，有灵运的节气；王僧达的文才也不丑。

二、齐代的文学

元嘉以后，文学逐渐衰败。到了永明年间，又复兴起，与元嘉的风格相仿佛，只是好作艳句，过于纤巧，色泽益加浓厚，而真情愈是难于捉摸。

永明文学　陆厥说："永明末，盛为文章，吴兴沈约、陈郡谢朓、琅邪王融，以气类相推毂。汝南周显善识声韵，约等文皆

---

① 编者注：王僧达非谢灵运族人。

用宫商，以平上去入为四声，以此制韵，不可增减，世呼为'永明体'。"大抵永明的文学，颇究声律，而又钻于音韵，后来"四声八病"之说便发生了。（1）在当时文坛界上，骈体的发展和律诗的造成，才是沈约的功劳。

竟陵八友 永明文学作者，包括有竟陵八友——谢朓、王融、任昉、沈约、范云、萧琛、陆倕、萧衍八个人。八人中，沈约、萧衍……入梁，其余要在本朝讲的。

谢朓的作品，清俊而秀丽。沈德潜："玄晖心灵口秀①，每诵名句，渊然冷②然，觉笔墨之中、笔墨之外，别有一段深情妙理。"梁武帝："三日不读，即觉口臭。"沈约也说："二百年来，无此诗也！"他做的诗，李太白最为叹服，与他同时的作者，当推王融。他的抒情诗很好，而《曲水诗序》，文藻的富丽，是当世称崇的。

其余孔稚圭的游诗很好，以及萧琛、陆倕、周颙、王僧儒③诸人，也是文名闻当世的作家。

三、梁代的文学

梁代文运的隆盛，在六朝中是居首位的。武帝、文帝都极喜欢文学，而昭明太子的《文选》、刘勰的《文心雕龙》、钟嵘的《诗品》也都产生在这一代的。

梁武帝萧衍本来和沈约等七人号称"竟陵八友"，即了帝位，其余的七人当然同做了梁代的臣子，很有建安的气象；而文采的兴盛，也可想而知了。萧衍的诗渊渊浑浑，独自创一种

---

① 编者注：应为"灵心秀口"。

② 编者注：应为"泠"。

③ 编者注：应为"王僧孺"。

格调。沈德潜说："续续相生，连跗接萼，摇曳无穷，情味愈出。"

简文帝萧纲小时候便很聪敏，后来果然妙赋诗词，千言立就；不过，他喜欢做些轻艳的诗词，当时叫做"宫体"。这不独是简文如此，就是武帝也是如此的，下及群臣，总以艳情的诗词为娱，而温柔敦厚的汉魏风骨，就此一扫无余了。他的"叶密鸟飞碍，风轻花落迟"（《折杨柳》）等，他的父亲很爱读的，并且说："此吾家东阿王也"。

元帝的诗才很好，只是欠些气骨，但他不时流露的天然澹远的风格，决非常人可及。他的长兄萧统——昭明太子——更孜孜于文学。曾筑文选楼，引庾肩吾、刘孝威等论文籍；毕竟撰成《文选》六十卷，上溯秦汉三国、下迄梁代中间的诗文总集。

梁代的文学家，沈约与江淹并称。

沈约的诗，来比鲍谢的性情声色，俱逊一筹；然他在萧梁一代，也许为大家的了。耄年诗志已退，但边幅尚阔，词气尚厚，能存古诗一脉。江淹的诗，专修饰，风骨不高，然而悲壮萧瑟的风格，实是齐梁的英豪！

同时还有任昉作词甚好，沈约说："彦昇为一代词宗。"庾肩吾辈，文学尚可。

梁代有两部评论文学的伟著——

《文心雕龙》是刘勰著的。这书是评论诗文词赋的体制和工拙、隋唐以来的词章家的宗法。全书凡五十篇，共十卷。

《诗品》是钟嵘作的。其中列汉以下五言诗的作家百二十人，论其优劣，分为上中下三品，每品之首，各冠以序，对于诗人的作品和人格，各有很精切的评论，实在是很伟大的贡献啊！

此外，裴子野不喜欢靡丽的诗词，卓然自立，所作《雕虫论》是批评宋以后的文弊，也有精彩的地方。

四、陈代的文学

陈代的文学是很免[1]强的，因为钟嵘的《诗品》评论诗的美和丑，分列三等品第——在当时文人的作诗，既没有萧梁轻艳的宫体，更不及汉魏温厚的风骨。他们恐怕被人讥讽的缘故，于是创造新声的计划才发生。

陈后主叔宝很喜欢文学，尤其是浮艳的。他以宫人袁大舍等为女学士，江总等为狎客，当他们在后庭游宴时，后主就唤许多妃嫔女学士及狎客共赋新诗，把艳丽异常的新诗采为新声。因之，选美容的宫女数千人学习歌舞，以待创造新声时的应用。在这时候的《玉树后庭花》《临春乐》等曲，都是写张贵妃、孔贵嫔的花颜月容；而在君臣的不亲政事，只弄歌酒，自夕达旦。这种靡妖之音、亡国之歌，都是陈后主一人的罪恶！

陈代的文学家，要推徐陵、江总、阴鉴[2]、张正见、姚察、顾野王、周弘让、周弘正许多人。

徐陵与北周的庾信齐名，他的相思诗，婉娟而多情。所著《玉台新咏》一书，是他一生精力所至的作物。江总很知慧，本是可造就的，只因后主过于宠爱他，每日游宴于后庭，和陈暄、孔范、王瑗十几人，时人称做狎客；他便不能专心向学，被那些娱乐所魔了。他的五言七言诗都很好，可是失之于浮艳。阴鉴的诗赋倒不差，杜甫说："李侯有佳句，往往似阴鉴。"

---

① 编者注：应作"勉"。
② 编者注：阴鉴应作"阴铿"，以下同。

北朝　北朝地近朔漠，诗声杂胡语，并且是写北方的风景，所以这种高古的神趣，实在可接汉人的遗响。不过，他们因为近于朔漠，民族方面，都靠游牧的生活，所以他们的文学上，与南朝大不相同——是英雄战士气概的文学，不是儿女口吻的文学。且看下面引举的例子。

企喻歌

男儿欲作健，结伴不须多；鹞子经天飞，群雀两向波。

前行看后行，齐著铁裲裆；前头后头头[①]，齐著铁鉅[②]鉾。

男儿可怜虫，出门怀死忧；尸丧狭谷中，白骨无人收。

这首歌里面所写的景物和口气，显然是北方的情景。像《琅琊王歌辞》《折杨柳歌辞》《陇头歌辞》……这许多歌辞，都是同一色彩的。

北方平民文学里最大的杰作，自然要推《木兰诗》了。这首诗的妙处，想已大家都晓得，我也不便再说了。

以上可说是北方的民众文学，现在要讲到贵族的文学，照历史上分也可分：

① 编者注：应为“前头看后头”。

② 编者注：应为“鉦”。

一、北魏

北魏的文人，有袁跃、裴敬宪、卢观封①、邢臧、邢昕等，而温子昇的名望，最是高轶，当时文坛上都推他为老师呢！继子昇而起的是邢邵、魏收两个，他俩虽仕于齐，然而在北魏已有重名。他俩与子昇并称，文学之佳，也有独到的地方。

温子昇的诗可比得上三谢——谢灵运、谢庄、谢朓，梁武帝说："曹植、陆机，复生北土。"邢邵有奇才，见人校书而笑曰："何愚之甚？天下之书，至死读不可遍，焉能始复校此，且误书思之，更是一适。"世称"大邢"。魏收亦好文学，世称"小魏"。

二、北齐

齐是受魏禅的，所以邢、魏辈人也随了入齐而为文学之伯。此外，如颜之推、左鸿勋②、斛律金……十几个人。

颜之推与祖鸿勋的文学，似乎枯燥的、乏味的，倒不及斛律金的可观，我们摘下一个例子来看：

> 敕勒歌　敕勒川，阴山下；天似穹庐，笼盖四野；
>
> 天苍苍，野茫茫，风吹草低见牛羊。

这一首歌，莽莽而来的口头，显然是战士文学的色彩；而体裁方面，很有白话的气魄，真是很好的文学！

齐代的文学，稍尚讽刺的作风。宋王③底《关东风俗传》内，大半是讽刺朝士大夫，可是现在已失传了。此外，阳俊④底

---

① 编者注：应为"卢观、封肃"。

② 编者注：应为"祖鸿勋"。

③ 编者注：即宋孝王。

④ 编者注：应为"阳俊之"。

六言，辞句的淫荡和喻意的飘肖，另外有一种色彩。

齐代的女流作家，要推冯淑妃了，她底《感琵琶弦》词句凄凉，并且可以被之管弦。余如《阳五伴侣》一曲，节奏的佳妙，是后世弹词的滥觞。

三、北周

北周的文学家，只有王褒、庾信两个可以称崇。

王褒的诗，多雄壮的气势，《关山篇》最容易看出。庾信的诗，新雅情丽，沈德潜："陈惰^①间人，但欲得名句耳！子山于琢句中复饶清气，故能拔出于流俗中，所谓轩鹤立鸡群者也！"晚年有乡关的幽思，乃作《哀江南赋》以寄志。

王褒、庾信虽仕数朝，但享文名最高的时候，只在北周一朝，所以《周书》论："惟王褒、庾信奇才秀出，牢笼于一代，是时世宗。"又道："……然则子山之文，发源于宋末，盛行于梁季。其体以淫放为本，其词以轻险为宗，故能夸目侈于红紫，荡心逾于郑卫。"只因庾信的诗在梁时只以轻绮淫放的风格，还谈不到清新老成呢！到了入北周以后才有：

　　……日光钗影动，窗影镜花摇。……

　　……石险松横植，岩悬涧竖^②流。……

　　……爱静鱼争乐，依人鸟入怀。……

这种佳句，是不可多得的；所以杜子美也称许他"清新""老成"。

---

① 编者注：应为"隋"。

② 编者注：应为"竖"。

（1）沈约的"八病"：

一曰平头——第一、第二字不得与第六、第七字同声

二曰上尾——第五字不得与第十字同声

三曰蜂腰——第三[①]字不得与第五字同声

四曰鹤膝——第五字不得与第十五字同声

五曰大韵——如声鸣为韵，上九字中不得用惊倾平荣字

六曰小韵——除大一字外，九字中不得有二字同韵

七曰旁纽——一纽[②]而双声

八曰正纽——十字内有两字叠韵

---

① 编者注：应为"二"。

② 编者注：应为"不共一纽"。

第五章　隋代文学

隋文帝既统一了南北，竭力图谋文学改革。当时的诗人，如：刘臻、颜介、卢思道、薛道衡、魏渊、辛德顺[1]、李若等，聚在一处，同定声韵，于是南北的声韵纠正了。这时候文帝决意来操文艺革命这件工作了。开皇四年，文帝得到李谔的上书，十分合意，后来听说有王通的笃守儒术，讲学于河汾之间，文帝一心想用他，可是没有达到目的。

正在改革时期，不料炀帝弑父自立。——他是个荒淫之徒，只想个人享快乐，于是大兴伎声；当时文人受这种影响，便弄起艳词来了。在这代文学史上，倒有二种新纪元：

1. 戏曲　炀帝好色，喜艳词，故特命阿摩作《清夜游曲》，叔宝作《玉树后庭》，乐正白明达造新声，作《同心髻[2]》《万岁乐》《藏钩乐》《七夕相逢[3]》《十二时》《玉女行觞》《神仙留客》《乐投壶[4]》《长乐花》等曲。每年正月，在端门外建国门内大戏场开演，地大八里，歌舞的都用女子，总是锦绣绘彩的装束。相传演戏的有三万人，弹弦吹管及敲金石的有一万八千人，声音热闹，光烛千里；文武百官，可随意观看，自夕达旦。在当时虽为淫奢的举动，在后世却是戏曲的滥觞。

---

① 编者注：疑应为"辛德源"。

② 编者注：全称为"舞席同心髻"。

③ 编者注：应为"七夕相逢乐"。

④ 编者注：应为"投壶乐"。

2.律诗 律诗本是沈约创始的，自陈至惰^①，有崔儦、王颊、王贞、庾自直、诸葛颖、孙万寿、王胄等人，专练习这种体格，于是，律诗才完全成熟。

隋之律诗，上起沈约的余波，下开唐人的先风；至于诗彩的佳者，当推孙万寿、薛道衡、虞世基、卢思道、王胄这几个人。他们近宗徐、庾，下开沈、宋，很有力的。

---

① 编者注：应为"隋"。

第六章　唐代文学

唐代文学思潮的趋势，在《唐书·文艺传序》里说得很清楚。

> 唐有天下三百年，文章无虑三变。高祖、太宗大难始夷，沿江左余风，缔句绘章，揣合低卬，故王、杨为之伯。玄宗好经术，群臣稍厌雕琢，索理致，崇雅黜浮，气益雄浑，则燕许擅其宗。是时，唐兴已百年，诸儒争自名家。大历、正元间，美才辈出，擩哜道真，涵泳圣涯，于是韩愈倡之，柳宗元、李翱、皇甫湜等和之，排逐百家，法度深严，抵轹晋魏，上轶①汉周，唐之文完然为一王法，此其极也！

唐代的文学，向来论者都分四个时期来讲，即：

初唐——是高祖、武德元年以后的百年中。

盛唐——是玄宗开元元年以后的五十年中。

中唐——是代宗大历元年以后的八十年中。

晚唐——是宣宗大中元年以后到唐末。

初唐

高祖武德初年的作家，如：陈叔达、温大雅、贺德基、贺德仁、魏徵、孔绍安、李百药、陈子良、王绩、欧阳询、萧德言、徐师谟、房玄龄、于志宁、颜师古、姚思廉、虞世南、褚亮、颜

---

① 编者注：一般作"轶"，又作"轧"。

相时、史唐俭[1]、苏世长、李守素、窦伦、杜如晦、苏幹、薛元敬、李道玄、薛收、袁朗、荣九思、孔绍安、谢偃、蔡允恭等数十人，大都是陈隋的遗老。到了太宗即位，诸人中或来归，或远散，所谓唐初十八个学士。

唐初十八学士，就是房玄龄、杜如晦、于志宁、薛元敬、盖文达、许敬宗、陆德明、孔颖达、李道玄、李守素、虞世南、薛收、苏世长、褚亮、蔡允恭、姚思廉、颜相时、苏勖。就中虞世南曾为太宗称许过五绝——德行、忠直、博学、文辞、书翰，他的诗才，比较十七人都好。

太宗最喜欢文学，他左右的十八学士，以上已说过了，可是他们受了六朝积重难返的文弊，一切作品仍不脱绮艳的习气，后来四杰出来，才得慢慢地改革。

王勃、杨炯、卢照邻、骆宾王四个人，世称"唐初四杰"。《艺苑卮言》说："卢骆王杨称四杰，词旨华丽，固缘隋[2]之遗；骨气翩翩，竟[3]象老境，超然胜之。"他们的文学，虽然依旧脱不了江左的遗风，但是比十八学士却要胜多了。后来四杰的文学，被人们反对得很激烈，几近乎完全消灭的田地。杜诗里说得好："王杨卢骆当时体，轻薄为文哂未休；尔曹身与名俱灭，不废江河万古流！"这一说，把四杰一脉底文学，提醒过来了！

太宗晚年，武后临朝，她也是心醉于文学的。《大唐新语》：

---

① 编者注：应为"唐俭"。
② 编者注：应作"陈隋"。
③ 编者注：一作"意"。

　　则天初革命，大搜遗逸，四方之士，应制者向万人。……

　　这时候，武后命杨炯、宋之问等分直艺文馆，四方来试的甚众，如：李峤、宋之问、沈佺期、张昌宗、员半牛[1]、崔湜、徐坚、张说、阎朝隐、徐彦伯、刘知幾、刘允济、富嘉谟、吴少微、李适、王无竞、尹元凯……二十六人，都是当代名望最高的，所谓珠英学士，荟萃一时。

　　珠英学士中，有两个杰出的人才，我们也应该晓得，就是沈佺期与宋之问。他俩在当时的名誉着实不差，所说"苏李居前，沈宋比后"，这就是人家看重他俩的话呀！不过，他俩善于字句上的修饰，才定出七律和五绝的格式，后人做诗，须要照这样格式做去。《艺苑卮言》里："五言至沈宋始可称绝。"但是，他俩的诗是宫体诗，所以不久被陈子昂起来铲除。

　　（陈子昂是复古的有力者，他的古文很好，韩诗有"国朝盛文章，子昂始高蹈"的话。同时，富嘉谟、吴少微两人，古文也好，当时人把他们三个号称"北京三杰"。）

　　以后有个高宗的宰相，名叫上官仪的，诗才很好，《大唐新语》："高宗承贞观之后，天下无事，上官仪独为宰相，尝凌晨入朝，循洛水堤步月，徐辔咏诗。"这种环境，足使他的诗彩更能清丽。时人效之，叫做"上官体"。（《诗苑类格》：唐上官仪诗有六对：一曰正名，天地日月是也；二曰同类对，花叶草芽是也；三曰连珠对，萧萧赫赫是也；四曰双声对，黄槐绿柳是也；五曰叠韵对，彷徨放旷是也；六曰双拟对，春树秋池是也。

---

[1] 编者注：应为"员半千"。

又有所谓八对，就是：1.的名对；2.异类对；3.双声对；4.叠韵对；5.联绵对；6.双拟对；7.回文对；8.隔句对。）

总而言之，初唐的文学，还是沿着陈隋的旧习的。

盛唐

盛初的文学，不像初唐了：能够脱去绮艳的习气。最先是张说（燕国公）、郑颋[1]（许国公）、张九龄三个人，而九龄所作的《感遇诗》实是开后人的草昧之风。

这时候有两个伟大的诗人——李白与杜甫。

杜甫的诗，稍欠自然，不过他涵浑汪洋、千态万状的抽写，却超乎李白之上。元稹说："上薄风骚，下该沈宋，言奋[2]苏李，气吞曹刘，掩颜谢之孤高，杂徐庾之流丽，尽得古今之体势，而兼人人之所独专矣。使仲尼考锻其旨要，尚不知贵其多乎哉？苟以为能所不致[3]，无可无不可，则诗人以来，未有如子美者！"他最崇拜苏李，或许他的诗是得力于苏李的，他曾说："李陵苏武是吾师。"

李白呢，他把神运的笔，写在纸上，似乎翩翩欲仙的诗，所以他自信自己的文格放达，作品自然，曾经对于杜甫开一次顽笑过：

　　饭颗山头逢杜甫，头戴笠子日卓午。借问别来太瘦生，总为从前作诗苦。

这是李白讥诮杜诗的拘束不自然的话。

李白说他自己的诗比杜甫好，元稹说李诗不及杜诗。这两种

---

① 编者注：应为"苏颋"。

② 编者注：应为"夺"。

③ 编者注：应为"能"。

高调，都不公平——自己比人好的心思，什么人总是有的。李白
说这样的话，我们不便去驳他；但是元稹处于第三者的地位，说
这种话，似乎很不配，所以韩愈故意做一首诗来笑他，诗说：

李杜文章在，光焰万丈长。不知群儿愚，那用故
诱①伤？蚍蜉撼大树，可笑不自量！

大概李杜的诗，各有所长：李白的七绝，杜甫的七律，都能
独步古今，我们也不必仔细讲来，只读者自己领悟罢了。

其实呢，李白的《清平调》为杨贵妃所妒忌之后，便整日的
把酒解闷，这样，倒使他反悲为乐。杜甫因当时时势的纷乱，忧
悯在心，积久就成了一种悲观。总之，李杜的诗是白话化的诗。
这种诗最能够感动人：我们读他们两人的写欢乐的诗，似乎觉得
很快乐；读他们两人的写悲痛的诗，便要流泪了；读了他们两人
的慷慨激烈的诗，慷慨激烈的心情也存胸怀了。所以，李杜二
人，是唐代的大诗家，也许是中国的大诗人。

盛唐的诗人，除李杜之外，还有王维、孟浩然、高适、岑
参、元结、李颀、储光羲、崔颢、王昌龄、王之涣、贺知章、
贾至、张旭、刘眷虚②、常建、包融等许多人。他们的诗是怎样
的，举出例子来说罢。

相思　　王维作

红豆生南国，春来发几枝。愿君多采撷，此物最相
思。

这类诗是当时梨园中作曲子唱的。

---

① 编者注：应为"谤"。
② 编者注：应为"刘眘虚"。

过故人庄　　孟浩然作

故人具鸡黍，邀我至田家。绿树村边合，青山郭外斜。开轩面场圃，把酒话桑麻。待到重阳日，还来就菊花。

他的诗，清淡而温雅，含有田野的意味，所以他于隐居在鹿门的地方。

渔父歌　　高适作

曲岸深潭一山叟，驻眼看钓不移手。世人欲得知姓名，良久问他不开口。笋皮笠子荷叶衣，心无所营守钓矶。料得孤舟无定止，日暮持竿何处归？

高适的诗，一起一伏的格调，非常劲健。

逢入京使　　岑参作

故园东望路漫漫，双袖龙钟泪不干。马上相逢无纸笔，凭君传语报平安。

岑诗很高雅。

贼退示官吏　　元结作

昔年逢太平，山林二十年。泉源在庭户，洞壑当门前。井税有常期，日晏犹得眠。忽然遭世变，数岁亲戎旃。今来典斯郡，山夷又纷然。城小贼不屠，人贫伤可怜。是以陷邻境，此州独见全。使臣将王命，岂不如贼焉。今彼征敛者，迫之如火煎。谁能绝人命？以作时世贤！思欲委符节，引竿自刺船。将家就鱼麦，归老江湖边。

元结的诗甚浪漫，和他的人品一样。

野老曝背　　李颀作

百岁老翁不种田，惟知曝背乐残年。有时扪虱独搔头①，目送归鸿篱下眠。

李诗平淡雅奥。

洛阳道　　储光羲作

洛阳春冰开，洛阳春树绿。②朝看大道上，落花乱马足。

他的诗含有讽刺的色彩。

黄鹤楼　　崔颢作

昔人已乘黄鹤去，此地空余黄鹤楼。黄鹤一去不复返，白云千载空悠悠。晴川历历汉阳树，芳草萋萋鹦鹉洲。日暮乡关何处是？烟波江上使人愁。

这一首诗，不可多得的，而末一句的文学兴趣，更是浓厚。

春宫曲　　王昌龄作

昨夜风开露井桃，未央前殿月轮高。平阳歌舞新承宠，帘外春寒赐锦袍。

王诗以讽寓胜。

登鹳雀楼　　王之涣作

白日依山尽，黄河入海流。欲穷千里目，更上一层楼。

回乡偶书　　贺知章作

少小离家老大回，乡音无改鬓毛衰。儿童相见不相

---

① 编者注：应为"首"。
② 编者注：应为"洛水春冰开，洛城春水绿"。

识，笑问客从何处来。

其余的诗人，都各俱一种风格，不再说了。

中唐

（一）

古文的大运动，开始于初唐的四杰，而盛唐的陈子昂便是个古文运动的致力者。到了中唐韩柳起来，统集以上的大成，做古文运动的大伟人，唱出"先秦之古文"兴[①]"汉魏之古文"的高调。这种事情，我们不能够强说韩柳二人故意做这样而运动，实在倡言古文的潮流，到了那时不能不澎湃和发泄出来啊！

不过，他俩的古文，并不完全和先秦的文章一样好，有些和今文相同的，前人既然把古文这个名目赏赐他俩，那末我们也不便去穷究着。

韩愈的文章气势浩瀚、笔力遒劲，他底《祀[②]十二郎文》，读了使人出泪。

柳宗元的文章，奇妙处很多，读后兴味随生。大抵柳文参老庄的神道，学《穀梁》的气势，而以讽刺为出发点。有人说："柳文无所归宿。"其实不然。大凡带讽刺色彩的文章，总以含糊为是，真的尾声和余响，倒在读者的思考中。万一支离分明，沉重厌浮，使人发生感应，似乎倒不惊心触目，或者可说是乏味。

韩愈的门下从学者，如李翱、李汉、皇甫湜、孙樵、沈亚之、贾岛、刘义[③]等七人，此外，孟郊、张籍诸人，亦从他

---

① 编者注：应为"与"。

② 编者注：应为"祭"。

③ 编者注：应为"刘叉"。

游过。

（二）

中唐的诗，因为受了韩柳的古文运动之影响，不及盛唐了。

这一时期的诗人，前于十才子的，有韦应物和刘长卿二人，也是个大家。韦应物的诗，闲淡简远，可以比得上陶渊明。刘长卿的诗，也很可观。此后便是卢纶、吉中孚、韩翃、李端、司空曙、钱起、苗发、崔峒、耿沣、夏侯潘①等十才子，与李嘉祐、秦系、郎士元、皇甫曾几个人。到了元和长庆年间，有白居易、元稹、刘禹锡、韩愈、柳宗元、孟郊、贾岛、张籍、姚合等人。他们的诗，虽比不上李杜的高明，却也有"雅淡""冲秀""高超""真实""清逸"的风骨。

这许多诗人当中，要推元稹、白居易两人。他俩的作品，当时人很爱读的，所以号"元和体"。

元稹的诗，有两种变态：起初是以平易胜，后来因为与他姨母的女儿——双文起了恋爱之后，便时常做些爱情的诗，所以看起来似乎有艳情的色泽，当时宫中妇女都非常爱读他的诗，因之唤做宫词。

白居易的诗，很近白话体，《墨客挥犀》："白乐天每作诗，令老妪解之，问曰：'解否？'曰'解'则录之。不解则又复易之。"所以他的诗，妇女小孩子都能读的。

他很能够做讽刺诗，我们都读过他的《长恨歌》一首，可说是他底杰作了！

白居易做诗的善长，《诗苑类格》说："乐天讽刺之诗长于

---

① 编者注：应为"夏侯审"。

激，闲适之诗长于遗，感伤之诗长于切，律诗百言以上长于赡，五字七字百言以下长于情。"但是他最有价值的作品，是五十篇的《新乐府》，在此且把他的《新乐府自序》写出：

> 新乐府凡九千二百五十二言，断为五十篇，篇无定句，句无定字，系于意，不系于文，首句标其目，卒①显其志，《诗》三百之意也。其质粹而轻②，欲见之者易喻也；其言直而切，欲闻之者深诚也；其事核而实，使采之者传信也；其体顺而肆，可以播于乐章、歌曲也。总而言之，为君、为臣、为民、为物、为事而作，不为文而作也。

这样讲来，他作诗并不模仿同时代的李杜与汉魏六朝的诗家，却崇拜《诗》三百的温柔敦厚的自然。

刘禹锡的五言诗，朝中公卿大夫都爱读的，所以他的爵位虽并不高，而一班贵族倒都与他有交情。

韩愈、柳宗元几个人，虽是唱古文的高调的人，但也能够做出很好的诗。同时，张籍、姚合二人的诗，别树一体。张诗的优点，姚合说："妙绝江南曲，凄凉怨女诗。古风无敌手，新语是人知。"至于姚合的诗，与张诗相仿佛。

晚唐

晚唐的诗，更不及盛唐了：只因为那时候的作家，也心醉于古文的；像温庭筠、李商隐和段成式三个人，也喜欢做四六文的。他们都是排行三十六，所以当时有"三十六体"的名目。

---

① 编者注：缺省"章"。
② 编者注：应为"其辞质而径"。

他们做文章，既是这样，做诗更是讲究古奥，不过当时有个杜牧，他的诗却能表扬自然，所以这一时期的诗人，分起两派来了。

杜牧的诗，冶荡豪纵，风骨很高。属他一派的有赵嘏、张祜二人。

李商隐的诗，僻奥得很，所以他只用烘托的老法子。他的长律是学杜的——得杜甫的神气，却有可观。温庭筠的诗，老炼而俊刻；他的乐府歌行是超于李商隐的。属他俩一派的，有韩偓、皮日休、陆龟蒙诸人。

此外，方干、司空图、杜荀鹤、李频、曹唐、曹邺、胡曾、薛莹、许军、张直、项斯、钱珝、于溃、崔道融、聂夷中多人和三罗——罗隐、罗邺、罗虬——于晚唐诗坛上也有名。

唐代著名的小说，有元微之的《会真记》、张文成的《游仙窟》。而《唐代丛书》《五朝小说》和《龙威秘书》所载可读的小说，如《长恨歌传》《李林甫传》《高力士传》《虬髯客传》《杜子春传》《剑侠传》《杨太真传》《霍小玉传》《步非烟传》《章台柳传》《红线传》《枕中记》《梅妃传》等，写情的也有，传奇的也有，侠义的也有，神怪的也有，都是很能描写得透澈而不精彩①的作品。

---

① 编者注：当为"精彩"或"不失精彩"之意。

第七章　五代文学

五代的文学，萎敝极了！诗文的作者很少，也没有享大名的。陆放翁说："诗至[①]五季气格卑陋，千人一律；而长短句独精巧高丽，后世莫及。此事之不可晓者！"前人既是如此，何况现在呢！

词是创于李白的《菩萨蛮》《忆秦娥》和张志和的《渔歌子》的——唐的乐府，如李白的《清平调》、刘梦得的《竹枝词》、白乐天的《柳枝词》、王建的《霓裳词》，明是七言绝句，而都称做"词"。"词是发生在乐府歌调之后的！"大概当初诗人的作词，歌者按"调"迁就唱出，这种称做"词"的，便是诗。最通行的是五七言绝句。后来诗人作词，反迁就歌调来，把来比诗，字数便起了增减。《渔歌子》本是一首七言绝句的诗，只是减去第三句的一个字罢咧！李白的《桂殿秋》也是。

五代的词，秾艳而稳秀。最有名的作家，要推下面的几个了。

南唐后主李煜的词，凄婉极了！人读了他的作品，总感着哀怜。亡国以后的小品，更是悲凉。他眼见的世界，凄凉的，枯寂的……已经不是过去的世界了！环境逼使他，更兼着他狂放的天才，这也是"文章穷而后工"的道理——后主是我们最崇拜的。

蜀韦庄的词，格调婉秀，《菩萨蛮》四章，深曲的情致，不减于温飞卿，故世以温韦并称。

[①] 编者注：此处缺省"晚唐"。

　　南唐冯延巳的词，宛然是楚人的遗音。《蝶恋花》四章，缠绵的格调，忠厚的思想，读者可以明了他天才的渊深和用意的苦心了。——这是我们最爱读的。陈世珍 [①] 评他的词："思深词丽，韵逸调新。"

　　此外，有南唐中主李璟、后蜀的毛文锡、石晋的和凝、后唐的牛希济、前蜀的薛昭蕴等，也做得好词。

---

① 编者注：一作陈世修。

第三编　近古文学

第一章　宋代文学

宋代的文坛上有三支有力军：

1.西昆体一派的文学，是袭着五代文体的余波。不必说，这派文学自然是多绮丽浮藻的辞头，而少整切纯粹的思想。他们的中坚分子都用四六体来做诗文的。

2.柳开、穆修、欧苏的一派，是古文家。他们的作品，远宗经子，近仿韩柳，在当时最占势力。

3.周程张朱这几个人，是理性派的。他们的作物的色彩，专门研究仁义礼知罢了！

因为有这三支精锐军，所以弄得宋代的文坛上起三种趋势：

1.复古

宋初有杨徽之、鞠常、李若拙、赵邺幾①四人做骈俪文的，疲弱得很。接着，杨亿、刘筠、钱惟演三人起来变之：他们不论做散文和韵文都宗法李义山（商隐）的，一时为之风靡，叫做

---

① 编者注：应为"赵邻幾"。

"西昆体"。此后柳开、穆修、苏舜元、苏舜钦诸人出来，振作古文，可是受了五代习气太深的缘故，作文仍脱不掉卑陋的风格；到了欧阳修起来，得到昌黎文稿，于是苦心探索，遂一洗卑弱，做当代的文宗。以后曾巩、王安石、苏洵几个人都从为门生，而苏洵又把他高卓的文笔，传给长公苏轼、次公苏辙——他们这几个人的古文，很被时人所推许。于是，唐宋古文八大家的席位为韩（愈）、柳（宗元）、欧（阳修）、曾（巩）、王（安石）、三苏（苏洵、苏轼、苏辙）八人所占去。此外，与欧阳修并世而先后的古文家，如司马光、范仲淹、文天祥……许多人，总是名闻于当代的。由此可见复古趋势的强大了！

2.理胜

这是因为有理性才发生的。因为理性派一般的人物，专究仁义礼知一类东西，本来是很空虚的，倘使随便讲去，没有一定的标准，不免致失败。原来他们恐惧失败，才把"理"来说得十分透澈。这派学说，本是周敦颐创始的，他的门生二程——程颐、程灏①——更能推究。二程的门下，杨时、张载从他游。杨时的门弟子是罗从彦，再传弟子是李侗，李侗的学生是朱熹，与朱熹并时对立的是陆九渊。这时候已是南宋了，他俩在那时因为不是同一个老师，事实上，当然有两样的学说。所以理性学者到南宋多为两派。这一来，谈理性的果然更重理了；而文坛上也受莫大的影响——以理胜为主哩！

3.白话

这时候因为起复古与理胜两大势力，对于专讲字面绮靡的文

---

① 编者注：应为"程颢"。

93

章，当然不得看见了，做出来的诗文倒很古雅，而且由古雅转移到白话。这种白话体，在当时的文人眼光中，似乎很不差的，并且他们故意去从事。后来，平话的小说做先锋队，夺得最后的胜利！

以上是讲有宋一代的文学思潮，下面是本题。

甲、诗

宋初的诗，都是沿袭唐代的风格。诗人以徐铉①最有名。同时以诗名的，还有九个和尚——金华保暹、汝州简青②、淮南惠崇、江东宇昭、剑南希昼、天台行肇、南越文兆、峨嵋怀古、青城惟风——与鞠常、杨徽之、李若拙、赵邻幾四人，盛倡骈俪，他们的诗疲萎而不振，精彩之处当然很少。

太宗的时候，杨亿出来，想作文学革命，后来与刘筠、钱惟演三人，一变文章的体格而为"西昆体"。

田况说："西昆体实创于杨亿，而刘钱诸人和之。"《归田乐③》录："杨大年每欲作文，则与门人宾客，饮博投壶，奕棋语笑，喧哗而不妨构思。以小方纸细书，挥翰如飞。文不加点，每盈一幅，则命门人传录，门人疲于应命，顷刻之际，成数千言，真一代之文豪也！"看了这段话，可知杨亿的天才，可是走上了跂④路，反受人打击一番。

西昆体，在宋代文学史上为一新纪元，于当时学者，一时风从，很占势力的。他们底精力的结晶，是《西昆酬唱集》，大都

---

① 编者注：应为"徐铉"。
② 编者注：应为"长"。
③ 编者注：应为"归田录"。
④ 编者注：同"歧"。

浮藻风靡，宗法于李义山的。余子附属的，有：李宗谔、陈越、李维、刘隲、丁谓、刁衎、任随、张咏、钱惟济、舒雅、晁廻①、崔遵度、薛映、刘秉十四个人的诗，更讲美丽。有时候，因求之不得，便窃剥别人的佳句，算己作的。西昆体的失败，恐就在此了。

当西昆体风靡一世的时候，有个王禹偁所做出来的诗，倒不像他们这样的弊病，能够独标异格，亦可见其魄力的伟大了！

西昆体的作品，虽取材自然，炼辞精功，不出妍华而流于浮艳，又衬着王禹偁的鼓吹，所以不久被梅尧臣、石介、杜逦②、潘阆几个人所推翻。

梅尧臣的诗，古淡而深远，外观似乎枯燥，仔细看去，才觉得有一种独到的见解，不是别人所能及的。与他齐名的诗人，是苏舜钦。欧阳修说："圣俞（尧美③）、子美（舜钦）齐名于一时，而二家诗体特异，子美笔力豪俊，以超迈横绝为奇；圣俞覃思精微，以深远闲淡为意，各极其长。"其实，舜钦的诗本来颇好，只因为废罢之后，作诗便带三分凄凉的景况，但有时候也能够在诗中做豪放的谈话和诉志。

与梅苏同时的，还有邵雍与石曼卿。

邵雍是一个道士。他不问世事，只闲居在家中，焚香命课，勤操他阴阳的说法。在他恶卜或恼世的时候，便提起笔来，直写几首很自然很活泼的诗。且看他的《答傅钦之》：

---

① 编者注：应为"晁迥"。
② 编者注：应为"林逋"。
③ 编者注：应为"尧臣"。

——钦之谓我曰："诗似多吟，不如少吟；诗似^①少吟，不如不吟。"

——我谓钦之曰："亦不多吟，亦不少吟；亦不不吟，亦不必吟。芝兰在室，不能无臭；金石振地，不能无声。恶则哀之，哀而不伤；善则乐之，乐而不淫。"

再看他《击壤集》里的一段话："……所作不限声律，不沿爱恶，不立固必，不希名誉，如鉴之应形，如钟之应声，其或道经^②之余，因闭^③观时，因静照物，因时起志，因物寓言，因志发咏，因言成诗，因言^④成声，因诗成音。"

做诗这件事情，原来是出于情之所感的要求，绝对不是随随便便做的。邵雍这个诗人，方算是真正的诗人。可是后世人都刮眼看他，实在不应该啊！

石曼卿最欢喜诗酒自娱，也是不顾世事的人。他的诗彩，与邵雍差不多。

他俩的诗调，影响到程灏^⑤、司马光、富弼等。因为邵雍寄居在洛阳，他们都聚会到洛阳去，所以他们的诗派叫做"洛阳派"。

梅尧臣的诗友欧阳修和曾巩、王安石、范仲淹、朱祁^⑥、刘敞等，各人得到诗人的美名，也心醉地作诗了。

---

① 编者注：应为"欲"。
② 编者注：应为"经道"。
③ 编者注：应为"闲"。
④ 编者注：应为"咏"。
⑤ 编者注：应为"程颢"。
⑥ 编者注：应为"宋祁"。

苏轼的为人很漂亮，所以他的诗也飘飘而极自然的。他的门下有黄庭坚、秦观、张耒、晁补之、陈师道、李荐[①] 等六人，时称"苏门六君子"。六人中，黄庭坚诗才最高，能够自立门户，后来的"江西派"便是宗法于他的。不过，他们师生两人，有时候最喜欢学老杜的，在元祐年间，要算独倡，故又有"元祐体"的名称。

宋代最大的诗人，自然要让给黄庭坚了。他的诗，前人说他："妙脱蹊径，言侔鬼神，惟胸中无一点尘，故能吐出世间语。"的确，他能够如此。

其余五人的诗怎样？秦观的诗，很清丽，有时也仿东坡的飘逸。张耒的诗，很像谢朓、晁补之的诗，喜欢学陶潜的清逸。陈师道的诗，则平淡而雅奥，能独自成立一家。李荐的诗，秾丽而劲健，东坡赞他："笔势澜翻，有飞河走石之态。[②]"

但是他们的诗，究竟敌不过黄庭坚，所以此后的诗人都崇拜黄庭坚，当时如江西派是也。

《云麓漫钞》："宋[③]派之祖曰黄鲁直，其次陈师道，凡二十五人。"就是陈师道、晁冲之、潘大临、潘大观、谢逸、谢迈[④]、洪朋、洪刍、洪炎、洪羽、吕本中、饶节、祖可、善权、徐俯、林敏修、林敏功、李彭、江革[⑤]、夏倪、王直方、高荷、

---

① 编者注：应为"李廌"，以下同。
② 编者注：应为"笔墨澜翻，有飞砂走石之势。"
③ 编者注：应为"宗"。
④ 编者注：应为"谢薖"。
⑤ 编者注：应为"汪革"。

97

季锌①、江端②、扬符③。他们都聚会于江西，后世就叫做"江西派"。

南宋初的诗人，有陆游、范成大、杨万里、尤袤号称"四大家"。四家都是羡慕江西派的，后来倒推翻江西派而自立门户了。据杨万里《江湖集》自序说："予少作有千余篇，至绍兴壬午皆焚之，大概江西体也。今之所存，盖学后山、半山及唐人者也。"

其余三家，差不多也同样的主张。因为黄山谷的诗，只讲究古奥而不赞成自然。这种诗，他们不愿意去学的，所以才想自立门户。其实呢，北宋诗人中，还是他要好一些。

他们四个人中，陆放翁（游）要算第一。他的诗，极直实和自然，能够把一切眼见的事物与随意的说话，搬写在诗中，的确成功④ 很好的诗，所以他能够自成大家。

放翁为甚么不喜欢江西诗派的诗？他说："我初学诗日，但欲工藻绘；中年始少悟，渐若窥宏大……"又："诗为六艺一，岂用资狡狯？汝果欲学诗，工夫在诗外。"前半的话，是说他起初做诗力学李黄，极讲词藻。后半的话，是他觉悟的宣言，也可以说给后人作诗的教训。

范成大是苏州人，他的性情似乎温柔一些，才气似乎秀丽一些，所以他脱口能诗，显然是秀丽温柔的情景，十二分活泼。且抄下二首，给大家观赏：

---

① 编者注：应为"李锌"。
② 编者注：应为"江端本"。
③ 编者注：应为"杨符"。
④ 编者注：疑应为"成就"。

夏日田园杂兴

梅子金黄杏子肥，麦花雪白菜花稀。日长篱落无人
过，惟有蜻蜓蛱蝶飞。

昼出耘田夜绩麻，村庄儿女各当家。儿童未解供耕
织，也傍桑阴学种瓜。

杨万里的诗和陆游、范成大同一样局面的，他的《新晴西园
散步》："久雨令人不出门，新晴唤我到西园。要知春事深和
浅，试看青梅大几分。"是和陆、范一孔出气的。不过到了晚
年，因为思国甚忧，作诗便转急了。

尤袤是无锡人，他时常和范成大作石湖荡及天平、灵岩之
游，所作的诗与前三家一样入妙。

四家之外，朱熹的诗也很好——他是得力于《三百篇》和
《楚辞》的，很有可观的地方。放翁的弟子戴复古及萧千岩、叶
梦德①、姜夔等，他们的诗也好，但已是第二流人物了。

到了永嘉的徐灵辉、徐灵渊、翁灵舒、赵灵秀四个人起来，
歌风一变，又回复到江西派去，可是终不及江西派。

徐灵辉、徐灵渊、翁灵舒、赵灵秀这四个人，他们的名字里
都嵌有个"灵"字，所以叫做"四灵"；因为他们是同时的浙江
的永嘉地方人，所以叫做"永嘉四灵"。他们的诗，专讲究律
体，而近体五言的风调，十分流丽，读之，使人爽口沁心，这是
"四灵"独到之处，此后高邮陈造与周必大、薛季宣及许多人，
专门学"四灵"的就成了"江湖派"，但是一种雕缕②细碎的

---

① 编者注：应为"叶梦得"。

② 编者注：应为"镂"。

诗，不可读了。

和"四灵"同时一个诗人叫做严羽，他主张宗法盛唐，又著有一部《沧浪诗话》攻击宋诗的弱点，眉目十分清楚，因此，当时的诗人如方岳、刘克庄、真山民、汪元量、张炎……多人，为之风响，一时古诗勃兴，很可观。

宋代末叶的诗人，有文天祥、谢枋、谢翱、林景熙、邓牧这几个人，他们的诗，都是满装着沉痛悲恨的声音。

乙、词

词在五代最精绝，到了北宋才完全——什么小令、中调之外，更新添出一种长调——南宋最发达。那时候，上如君臣——太宗、徽宗、寇準、韩琦、范仲淹、司马光——下至九流三级[①]和妇孺，多能够懂得音律，而且可以自己制出腔调来填词。

宋初有名的词家，要推晏殊父子——晏殊、晏幾道——他俩作词不抄袭前人的语句，实开宋初的风气。和晏殊同时有张先、柳永、周邦彦。张先的词，很真实、很凄惨。柳永喜欢作小词，旖旎近情，有井水饮处即能歌。周邦彦的词，精深而华丽，是善于长调的。

词在当时，是很时髦，所以欧阳修虽是个古文大家，却也能作好词：极婉转绸缪的词。

"自有词以来，一以婉约为体，直到苏轼出来，不拘拘于音律，才以调子宏亮为高妙，一唱百和，风气竟为之一变。"且看苏轼的《念奴娇》：

---

① 编者注：应为"教"。

　　大江东去，浪淘尽，千古风流人物。故垒西边，人道是，三国周郎赤壁。乱石穿空，惊涛拍岸，卷起千堆雪。江山如画，一时多少豪杰。

　　遥想公瑾当年，小乔初嫁了，雄姿英发。羽扇纶巾，谈笑间，樯橹灰飞烟灭。故国神游，多情应笑我，早生华发。人生如梦，一尊还酹江月。

这首词的调格十分宏壮，来比前人的词显然不同。

　　与苏轼同时的有个秦贺①，他能够用旧谱来填出幽丽凄艳的新词，是不甚容易的。苏轼的弟子黄庭坚、秦观是当代享盛名的词人，晁补之说："当代词手，惟秦七、黄九，他人不能及也。"此外，如贺铸、毛滂等，也是一代作手。

　　北宋末，有个女词人李清照，她的词高秀得很，怪不得在南宋时要发生极大的影响！

　　南宋的词家分做两派：辛弃疾、刘克庄等是宗法东坡的——欢喜说豪壮语；姜夔、吴文瑛②等依旧用老法子——以华丽为主，喜欢在音律上、故典上用功夫。

　　辛弃疾的词，放达而豪壮。《四库全书·稼轩词提要》："其词慷慨纵横，有不可一世之概。"刘克庄的词是得力于骚雅。

　　姜夔的词，精深而华妙，他的音节和文采，南宋的词人，谁都崇拜他的。与他同时有吴文瑛、张炎、周密、王沂孙、史达祖、高观国等，也是名擅一时的词人。

---

① 编者注：应为"秦观"。
② 编者注：即为"吴文英"，以下同。

丙、小说

向来的小说，都是文言而不是白话的。到了宋仁宗时，天下太平无事，他命群臣每天要说一件奇异而有趣味的事情给他听，在这谈讲的时候，叫人录下语调，当然很浅近而容易明白的，因此，才有平话体和章回体的发生。

宋代的小说，如王懋①的《宣和遗事》与《野老纪闻》，欧阳修的《归田录》，王应麟的《困学纪闻》，宋祁的《景文笔记》，沈约②的《梦溪笔谈》，陆游的《老学庵笔记》，洪迈的《容斋随笔》，张淏的《云谷杂记》，吴曾能的《改斋漫录》③，黄朝英的《靖康缃素杂记》，司马光的《涑水纪闻》，黄休复的《茆亭客记④》等书。

丁、剧曲

剧曲的名目，在隋朝就有，至宋而盛。据刘攽《中山诗话》："祥符天禧中，杨大年、钱文僖、晏元献、刘子仪以文章立朝；为诗皆宗李义山，后进多窃义山语句。尝内宴，优人有为义山者，衣服败裂，告人曰：'吾为诸馆职挦撦至此。'闻者欢笑。"这一类是乐语的聚集。叶绍翁《四朝闻见录》所载优伶调谑的事情，和剧曲相像，当演唱的时候，虽是搬古人物，却用新的歌词来唱的。后来金元间的剧曲，实是渊源于此呢！

《宋史·乐志》及《东京梦录》⑤载有"小儿队""女弟子

---

① 编者注：应为"王楙"。
② 编者注：应为"沈括"。
③ 编者注：应为"吴曾的《能改斋漫录》"。
④ 编者注：应为"茆亭客话"。
⑤ 编者注：应为《东京梦华录》。

队"等队舞及杂剧等等，很是详细。

大概宋朝的杂剧，行于君臣的叫"乐语"，行于民间的有"伎乐"。

宋代的作曲者是很难考的。《击壤集》里有蒋竹山底《沁园春》及石次仲底《惜多娇》。此外，秦观、晁无咎、毛滂、郑仅亦是一代作手。

第二章　辽金文学

辽金处在中国的东北边，就是契丹、女真族的后裔。他们是野蛮民族，对于文学的论调，简直是不懂的，只晓得随口唱曲，当作一件娱乐事。

辽族在中国文学上，没有多大关系，我们无从说起。据《辽史》所载，也只有王鼎、萧韩、呼奴、刘辉、耶律孟简、耶律谷欲六人能文学[①]。他们的作品怎样？现在都不传，也就不知道了。

金初的作家，都是宋辽的遗老，最著名的有吴激、韩昉、宇文虚中、高士谈几个。此后，蔡松年出来，就开金代文章的正宗。金之中叶，有赵秉文、杨云翼二人主文盟；同时，党怀英、王庭筠、王若虚、李俊民、马定国、李纯甫的文，也很可观。这是金文极盛的时代。金末则有元好问，他的文章不及他们，诗却比他们好。

金诗多伉厉的声音，这也许是风土影响所致。有人说："金之诗，乃纯然之诗也。前之宋诗，由散文而化；后之元诗，由词曲而化。金诗有宋诗之新，而无其俚鄙；有元诗之丽，而无其纤巧。故最为特色。"这话说得有道理，只是太含糊罢了。

金之诗人，元好问最好，赵秉文、党怀英次之。其余如蔡松年、杨云翼、马定国、王若虚几个都很能做诗。

---

① 编者注：《辽史》"文学"部分共载萧韩家奴、李澣、王鼎、耶律昭、刘辉、耶律孟简、耶律谷欲等七人。

元好问的诗我们抄下几首来看看：

山居杂诗

瘦竹藤斜挂，丛花草乱生。林高风有态，苔滑水无声。

鸳鸯扇头

双宿双飞百自由，人间无物比风流。若教解语终须问，有底愁来也白头。

第三章　元代文学

元代的文学，因受了辽金的遗风，尚剧曲小说而轻诗文。在这代文学史上，是剧曲大盛的时期，而小说也渐渐的改进了。至于诗文方面，简直是很冷淡，很寂寞的，一些也没有进步。

一、曲

说起曲的历史，很长很远，但是要简单的讲来，不外这样："三百篇亡而后有《离骚》，《离骚》难入乐而后有古乐府，古乐府不入俗而后以唐绝句为乐府，绝句少婉转而后有词，词不快北耳而后有北曲，北曲不谐南耳而后有南曲。"（王元美《艺苑卮言》）

曲又名大曲，在内容有传奇和杂剧的分别，在声调有北曲与南曲的分别：北曲劲切雄亮，南曲婉转清远。

元曲的特盛与特好的原因：一则因北方人善于制曲，并且把制曲当一件正经事干；一则因元人以曲取士，文人的心力便集中于曲了。沈德符说："元人未灭南宋时，以此定士子优劣，每出一题，任人填曲。"这一来，元朝的剧曲在文学史上便占着一个很重要的位置。

元代作曲的人很多，钟嗣成《录鬼簿》载有一百十七人，而涵虚子《词品》也载有一百多家，不具姓名的还不在内。他列马东篱、张小山、白仁甫、李寿卿、乔孟符①、费唐臣、宫大用、王实甫、张鸣善、关汉卿、郑德辉、白无咎等十二人为首，贯酸斋、邓王宾等七十人次之，杨铁崖等人都没有资格。现在我随便讲几个。

董解元创有《西厢记》，一名《西厢挡弹词》——因为王实甫的《西厢记》是根据于《西厢挡弹词》而作的。他的曲虽不甚精彩，实在是作元曲的先锋。此后，我再说其余诸家。

关汉卿底《窦娥冤》是叙窦娥的怨死。涵虚子评他的词：如琼筵醉客。

王实甫底《西厢记》是叙张生和崔莺莺的恋爱。《丽春堂》是叙金相完颜和②和李圭相争及自济南回朝事。涵虚子评他：如花间美人。

马东篱底《汉宫秋》是叙王昭君远嫁的事。涵虚子评他：如朝阳鸣凤。

白仁甫底《梧桐雨》是叙唐明皇与杨贵妃事情。《墙头马上》是叙裴少俊与李千金的恋史。涵虚子评他：如鹏搏九霄。

高文秀底《黑旋风双献头》，是叙李逵杀白衙内及郭念儿的事。涵虚子评他：如金瓶牡丹。

吴昌龄底《风花雪月》，是叙陈世英与桂花仙子在八月中秋夜相恋事。涵虚子评他：如庭草交翠。

李寿卿底《伍员吹箫》，是叙伍子胥逃在吴国吹箫度生。涵虚子评他：如洞天春晓。

---

① 编者注：又作"乔梦符"。

② 编者注：应为"完颜乐善"。

尚仲贤底《柳毅传书》，是叙龙女被她丈夫弃在泾河之旁，柳毅通知其母家。涵虚子评他：如山花献笑。

郑廷玉底《楚昭公》，是叙伍子胥伐楚与申包胥救楚。涵虚子评他：如佩玉鸣鸾。

郑德辉底《倩女离魂记》，是叙王文举与倩女恋爱。涵虚子评他：如九天珠玉。

乔梦符底《金钱记》，是叙韩翃的恋爱故事。《扬州梦》是叙杜牧的恋爱故事。涵虚子评他：如神鳌彭 ① 浪。

武汉臣底《生春阁》，是写的包公故事。涵虚子评他：如远山叠翠。

以上的总叫做北曲。

金仁杰底《萧何追韩信》，是写汉萧何和韩信的故事。范康底《竹叶舟》是叙吕洞宾点化陈季卿成仙的故事。王晔底《桃花女》，是叙桃花女的道法。朱凯底《孟良盗骨》是写杨家将的故事。施惠底《幽闺记》，是叙蒋世隆与王端兰 ② 失散的悲。

元末有个永嘉人高则诚作《琵琶记》，是叙述蔡邕与赵五娘的恋史，后来同赵五娘、牛小姐三人共同欢乐。

以上总叫做南曲。

此外，还有不具姓名的作品，如《梧桐叶》《连环计》《碧桃花》《百花亭》《谢金吾》《鸳鸯被》《冯玉兰》《货郎旦》《渔樵计》《盆儿鬼》《陈州粜米》《三虎下山》等曲，见《元曲选》。

---

① 编者注：应为"鼓"。
② 编者注：应为"王瑞兰"。

北曲的佳者，当推王实甫的《西厢记》；南曲的佳者，当推高则诚的《琵琶记》。金圣叹把《西厢记》作"六才子"之一。沈德符说："铺叙委婉，深得骚人之趣；有佳句，如玉环之出浴华池，绿珠之采莲洛浦。"《艺苑卮言》："则诚所以冠绝诸剧者，不惟琢句之工，使事之美而已！其体贴人情，委曲必尽；描写物态，仿佛如生；问答之际，了不见扭造①，所以佳耳。"李卓吾说："《西厢》化工，《琵琶》画工。"陈眉公说："《西厢》是一幅艳装美人，《琵琶》是一幅白衣大士。"其价值可知。

元曲中《汉宫秋》《梧桐雨》《窦娥冤》是悲剧，《岳阳楼》《黄粱梦》《三度风子》是传奇，总是不朽之作。

二、小说

元代的文学，除剧曲之外，要算小说。

讲到元代的小说，是受了宋代平话的遗风，把白话做小说，并且是盛行章回体的。

元代产生两部著名的小说，就是《水浒传》《三国志演义》这两部小说，不但是中国文学史上的杰作，也是世界文学史上的伟著，现在是风行全国而且很时髦的小说。

《水浒传》的著者是施耐庵，所写的故事是由《宣和遗事》脱化出来的。本来只有像呼保义宋江、玉麒麟卢俊义等三十六天罡，作者推衍为一百零八人。相传施氏在作《水浒传》之前，先画许多人在壁上，他为什么要如此？无非是求惟妙惟肖，然后下

---

① 编者注：又作"了无捏造"。

笔写去，所以书中的一百零八人，各有各个性的描写，绝不相同，这是极难极难的事情，真是绝好的文学。

《三国志演义》是罗贯中根据于陈寿《三国志》的纪史而参加自己的理想而做的，是中国历史小说当中第一部好小说。全书的优点——魏蜀吴三国的事情，十二分的复杂：什么起兵了，打仗了，讲和了，会议了……许多事，说说也觉得讨厌，但是他能从容写去，毫不费力，这是很宝贵的地方。

罗氏的著作很多，除《三国志演义》外，还有《平妖传》及其他。

此外，杨维桢作《四游记》——《仙游》《梦游》《侠游》《冥游》——是厉属奇一类的小说①。

三、诗

元祖是蒙古人，对于中原的文化，是隔膜的，又因元世祖忽必烈的用人不问种族，只要有才干的，一概取用。所以有擢为帝师的八思巴是萨摩斯迦人，举为枢密副使的马可孛罗是意大利人，命为翰林学士的爱薛②是犹太人，任为大司马的迦鲁答思是畏兀人。这许多外国人都在中国朝廷上做大事情，因此一般中国的诗人，垂头伤气，不是悲观便是不平，那里有真心去做诗呢？元诗的冷淡，这苏实在是极大的原因。

元初的诗人，金履祥、元好问两人是宋金的遗老。金履祥是宋朝的进士，宋亡了，隐居在仁山的下边，虚度人生的乏味和厌

---

① 编者注：此为弹词。
② 编者注：应为"爱薛"，拂林（东罗马）人。

世的生活，使他的诗清淡而凄凉，总是说些悲观的牢骚。元好问
的诗，上面已经说过，他的门生郝经、王恽二人的诗，开口便是
讽刺的派度。

与金氏同道，有许衡、吴澄二个。他俩的诗要胜过元、金、
郝、王。许氏的门下姚燧，姚燧的门弟子虞集，与姚虞同时的刘
因，这三个人古文极好，诗也好。就中虞集的诗最好，他与杨
载、范梈①、揭傒斯号称元诗四杰。他们的诗是追宗汉唐的。

刘因做的诗，很风流，和他同时的赵孟頫更是特出。此后的
诗人，杨维桢可做代表。到了元末，平民文学很发达，看下面
几首：

买妾言

买妾千黄金，许身不许心；使君闻有妇，夜夜白头
吟。

江南竹枝词

初嫁郎时正盛年，画眉涂颊斗婵娟；只知百岁专房
笼②，谁料君恩不似前。

江南女儿年十五，两鬟丫丫面粉光；小红船上采莲
叶，北客初来应断肠。

老客妇谣

老客妇，老客妇，行年七十又一九。少年嫁夫甚
分明，夫死犹存旧箕帚。南山阿妹北山姨，劝我再嫁

---

① 编者注：应为"梈"。
② 编者注：应为"宠"。

我力辞。涉江采莲，上山采薇[①]。采莲采薇[②]，可以疗饥。夜来道过娼门首，娼门萧然惊！老丑老丑，自能养身[③]；万两黄金在纤手，上天织得云锦章；绣成愿补舜衣裳，舜衣裳，为妾佩，古意扬清光，辨妾不是邯郸娼。

四、调

元词都与曲相混，只有张翥的词无一曲语，故称大宗；虞集、杨维桢及萨都剌次之。

---

① 编者注：应为"采蘼"。
② 编者注：同上。
③ 编者注：又作"娼门萧然惊老丑，老丑自有能养身"。

第四章　明代文学

明代三百年间的文学，非常堕落，因为那时候又倡言古文与理胜的运动，而且这两种运动，是抄袭的、模拟的，完全没创作的精神和能力。

现在我先把古文运动慢慢讲来。

明初的文豪，宋濂、王祎[1]、方孝儒[2]三人为魁首，清《四库全书》替他们三人提要，宋文雍容浑穆，王文化精气柔，方文雄健豪壮。宋濂与王祎是太祖宠爱的文家——他时常提论到他俩。方孝儒也是太祖提拔的文人，后来不幸被燕王杀之于市，很可惜的。

自从诛方孝儒十族的事情发生后，当时做古文的，就此冷淡起来。到了永乐、宣德年间，才有三杨——杨士奇、杨荣、杨溥出来，他们的诗文，古雅典奥，当时号称"台阁体"。这种台阁体，行到成化年间，才得普遍，但是八股文体的波涛，在这时候已经澎湃怒发了。

谁都晓得，八股文最是束缚思想的文章。这种文章，通行下来，生气完全消灭了。于是出着一个大魄力的李东阳，把八股文体一扫而尽。

弘治一代，可说是诗文复古时期。李梦阳说："文必秦汉，诗必盛唐。"这两句话，就是他们复古的目标。

---

① 编者注：应为"王祎"，以下同。
② 编者注：应为"方孝孺"，以下同。

　　复古最有力的人，是李梦阳、何景明、边贡、徐祯卿、王廷相、康海、王九思七个人，号"弘治七才子"，世称"前七子"。就中李、何最为杰出——李之雄健，何之秀逸，开正德以后诸子的体格。

　　李梦阳、何景明、边贡号"三才子"，加上徐祯卿，又称"弘正四杰"。七子中，除王廷相，加宋应登①、顾璘、陈沂、郑善夫四人，又称"十才子"。四杰中的徐祯卿又与祝允明、唐寅、文徵明四个人称"吴中四才子"。噜噜苏苏说得不少的才子，但是名不附②实的人，那里配得这样抬贵呢？

　　嘉靖初，王慎中、唐顺之等起来提倡古文，以矫正李、何的弊端——他们把宗法秦汉的旧作，一律烧去，从此专心索学欧曾，只是心有余而力不足，终是学不成的。后来换了目标，学唐似乎比较好些。他们两人，和陈东③、李开先、熊过、任瀚、赵时春、吕高八个人，称"嘉靖八才子"，在当时自以为没有别人能敌过而扮起架子来，把李、何一派完全压倒。

　　八才子后，归有光是个古文大家。吴南屏说："归氏之文，远宗乎司马，近近④乎欧曾……当时大著作皆出于其手，其可分也⑤。"平心而论，归有光的文章，在明朝是个中坚，后生小子，如茅坤多人，都拜他做老师。

　　王、唐提倡古文，李攀龙、王世贞、谢榛、宗臣、梁有誉、

---

① 编者注：应为"朱应登"。
② 编者注：应为"副"。
③ 编者注：应为"陈束"。
④ 编者注：应为"迹"。
⑤ 编者注：应为"是可伤也"。

徐中行、吴国伦等号称"后七子"，起来反对。这七子更闹得笑话了。他们的意志，以前七子为善。他们的论调是："文自西京，诗至天宝而下……"实在毫无足观的。后来攀龙死了，世贞执牛耳，除谢榛外，改称"前五子"。

继后七子而起者，有后五子——余曰德、魏裳、汪道昆、张佳胤、张九一；广五子①——王道行、石星、朱多煃、赵用贤、黎民表；续五子——俞允文、李先芳、欧大任、卢柟、吴维岳；末五子——魏允中、李维桢、屠隆、胡应麟、赵用贤。这许多派头，其实都是效法李、何的，闹得云烟弥漫，为识者所笑。

在这时候，却有几个思想清高的超人，决意想改革，像公安袁宗道、袁宏道、袁中道兄弟三人，皆超出时俗以外。他们的文章以清真为主。不久，为钟惺、谈元春②所反对。

李、王一派的余波，到了明末有张溥与陈子龙二人起出拥护；有艾南英、钱牧斋起来反对。

明代理胜的运动，最激烈的是王守仁。他曾经筑书屋在阳明洞，所以世称阳明先生。他的学说，注重"知行合一"，是本于孟子而导源于陆子（九渊）的。于是对于陆子，不知不觉的代他表扬了。这种运动，不发动也就罢了，一发动便引起对方的攻击——所以有薛瑄这派起来，他们的学说，是宗于朱子（熹）的。后人称薛瑄这一派为河东派，王守仁这一派为姚江派；但是河东派不及姚江派来得深切，所以当时姚江派的影响，直到浙中的王学派、楚中的王学派、南中的王学派、北方的王学派、江右

---

① 编者注：此处"广五子"名单与之后"续五子"名单相互颠倒。

② 编者注：应为"谭元春"，以下同。

的王学派、粤闽的王学派等，面积是极大的了。

当明朝复古的声浪影响到诗，就起了拟古的变化与诗的堕落。

明初的诗人：高启、杨基、张羽、徐贲四人，并称"吴中四杰"，四杰当中，高启最好，他的诗能够出入于汉魏盛唐宋元诸家，但是不致为所拘束，所以做得不古不今，使人很爱读的。他又与张羽、徐贲、王行、高游①、宋克、唐肃、余尧臣、吕敏、陈则等九人同居北郭，常以诗文相讨论，号"北郭十友"。

杨基的诗，很像元诗人杨维桢（铁崖）。有一次，杨维桢游吴下，看见杨基的《铁笛歌》，大喜道："我在吴下，又得一铁优于老铁。"他善作五言古诗，朱彝尊也很推许。

张羽的为人，很高尚风流，他最乐于游山玩水，因之，他的诗也写得极风流，我举一首——《赠琴士》来做例子。

　　有客夜半来山中，横琴坐石弹松风。松风曲罢抱琴

去，落月一声天外鸿。

徐贲的诗，五言古体最好，现在引他的《青青水中蒲》给大家看看。

　　青青水中蒲，织作团圆扇。不肯赠旁人，自掩春风

面。

四杰之外，另有袁凯、何大复、宋濂、王祎、方孝儒、刘基……都能做诗。

当时的刘基可比四杰，他的诗是倾向于白话的，只因当时风气未开，还有许多不便的地方；但是平心而论，在明初的诗人中，也算是杰出的了。有了个刘基的诗，明初的诗界便分了党

---

　　① 编者注：应为"高逊志"。

派：高启是吴诗派，刘基是越诗派，林鸿是闽诗派，孙蕡[1]是岭南诗派，孙蒉是江右诗派，现在先从闽诗派讲。

闽诗派是林鸿、王褒、王恭、王偁、黄玄、周玄、陈亮、高棅[2]、郑定、唐泰等十才子，他们的诗，漂荡自然，很可宝贵。

岭南诗派，孙蕡为之魁首，他的诗："冬至至日日初长，久客客怀怀故乡。……"看来，也有些小慧。他在南海时，与王佐、赵介、黄哲、李怀[3]，在南园结一诗社，时号"南园五先生"。

江右诗派，专讲究琢句胁字等事情，音格也不高，无须多说着。

台阁体的主角是三杨，都能做诗。三杨比起来，杨士奇好些，然而也不但入眼的。变台阁体的李东阳，诗宗老杜，他是有魄力的作家，除学老杜处，还有惊世的诗句，比着三杨要胜得多了。

复古派的七子，如李梦阳、何景明说"诗必盛唐"这论调，未必相衬，我们看他两人的诗，明明和晚唐相像。徐祯卿、边贡的诗，本于刘禹锡、白居易两人，白话的很可观。

徐祯卿与文徵明、唐寅、祝允明号称"吴中四杰"，四杰都是吴人，是很风流倜傥的，他们的诗也很风流。

嘉靖初年的八才子，是把诗必宋诗的宣言大家，可是学宋总不成功，便转学唐诗，略为好些。不久，被李攀龙、王世贞……

---

[1] 编者注：应为"孙蕡"，以下同。
[2] 编者注：应为"高棅"。
[3] 编者注：应为"李德"。

七子所反对，他们的主张，虽是和前七子同，但诗文作品，一无足观，所以后来被徐文长、王承父等竭力攻击。自公安袁氏兄弟三人出来，高唱白话诗体，方推倒前后七子和其他。

袁氏兄弟三人的诗，本于白居易与苏轼，而他们做的诗，更浅近，更通俗，后人非常爱读。因为他们是公安人，所以称他们的诗体叫"公安体"。

同时有个钟惺，他眼看公安的浅率，不胜三叹，于是和谈元春、张泽、蔡一年①、华淑几个人把公安体变为幽深孤峭，因为钟惺是竟陵人，所以称做"竟陵体"。明诗到了这时候，衰了！弱了！和明代的国家一样。

明代有五部著名的小说，都用白话来做的，就是：《西游记》《金瓶梅》《封神传》《英烈传》《列国志》。

《西游记》是山阳人吴承恩所作，有人以为是长春真人邱处机作的，不对！邱氏的《西游记》只有两卷，乃别一书。《西游记》在中国旧小说中要算最精密的小说，也是世界上神怪小说中的第一部小说。全书把玄奘往西天取经为中心故事，傍的都是铺扮罢了，但是在这项铺扮里，描写得无微不到，可见作者想像力的伟大啊！

这部书，表面上讲的是些神怪故事，实在是讥讽人生的作品，何以见得？试看下面："……孙悟空的本领，一个'斛②斗云'直翻到十万八千里以外，于是他自骄了。有一次，如来佛和他赌赛道：'你翻斛斗的本领极大，你能够翻出我的掌心

---

① 编者注：应为"蔡复一"。

② 编者注：应为"觔"，为"筋"的异体字，以下同。

吗？'……但是，总翻不过如来佛的掌心。"

这件事情，明明是骂人们的自骄，所以现在有人把"孙行者与○○○"来表吴承恩的同情。张书坤[①]序《西游记》总论："这一部的本旨，只是劝人们诚心为学，不要退悔！"倒也别得很好。

《金瓶梅》，王世贞作。有人说，王世贞的父亲，在杭州买得一幅美人古画，带回时把来挂在书房里，夜间无事，总看得出神，因此便起了相思病，到后来便把这种相思的心念，写在纸上，因为书中有一部分的事情太龌龊，所以一双眼睛都弄得瞎了，世贞的父亲，从此伤心而死。世贞追念父亲，看画记事，便足成了。

或说："作者抱无穷冤抑，无限深痛，而又处于黑暗之时代，无可与言，无从发泄，不得已藉小说以鸣之。其描写当时社会情状，略见一班。"

本来《金瓶梅》也不能算是"淫书"——被后世的"文贼"，摘去他的长处，取了他的坏处，这样，便把一部极有价值的小说，变成一部低下的坏小说了。我们试换了一种眼光去看，便可以知道当时小人女子的情状和人心思想的程度，真是一部描写下等妇女社会的书。更看他的回目题词和短简小曲，往往隽韵绝伦，就是文人称述的宋词元曲，也要逊他。所以，《金瓶梅》是富于文学色彩的小说。《竹坡闲话》说得好："凡人谓《金瓶梅》是淫书者，想必伊止知看其淫处……若我看此书，纯是一部太史公文字。"把《金瓶梅》来比太史公的文字，也未免太过。

---

① 编者注：应为"张书绅"。

《英烈传》相传是郭勋做的，内容是说元末英雄割据和明代初年的事情。

《列国志》一名《东周列国志》，是白下蔡元放做的，内容是说东周的事情，是仿《三国演义》做的。

《封神传》，不知何人所作，是纪武王伐纣的故事，说得奇异鬼怪，讲来可以使人喷饭。

此外，《牡丹灯记》，不知何人所作，日本有译本，是浅井了意译的；《徐霞客游记》是徐宏祖做的，全书共十二卷。

元代得功名的是戏曲，明代是八股，所以明朝的戏曲不及元朝来得盛。

宁献王朱权，是明太祖第十六子①，自号曜仙，涵虚子，丹邱先生。曾经编过《元曲选》，又自撰《辨三教》《勘妒妇》等十二种，只有《荆钗记》一种是存在的。《荆钗记》是叙贫儒王十朋和钱玉莲以荆钗定婚。后来，有一个富家子弟叫孙汝权的，想娶玉莲为妻。这时，她的继母和姑娘都劝她改嫁，她总不肯。当中受了多少错②折，终得与王十朋成婚。当王十朋上京应考时，他的家眷寄住在岳家，他自己只身孤单，途中非常谨慎。既到京都，进了考堂，连应多捷，竟被他中了状元。万俟大人爱他才学，以女妻之，他坚持不从。这时孙汝权也在京都，他私下造了一封信，具了王十朋的姓名，说已娶万俟丞相之女，要将前妻休了，于是钱玉莲的继母要逼她嫁于孙生，玉莲没法，便投江自尽。然而，她死里得救，终为十朋妻而团圆。这部书，语很通

---

① 编者注：朱权为明太祖第十七子。
② 编者注：应为"挫"。

俗，文极动人。

明代剧曲大家，要推汤显祖为第一，所作"四梦"，一名"玉茗堂四梦"，或云"临川四梦"，即《牡丹亭还魂记》《紫钗记》《邯郸记》《南柯记》，就中《牡丹亭》为最著名。比显祖略不及的，有阮大铖的《春灯诞①》《燕子笺》二种。

此外，吴炳的《石渠五种》，即《疗妒羹》《画中人》《绿牡丹》《西园记》《情邮记》；李玉的"一笠庵四种"，即《眉山秀②》《人兽关》《占花魁》《永团圆》；徐渭的《四声猿》，即《咏弥③衡》《咏玉禅师》《咏木兰》《咏黄崇嘏》，或云《渔阳弄》《翠乡梦》《雌木兰》《女状元》；徐坦庵四种，即《大转轮》《浮西施》《拈花笑》《杜默哭庙④》；康海的《中山狼》；王九思的《杜甫游春》；梁伯龙的《真傀儡》《没奈何》《浣纱记》；冯维敏⑤的《不伏老》；梅禹金的《昆仑奴》；张伯起的《红拂记》《祝发记》；杨慎的《洞天元记》；徐畹的《杀狗记》；姚茂先⑥的《精忠记》；沈采的《千金记》；陆采的《分鞋记》《明珠记》《偷香记》《椒触⑦记》；沈受先的《三元记》；王雨舟的《连环计》。这许多剧曲，都很有名。

还有归庄、子慕的《万古愁曲》，是发于忧愤的作品，内容

---

① 编者注：应为"谜"。
② 编者注：应为"一捧雪"。
③ 编者注：应为"祢"。
④ 编者注：应为"买花钱"。
⑤ 编者注：一作"冯惟敏"。
⑥ 编者注：应为"姚茂良"。
⑦ 编者注：应为"觞"。

倒很可观。清世祖最喜欢读。

明朝的词很少，值得在这里讲的，只有陈子龙、周有燉、杨慎三人。他们做词的优点在那里？我现在举个例子，让读者自己领会罢。

陈子龙的《春望》（柳梢青）：

> 绣岭平川，汉家放①垒，一株青烟②。陌上香尘，楼前红烛，依旧金钿。十年梦断婵③娟。回首处离愁万千，绿柳新蒲，昏鸦春雁，芳草连天。

周有燉的《竹枝歌》：

> 春风满山花正开，春衫女儿红杏腮。侬家荡桨过江去，为问阿郎来不来？巴山后面竹鸡啼，巴山前头沙鸟栖。巴水巴山郎到处④，闻郎又过石门溪。

杨慎的《将至家寄所欢》（临江仙）：

> 数了归期还又数，今朝才是归期。独眠孤馆费相思，梦阑鸡叫早，心急马行迟。寄语同心双带结，休教瘦损腰肢！花明月满尽来时，先凭双喜鹊，报兴⑤个侬知。

---

① 编者注：应为"故"。
② 编者注：多为"一抹苍烟"或"一抹荒烟"。
③ 编者注：应为"婵"。
④ 编者注：应为"到郎处"。
⑤ 编者注：应为"与"。

第五章　清代文学

在三百年的清代当中，是汉学与宋学的昌盛时代。他昌盛的原因，一则因为科举的拥护，一则因为朝廷的奖励。试看康熙乾隆两朝举行大规模的博学鸿词科就可以知道了。这样，君王便可以笼络全国奇才之士，而消磨去他们刚直英秀之气。一方面，搜罗遗籍，编纂图书，设立书院，公开四库。这种治国方略，影响到文学上，便引起虚荣心的文人，孜孜的从事去了。

研究汉宋学与发明汉宋学的发表——文章——总是用古文，所以古文的用途，在当时仍是占了一个重要的位置。

清初的文学家，多是明朝的遗老，当中品学最高的，要推黄宗羲、顾炎武、王夫之等三人，世称"国初三先生"。黄宗羲，世称黎①洲先生。他是出于姚江派而以慎独为宗、实践为主的。顾炎武，世称亭林先生。他的主张，是以真实为本的。他有四句教训，就是现在讲伦理学的，也引用到："礼义廉耻，国之四维；四维不张，国乃灭亡。"王夫之，世称船山先生。他生平论学，总以宋代的周程张朱为堂奥的。

清初三位先生，都是以理学著名。同时还有孙奇逢、陆世仪、李颙三个。孙奇逢，世称苏门先生②。论学宗象山阳明。陆世仪是极端赞同宋学的一个人。他与江士韶、陈瑚、盛敬，世称"嘉定③四先生"。李颙，世称二曲先生。论学以改过自新为极

---

① 编者注：应为"梨"。
② 编者注：或应为"夏峰先生"。
③ 编者注：应为"太仓"。

则，与李因①、李柏称"关中三李"。

上面说的都是善长②理学的大家，而善长古文的，更有侯方域、魏禧两个。侯方域的序传，是得于迁固的神理。凭他的文章看来，是效韩欧的。魏禧文章，完全学苏。与兄祥（际瑞）、弟礼（和公）世称"宁都三魏"。此外，还有王于一、陈士业、徐巨源诸家，也是明季高尚的遗民，而作开导清代古文的功臣。

除了一辈遗老的文家外，还有汪琬、廖燕、姜宸英、邵长蘅等。继汪姜等而起的，有桐城的方苞、刘大櫆、姚鼐、吴殿麟和朱士琇③。他们的文章，上规《史》《汉》，下仿韩欧，自称古文——世称桐城派。有清一代，以方苞、刘大櫆、姚鼐为古文的正宗。姚鼐的学生以刘开、管同、方东树、姚莹、梅曾亮五人为最；此外，有归附来的吴德旋、吕璜、吴嘉宾、朱琦、戴均衡等多人。这十多个人，都称桐城派的古文家。

同时，阳湖恽敬自谓："文从司马子长出，子长以下无比面。"叫做阳湖派。属他一派的，有张惠言、秦瀛、陆继辂、董士锡、李兆洛……六七人。他们是反对桐城派的古文家。

桐城派与阳湖派闹得正激烈的时光，便出了一个曾国藩来调和两派，世号折衷派。但是，他有时也不免写些桐城派的格局，所以桐城派的古文到清末还有吴汝纶、张裕钊等，遵守不废。

清初的诗人，厌弃明季的李何、李王、钟、谭诸家，专致力于追摹宋元，又以宋诗质直流而为有韵，元诗缛艳化而为对句。

---

① 编者注：应为"李因笃"。
② 编者注：应为"擅长"，以下同。
③ 编者注：应为"朱仕琇"。

换一句话，清初的诗人，喜欢在声韵上、字句上，用功夫。

　　明季的遗老，顾炎武、黄宗羲能诗。顾诗沈雄，黄诗婉丽，都具有明诗的色彩。比他俩好些的诗人，要推钱谦益、吴伟业、龚芝麓所谓"江左三大家"的。他们的人格，都很卑污，论者耻之。钱谦益的诗，宗法老杜，他沈郁丽藻、高情逸致的作风，在古诗中也很占一位置。吴伟业的诗，好在随笔写去，不加修饰，比之谦益，似乎要胜一筹。龚芝麓的诗远不及钱吴，不多说了。

　　同时，又有所谓"岭南三家"者，为屈大均（翁山）、陈恭尹（元孝）、梁佩兰（药亭），他们住在南海附近，中土的族化，远不能及，所以依旧是作古诗的。王士禛说："南[①]海多才，以未染中原江左习气，故尚存古风。"三家之外，李渔善于做白话诗。他是明季的遗民，对于清朝，有所不满，所以游山玩水，观赏古物，随意写下几句，倒很为后人所爱读的。看他的《题画杂诗》："一翁沽酒来，一翁抱琴去；相值断桥边，桑麻话絮絮。"这首诗的胜处，人人都得看出。

　　顺治康熙年间的诗人很多，丁药园、陆圻、柴绍炳、毛先舒、孙治、张纲孙、吴百朋、沈谦、虞黄昊、陈延会[②]，时称"西冷[③]十子"。丁药园又与施闰章、宋琬、张谯明、严灏亭、周釜山、赵锦帆，号"燕台七子"。这十六人中，施宋两个的诗来得好，所以当时人唤做"南施北宋"。施诗温柔敦厚，宋诗雄浑磊落。

---

① 编者注：应为"岭"。
② 编者注：应为"陈廷会"。
③ 编者注：应为"泠"。

同时，还有两个最有名的诗人，就是王士禛和朱彝尊。王士禛的诗名，在清代要算第一。当时的士大夫，无论认识他或是不认识他的，都称赞着。吴梅村说："贻上在广陵，昼了公事，夜接词人。"不但如此，他与兄士禄、弟士祐，在京城公卿士大夫家中酬酢咏唱，总没有空闲的日子。这也可想见王士禛在当时的荣誉了。大概他是主张声韵而又以清新俊直的风格来倡神韵一派。朱彝尊风流得很，他的诗十分华丽，描写爱情的诗色彩更浓。

在士禛神韵派诗体风行的时候，有他的甥婿赵执信出来反对。他表着"做诗以思路巉刻为主"的宣言，也有许多诗人附和他。不久，又有个查慎行，他的诗不用神韵，也不用故典，是随便发议论而写的，来把王赵二家调和。他的诗名也很高。

乾隆时又有袁枚、蒋士铨、赵翼所谓"江左三家"出来。他们的诗，零具了一种面目——毫不强求，随意写去，倒像口头的说话。何以见得？且看他们的话：

袁枚说："诗者，人之性情也；性情之外无诗。"

蒋士铨诗："自古风骚皆郁勃，人生不得意时多。"

赵翼诗："李杜诗篇万古传，至今已觉不新鲜。江山代有才人出，各领风骚数百年。"

他们的话：袁蒋以为做诗要跟着性情；赵翼更把时代精神来作诗的背景，说得极有道理。所以有洪亮吉来说破："袁简斋如通天神狐，醉后露尾。赵云松如东方正谏，时带谐谑。蒋心余如剑侠入道，尚余杀机。"

与袁枚同时的，还有翁方纲、沈德潜两个。他俩与袁枚亦称三大家。沈德潜本学神韵派，只因被江左三家说得太空，所以就改变了宗旨；但是他仍说："诗以声为用者也，其微妙在抑扬抗坠之间。"又说："诗贵性情，亦须论法；乱杂而无法，非诗也。"实在他是一个老滑头，他做古体时宗法汉魏，做近体时宗法盛唐。这样，反受一般诗人的欢迎。翁方纲的诗宗江西派，一付生硬的口吻，使人摇头。

此外，如毛奇龄、冯班、宋荦、陈维崧、厉鹗、王文治、吴锡麟、张问陶、黄景仁、舒仁等，都能杰出一时。

沈德潜的诗，在当时很占优胜。他的门人王鸣盛、王昶、钱大昕、曹仁虎、黄文莲、赵文哲、吴泰来，时称"吴中七子"，在清代文学史上也占一位置。

到了清代末叶，曾国藩、潘德舆、李慈铭、谈献^①诸人，或推本性情，或导源雅颂，都有意做史诗。再后，王闿运、陈石遗、樊樊山几人的诗，辞情绮丽，很带有六朝的意味，是不可学的。

前清一代的小说，要算最盛了。

最著名的要推曹雪芹底《红楼梦》。《红楼梦》一名《石头记》，又名《金玉缘》，又名《情僧录》，又名《十二金钗记》。现在通行的本子，有一百二十回，只前八十回是曹雪芹作的，后四十回是高鹗续的。或说前八十回是清初旧本，后四十回为曹雪芹所增（？）。

吴敬梓底《儒林外史》，刘铁云底《老残游记》，李松石底《镜花缘》，鹤眠道人^②底《花月痕》，李伯元底《官场现形

---

① 编者注：应为"谭献"。

② 编者注：应为"眠鹤主人"。

127

记》，吴趼人底《二十年目睹之怪现状》，这几部书，是写社会官场、儿女腐儒的小说，都能写得入神，真不愧为清代第一流小说。

以上都是白话的。文言的小说也有两种可入第一流。

《聊斋志异》是蒲松龄做的。书里的言语，都说人生是托之于天命的。他的描写奇离而瑰怪，是一部绝妙的讽世小说。

王韬的《淞隐漫录》是看过《聊斋》后的作品，所以又名《后聊斋》。

《阅微草堂笔记》，纪昀作，是笔记的小说。书里的描写，是些妖魔鬼神的故事，是劝人为善的寓言。

此外，还有许多小说，如《今古奇观》《燕山外史》《七侠五义》《小侠五义①》《续小五义》《儿女英雄传》《东汉演义》《前汉演义》《秦汉演义》《隋唐演义》《廿四史演义》《说唐全传》《五代残唐演义》《南北宋志》《说岳全传》《荡寇志》《女仙外史》《平山冷燕》《施公案》《彭公案》《济公传》《野叟曝言》《金翠②翘传》《西青散记》《夜谈随录》《谐铎》等，都是第二、第三流的作品。

剧曲最盛的时期是元朝，明朝渐衰，清朝复盛——是因为元朝以曲取士；明朝无心研究剧曲；清朝以为是一种时髦的装饰品的缘故。所以，清初的文人如吴伟业有《临春阁》《通天台》两种，尤侗有《钧天乐》，稽永仁③有《续离骚》《扬州梦》二

① 编者注：应为"小五义"。
② 编者注："翠"又作"云"。
③ 编者注：应为"嵇永仁"。

种，龚芝麓有《白门柳》，吴绮有《杨椒山》及桂馥的《放杨枝》《投溷中》《谒府帅》《题院^①壁》之《后四声猿》，舒位的《樊姬拥髻》《卓女当炉》《博望乘槎^②》《酉阳修月》之《瓶笙馆^③》。不过，他们的作品，是尝试的，究竟不及李渔。

李渔是清代的第一剧曲大家。他的作品，如《笠翁十种曲》——《风筝误》《蜃中楼》《凤求凰^④》《意中缘》《玉骚头^⑤》《慎鸾交》《巧团圆》《奈何天》《怜香伴》——与《十二楼》——《合影楼》《夺锦楼》《三与楼》《夏宜楼》《归正楼》《萃雅楼》《拂云楼》《十卺楼》《归鹤楼^⑥》《奉先楼》《生我楼》《闻过楼》——都是喜剧。文采和思意，都很好，并且是用白话文做的，什么人都能了解，所以非常通行。

自从《十种曲》与《十二楼》出世之后，一般文人都喜欢作曲了。孔尚任的《桃花扇》及《小忽雷》传奇，洪昇的《长生殿》《天涯泪》《四婵娟》，蒋士铨的《香祖楼九种曲》——《香祖楼》《空谷香》《桂林霜》《一片石》《第二碑》《临川梦》《雪中人》《冬青树》《四弦秋》），尤侗的《清平调》《读离骚》《吊琵琶》《桃花源》《黑白卫》五种，都是脍炙人口的作品。

《桃花扇》是描写侯朝宗、李香君的恋爱故事。说到哀处，

---

① 编者注：应为"园"。
② 编者注：又作"博望访星"。
③ 编者注：又作"瓶笙馆修箫谱"。
④ 编者注：应为"凰求凤"。
⑤ 编者注：即"玉搔头"。
⑥ 编者注：又作"鹤归楼"。

可使人心痛；说到艳处，可使人开怀。声色景影，惟妙惟肖。相传书成的日子，北京城里的官绅争相传抄，就是舞台上也是日夜排演的。总可想见《桃花扇》的价值了。

《长生殿》是写"唐明皇杨贵妃在长生殿盟月：'在天愿作比翼鸟，在地愿为连理枝。'后安禄山叛，明皇亲征，至马嵬驿，兵要杀贵妃，而后肯进，遂缢杀之。平乱后，明皇渴念贵妃，遣方士入仙山求得，已证仙矣。"此曲略后于《桃花扇》，价值也很高。在初次排演的日子，京城里的公卿大夫以及名流妓娼，无不狂人似的，座位总是满满的。下至民家宴会，妓院歌唱，似乎非演这《长生殿》一曲不可。

尤侗的五种曲，也很美，曾演于内苑，观者其众。

此外，舒位之《瓶笙馆四种》，桂馥之《后四声猿》，张照的《月令承应》《昇仙宝筏①》《劝善金科》《法官②雅奏》《群仙祝寿》《鼎峙春秋》《忠孝璇图③》之《院本七种》，夏纶的《无瑕璧》《杏花村》《瑞筠图》《广寒梯》《南阳乐》《花萼吟》之《惺斋六种》，张坚的《梦中缘》《梅花簪》《怀沙记》《玉狮坠》之《玉燕堂四种》，黄燮清的《茂陵弦》《帝女花》《脊令原》《鸳鸯镜》《凌波影》《桃溪雪》《居官鉴》之《倚晴楼七种》，袁于令的《祝发记④》《楼西记⑤》《珍珠

---

① 编者注：应为"昇平宝筏"。
② 编者注：应为"宫"。
③ 编者注："忠孝璇图"应为"忠义璇图"。《鼎峙春秋》《忠义璇图》应为庄恪亲王允禄主编，周祥钰、邹金生等参与编制。
④ 编者注：应为张凤翼所著。
⑤ 编者注：应为"西楼记"。

衫》《独乐园①》之《篝庵曲》，杨恩寿的《桂枝香》《姽婳封②灵坡》三种，沈起凤的《才人福》《泥金带》二种，汪品朝③的《投桃记》《彩舟记》之《环翠堂曲》，杨观潮④的《吟风阁词曲谱》，金农的《冬心自度曲》……也都是杰出一时的作品。

清初的词，龚芝麓、梁清标很负盛名，而以吴伟业为第一。同时，尤侗的词，也很圆转的。

有清一代的词人，朱彝尊要算第一。大概彝尊的作词，是故意的，因为他和妻妹寿贞（小名松儿，字山嫱）发生了恋爱，可是总难达到目的，以致都害了相思毛病。病在寿贞，只是抑郁于心头；在词人，便把他一枝敏锐的笔，用十分纤柔的手腕，来写些有所思的事情。这样，也许稍可安慰相思者底心灵了。他的《静志居琴趣词》和《风怀二百韵》，都很明了的，写他和寿贞的事迹。

与朱彝尊同时的陈维崧，词才极高。当时朱陈的词，海内闻名。

同时，还有毛奇龄、宋琬等，也能做词。此外，宋徵舆、钱芳标、顾贞观、王士禛、彭孙遹、纳兰性德称"前七家"⑤；加上李雯、沈谦、陈维崧就成"前十家"。继起者，有：张惠言、周济、龚自珍、项鸿祚、许宗衡、蒋春霖、蒋敦复，称"后七

---

① 编者注：应为桑绍良著杂剧。

② 编者注：应为"理"。

③ 编者注：应为"汪昌朝"，"昌朝"为汪廷讷字。

④ 编者注：应为"杨潮观"。

⑤ 编者注：前七家中还包括沈丰垣。

家"；加上姚燮、张琦、王锡振三人，就成"后十家"。就中张惠言的词颇有些装扮的派度，不及宗法于朱彝尊的厉鹗的词好，所以厉鹗的浙西一派渐渐地盛行了。谭献说："王士禛、钱芳标为才人之词；张惠言、周济为学人之词；惟性德、项鸿祚、蒋春霖为词人之词，与朱、厉同工异曲。其他则旁流羽翼而已。"可见浙西一派在当时的荣誉。

第四编　中华民国文学

一九一一年八月十九日，革命军起义于武昌，各省闻风响应，没有一年功夫，便推倒满清，成功了现在的中华民国。换句话讲，就是我们推翻君主的帝国，建设共和的民国。这一来，在言论上、版权上，无形间得到许多自由。或许王帝的专制势力，到这时候如日出雪融，不能不完全消灭了！

一九一六年（民国六年），胡适之在《新青年》上发表一篇《文学改良刍议》[①]，接着陈独秀也发表一篇《文学革命论》，把文学革命互相号召。虽然受着林纾等不少的反对，但是，这种高调，已如大海中澎湃怒发的波涛，势不可当，毕竟把数千年来古文的城垒冲破，而帮助新文学在新开辟的康庄大道上蓬勃地向前进行。

不久，新文学的领土已经满布于全国。到现在，差不都一举笔便是白话的口吻；古文已是不行的了。

中华民国的文学，我们极容易看到，不用多介绍，我在这里暂告终笔。

---

① 编者注：发表于1917年1月1日，文中或指农历一九一六年。

结　论

历代文学，上面已分章述过，现在归纳起来讲。

上古人民，对于宇宙万象，发生任何感想，当手舞足蹈，种种表白动作发泄不尽的时候，不知不觉底学习鸟鸣兽啸。"葛天氏之民，投足以歌八阕"的事情，便是歌谣的渊源。伏羲时的《驾辨》曲，《网罟歌》，神农时的《丰年歌》《有焱颂》，以及黄帝时的许多歌谣，本是一种口头传唱的乐歌，因为没有文字把他写下，便失传了，很可惜的。

唐虞之世，天下太平，上下和乐，所以有时农民唱出几首民歌，有时帝王也歌着自然陶冶的曲子，像《击壤歌》《康衢谣》《南风歌》《卿云歌》，等等，都是表现社会生活状况及其政治方面的事情；这种色彩，完全是脱口成诗毫不修饰的。

文学的开始，是合作的，不是个人的。因此，上古时候结婚的仪节风俗，以及季候的变迁，神灵的祭祀，播种和收获时的祈祷，乃至口头流传的箴言及趣语之类，在三代文学里面，赤裸裸底显着。这是数千百年以来为一般文学家所心许了的。

周朝的先王，是把仁人之心起来反对殷纣，卒后使当时人民的赞慕，做了帝王。不必说，仁人君子的心目中，以为天下不是个人的而是群众的；对于一切的享有特权，也就普遍了。质言之，社会上种种情况，总是抱公开的态度。所以民间能够讽刺君王和赞美君王。《诗》三百篇，完全是描写这些事情的文学。间或者也有许多妇女老幼在田工完了的夜里，到巷中纺绩，饥的歌食，寒的歌衣，劳的歌事的民歌，总是很纯粹的民众文学。

春秋的文学，被两个大思想家——老子、孔子——弄坏了。他们的一举一动，都含有论理学和哲学的色彩，文学方面，不免牢骚气太浓。

春秋以后，政府里太模糊了，于是民间对于自由发表思想的机会更多。战国的扰乱，是上流社会的紊乱，不免有智慧上的竞争，诸子百家利用这个时机，把自己抬到智识阶级里去，发挥自己的思想，那有心向文学呢？所以这时代的文学，只是农民的讴歌和失志者的哀诉，以及许多讽刺俚谣。

在战国七雄的争夺中，不幸出了一个摧残文学的蟊贼秦始皇来得天下。做了皇帝，把古来所有的书籍，一总烧去，好像一丛鲜花，正在春光明媚的时候，何等可爱，忽儿被一场无情的风雨打得零零落落，不是很可惜的么？秦始皇真是千古的罪人！或许是中国文学的厄运吧？

文学史到了这个时候，作一结束，叫做上古期。

汉代在秦火之后，文学方面大受损伤。他们要想建设文学，不能办到，依旧取前人的老法子做去。但是他们曾经在诗界上特地的举出五言诗，如《十九首》和其余的古诗，很能受后人的叹赏；并且还创设乐府、辞赋与有趣的散文，在两汉的文学史上，点缀得很好看了。可是总觉得这种花样，在上古文学中间，已得看到他的本身，这里不过添设了许多枝叶罢了。我们可以断定项羽的《垓下歌》是受《楚辞》的感化，《古诗十九首》是《诗》三百篇的变相，乐府是从古诗中脱化出来的，说部是继着小说家的开端，是无可疑了。

这种风气，经过魏晋，直到六朝，更盛行了。

三曹和七子，专是讲外貌而不究风骨的；讲到华缛还有余，讲到气体便不行了。

晋朝出了一般大人先生。他们是提倡老庄之学，遂开清谈之风，影响到文学上面，觉得很平淡了。他们想补救这"平淡"，便创出骈俪文，于是四方之门大开。

老庄之学，完全是一种厌世的色彩，印像到陶潜的脑海中，便造成他伟大的田园诗人，实是例外。

南北朝的文学，只喜欢在字面和句子上用功夫，卒致香粉扑鼻、胭脂耀目的不堪看的丑态。不过，在北朝方面，很有许多战士气概的平民文学，也许他们住近溯①漠，不染中原的习气，倒很可观。

隋炀帝是个骄淫之徒，做了王帝，不免有一番奢华风佟的事情，影响到文学上，终于大兴绮艳的"妓声"。

唐初的四杰，是延江左的余风，以修饰章句为务的。到张九龄出，方能一变。同时李杜也出世了，他们用着神笔柔腕，写了很多的好诗。接着，白居易、元稹……几十人起来，都是诗坛上的健将。这种现象，在文学史上，也在例外。

李白在酒醉之后，手舞足蹈，异常快乐，于是他随意唱出，更是活泼动人。像《菩萨蛮》《忆秦娥》等篇，传到五代文学家

---

① 编者注：应为"朔"。

的眼眶里，使他们演出许多词来。

文学史到了这个时候，作一结束，叫做中古期。

宋元明清几代，又是一班大人先生们在那里弄花样。他们个个都是官员，说到家产，总是十余万的富户。除了拍上使的马屁外，暖衣饱食，无所用心。在这种情形之下，自然是很自由的，所以"有时陆放翁高兴了，便做一首白话诗；有时柳耆卿高兴了，便做一首白话词；有时朱晦庵高兴了，便写几封白话信，做几条白话信札；有时施耐庵、吴敬梓高兴了，便做一两部白话的小说。这都是不知不觉自然产出品，并非是有意的主张"。（胡适之）

倒过来说，一般平民，一天到晚辛辛苦苦忙于生活还来不及，那里有空闲功夫来欣赏文学呢？在①时候，却有几个呼冤的文学家，如邵雍、石曼卿……多人，他们为平民呼冤的声浪很急烈的，可是终于没有效力。在这个时期的文学，总带有贵族色彩。老实说，这个时期的文学，专为贵族的玩意儿。

文学史到了这个时候，又作一结束，叫做近古期。

人类与②富于情感的动物，而情感又须时常得到一种安慰，方才完成"人的生活"。文学就是人生的安慰者，他虽是多数产生于贵族阶级，而一部分代平民呼冤的文学家，他们悲壮的、可怜的声浪，无时或息的喊着。人心总是软的，一听到这种呼声，不知不觉的也表起同情来了，他们想文学是诉于情感的工具，人人都有情感，即人人都爱文学，但是旧文学是渊深的，不容易懂

---

① 编者注：应为"这"。

② 编者注：应为"是"。

137

的，要使一班平民来欣赏，非白话的不可，于是提倡白话文的声浪，日高一日，到现在差不多已满布于中国了。

后来外洋的新思潮，奔腾澎湃的输进来，文学界上，大受其影响——我们知道从前的文学在形式上，诗有五言七言绝诗律诗的分别，并且要押平仄韵。从前的小说完全是写史的。从前的剧曲，也有一定的格律。在思想上，往往被约束而不得自由写出来。所以有胡适之、俞平伯几个首树旗帜，他们以为"有什么话，做什么诗"，"有多少话，做多少长的诗"，绝对不用典故，不用对偶，不用套语烂调，不要模仿前人，不避俗语、俗字……这种诗是无格律而很自由的诗。继续有康白情、郭沫若等许多人起来从事，更是可观。

小说方面，林纾翻译得很多，可是他用文言翻译的，有许多精彩的地方，未免遗漏，但总染有西洋的色彩。真真白话小说的作者，有鲁迅、郁达夫、许地山、冰心女士等，都很有好的作品。

至于剧曲方面，自从《易卜生集》和《俄国戏曲集十种》译成华文以后，也有许多产出物。

这些妙好的文学，犹如秋夜的甘露，漫漫地滋润民众底心灵，到现在民众底心田里，文学嫩芽已得自由生长了。

附 录

历代文学家检查表

（除文学家外，如史学家、哲学家、批评家等，这里也稍写一些，以备调考。）

周：（春秋，战国）

周公名旦，文王子。孔子名丘，字仲尼，鲁人。——屈原（见九页本传。）——宋玉，战国时楚人。屈原弟子。为楚大夫。悯其师放逐，作《九辩》述其志以悲之。——景差，战国时楚人。好词赋。

汉：

李陵字少卿，陇西成纪人，与苏武至友。——苏武字子卿，京兆人，或云杜陵人。——蔡邕字伯仁，广汉雒人，撰《汉史》未成。①——蔡琰字文姬，邕女。知音律，适卫仲道，为胡骑夺去。在胡二十年，生二子。曹操以金璧赎回。作《胡笳十八

---

① 编者注：蔡邕应字伯喈，陈留圉人。

139

拍》。后再嫁董祀。——司马相如字相卿 ①，成都人。——东方朔字曼倩，厌次人。——枚乘字叔，淮阴人。——张衡字协，一字平子，南阳西鄂人。——傅毅字武仲，茂陵人。——崔骃字亭伯，安平人，篆子 ②。——贾谊，洛阳人，世称贾太傅。——扬雄字子云，成都人，著有《扬子云集》六卷。——郭宪字子横，作《洞冥记》。——卓文君，临邛人，卓王孙女。——班倢仔，成帝时女官。——王昭君，元帝宫女，名嫱，成都 ③ 秭归人。——王褒字子渊，蜀郡人。——董仲舒，清河广川人。——司马迁字子长，龙门人，谈子，著有《史记》。——班固字孟坚，扶风安陵人，彪子，撰《汉书》。——荀悦字仲豫，颍州颖 ④ 阴人，撰《汉纪》。——王充字仲任，会稽上虞人，著有《论衡》及《养性论》十六卷。

三国：

曹操字孟德，沛国谯人。——曹丕字子桓，操子。——曹植字子建，丕弟，有文集。——王粲字仲宣，高平山阳 ⑤ 人，著有《王侍中集》，其中《初征》《登楼》《槐》《征思》等篇，是很好的著作。——孔融字文举，鲁国人，有《孔少府集》。——陈琳字孔璋，广陵人，有《陈记室集》。——刘桢字公幹，东平人，有《刘公幹集》。——徐幹字伟长，北海人，有《中论》《橘赋》《玄猿赋》《漏卮赋》《团扇赋》诸作传世，无

---

① 编者注：应为"长卿"。
② 编者注：应为"孙"。
③ 编者注：应为"南郡"。
④ 编者注：应为"颍"。
⑤ 编者注：山阳（郡）高平（县）人。

集。——应玚字德琏，汝南人，有《应德琏集》。——阮瑀字元瑜，陈留人，有《阮元瑜集》。——诸葛亮字孔明，琅邪阳都人，有《诸葛武侯集》。

晋：

山涛字巨源，河内人。——阮籍字嗣宗，元瑜子，著有《达庄论》。——嵇康字叔夜，谯国钟①人，著有《养生论》。——刘伶字伯伦，沛国人。——向秀字子期。——阮咸字仲客②。——王戎字濬③冲。——张华字茂先，范阳考④城人。——张载字孟阳，安平人，作《剑阁铭》。——张协字景阳，载弟，作《七命》。——陆机字士衡，吴郡人，著有《平原集》及《辨亡论》。——陆云字士龙，机弟，撰《新书》十一篇⑤。——潘岳字安仁，荥阳中牟人。——潘尼字正叔，岳从子。——左思字太冲，临淄人。——刘琨字越石，中山魏昌人，有《刘越石集》。——郭璞字景纯，河喜⑥闻喜人，撰《洞竹》。——陶渊明名潜，一字元亮，寻⑦阳柴桑人，有《陶集》。——干宝字令升，新蔡人，著《晋纪》三十卷⑧。——王嘉是苻秦方士。——焦度字文续，南安群⑨人。

---

① 编者注：应为"铿"。
② 编者注：应为"容"。
③ 编者注：应为"濬"。
④ 编者注：应为"方"。
⑤ 编者注：应为"十篇"。
⑥ 编者注：应为"河东"。
⑦ 编者注：应为"浔"。
⑧ 编者注：应为"二十卷"。
⑨ 编者注：应为"氏"。

南北朝：

谢灵运字①唐②乐，陈郡阳夏人，作《撰征赋》《山居赋》，又撰《晋书》，未成。——鲍照字明远，东海人，有《鲍参军集》。——颜延之字延年，临沂人，有文集。——谢惠连字宣远，陈郡阳夏人，作《雪赋》及其他。——谢朓字玄晖，陈郡阳夏人，有《谢宣城集》。——王融字元长，琅邪临沂人。——任昉字彦昇，乐安博昌人。——沈约字休文，吴兴武康人，著《朱③书》百卷，文集百卷，《四声谱》及"八病"。——范云字彦龙，南乡舞阴人，有文集三十卷。——萧琛，南兰陵中都里人。——陆倕字佐公，吴人，撰《新漏刻铭》《石阙铭记④》。——萧衍字叔达，南兰陵中都里人，编《通史》及其他。——萧统字德施，即昭明太子，撰《文选》。——江淹字文通，考城人，有《江文通集》。——江总字总持，济阳考城人。——徐陵字孝穆，东海剡⑤人，著有《徐孝穆集》六卷，《玉台新咏》十卷。——阴铿字子坚。——温子昇字鹏举，太原人。——邢邵字子才，河间鄚人。——魏收字伯启，小字佛助，巨鹿下曲阳人，撰《魏书》百十卷⑥。——颜之推字介，琅邪临沂人，著有《颜介文集》三十卷，《家训》二十卷。——斛律金，斛律光之父。——王褒字子渊，琅邪人。——庾信字子山，

① 编者注："灵运"为字。
② 编者注：应为"康"，"康乐"乃因爵位为世所称。
③ 编者注：应为"宋"。
④ 编者注：应为"石阙铭"。
⑤ 编者注：应为"郯"。
⑥ 编者注：应为"百三十卷"。

新野人，肩吾子，著有《庾开府文集》十卷。

隋：

薛道衡字元①卿，河东汾阴人，有文集七十卷。——王胄字承基，琅邪临沂人，有文集十卷。——孙万寿字仙期，信都武强人。——卢思道字子行，范阳人，有文集三十卷。——卢世基②字茂世，会稽余姚人，有文集。

唐：

王勃字子安，绛州龙门人，撰《次论》及其他。——杨炯字盈川③，华阴人。——卢照邻字昇之，幽州范阳人，著有《五悲》及其他。——骆宾王字④临海，婺州义乌人，有《骆临海文集》十卷。——沈佺期字云卿，相州内黄人。——宋之问字延清，汾州人。——陈子昂字伯玉，梓州射洪人。——上官仪字游韶，陕州人，有文集三十卷。——张说字道济，洛阳人，封燕国公。——苏颋字廷硕，雍州武功人，封许国公。——张九龄字子寿，韶州曲江人。——李白字太白，成都漳明县青莲乡人。号竹溪六逸⑤，自署青莲居士。贺知章叹为谪仙。有《李太白诗集》。世称"老李"。——杜甫字子美，本襄阳人，后徙居南巩县。人号少陵，又号"工部"。有《杜工部诗集》。世称"老杜"。——王维字摩诘，河东人，有《王右丞集》六

---

① 编者注：应为"玄"。
② 编者注：应为"虞世基"。
③ 编者注：杨炯曾任盈川令，"杨盈川"为其别称。
④ 编者注：应为"号"，因贬官地为号。
⑤ 编者注：李白与孔巢父、韩准、裴政、张叔明、陶沔合称"竹溪六逸"。

卷。——孟浩然，襄阳人，有《孟浩然集》四卷。——高适字
达夫，渤海修①人，或云沧洲人。有《高常侍集》八卷。——
岑参，南阳人②，有诗集。——元结字次山，河南人，有《元
次山集》十卷。——李颀，东川人。有诗集。——储光羲，
丹阳人，有诗集? 卷。——崔颢? ③——王昌龄字少白，江宁
人④。——韩愈字退之，邓州南阳人。世居昌黎，宋时追封昌黎
伯。有《昌黎文集》四十卷。——柳宗元字子厚，河东人。为
柳州刺史，世称柳柳州。有《柳州文集》。——韦应物，京兆
人。曾官于苏州，故称韦苏州。有《韦江州集》十卷。——刘
长卿字文房，河间人，有《刘随州集》。——卢纶字先⑤言，
蒲州人。——韩翃字君平，南阳人。——钱起字仲文，吴兴
人。——李端字正己，赵州人，有《李氏诗集》。——司空曙
字文初，广平人。——吉中孚，鄱阳人。——苗发，崔峒，耿
沣，夏侯审? ——李嘉祐字从一，赵州人。——秦系字公绪，
会稽人。——郎士元字君胄，中山人。——皇甫曾字孝常，丹
阳人。——白居易字乐天，号香山，太原人。有《白香山诗文
集》。——元稹字微之，河南人，有《元氏长庆集》六十卷，
《补遗》六卷。——刘禹锡字梦得，彭城人，有诗文集。——
孟郊字东野，武康人，有诗集十卷。——贾岛字浪仙，范阳

---

① 编者注：应为"蓨"。
② 编者注：岑参为荆州江陵人，祖籍南阳。
③ 编者注：崔颢为汴州人，开元年间进士。
④ 编者注：王昌龄字少伯，晋阳人，一说长安人。曾任江宁县丞，故世
　　称王江宁。
⑤ 编者注：应为"允"。

人。——张籍字文昌，和州乌江人。——姚合字武功，陕州陕^①石人，选《极玄集》。——温庭筠字飞卿，太原人，有《温庭筠集》七卷及其他。——李商隐字义山，怀州河内人。有《李义山诗集》六卷。世称"小李"。——杜牧字牧之，京兆万年人，有《樊川集》二十二卷。——段成式字柯古，临淄人，著有《酉阳杂俎》数十篇。——赵嘏字承祐，山阳人。——张祐^②字承吉，清河人。——韩偓字致光^③，有《香奁集》。——皮日休字袭美，自号醉士、醉民，襄阳人。——陆龟蒙字鲁望，长兴人，自号江湖散人、随天^④子、甫里先生。有《松陵集》《笠泽丛书》《甫里集》。——方干字雄飞，新定人。——司空图字表圣，虞乡人。——杜荀鹤字彦之，牧之季子。自号九华山人。有《唐风集》。——罗隐字昭谏，余杭人。——罗邺，隐弟。——罗虬，号比红儿^⑤。——李频字德新，寿昌人。

五代：

李煜？——韦庄字端己，杜陵人。——冯延巳？——毛文锡？——和凝？——牛希济，本蜀臣，降于后唐。——薛昭蕴？

宋：

欧阳修字永叔，庐陵人。号醉翁，晚署六一居士，撰《新唐书》和《新五代书》。——曾巩字子固，南丰人。人号曾南丰。著有《元丰类稿》。——王安石字介甫，号半山，临川人。

---

① 编者注：应为"硖"。
② 编者注：应为"祜"。
③ 编者注：一作"致尧"。
④ 编者注：应为"天随"。
⑤ 编者注：罗虬曾作《比红儿》诗，"比红儿"非其号。

著有《周礼》《三经》，文集行于世。——苏洵字明允，眉山人。——苏轼字子瞻，洵长子。号东坡居士。著有《苏文忠公集》。——苏辙字子由，洵次子。号颍滨遗老。——周敦颐字茂叔，号濂溪，胡①广道州人，有《通书》。——程颐字正叔，洛阳人，敦颐弟子，世称伊川先生。——程灏②，世称明道先生，颐兄，与兄③合作《语录》。亦从敦颐学。——杨时字中立，南剑将乐人，著有《龟山文集》及《语录》。——张载字子厚，号南轩，长安人，有《张子全书》十四卷。——陆九渊字子静，世称象山先生，金溪人。有《象山集》二十八卷，《语录》四卷。——朱熹字元晦，号晦庵，改字仲晦，安徽婺源人。有《晦庵集》一百卷。曾注释四书五经。——杨亿字大年，建州蒲城人。著有《武夷新集》二十卷及其他。——王禹偁字元之，巨野人，有文集。——梅尧臣字圣俞，宣城人，有《宛陵集》六十卷，附录一卷。——石介字守道，号徂徕先生。——苏舜钦字子美，铜山人，自署沧浪翁。——邵雍字尧夫，范阳人。号安乐先生。有《击壤集》。——石曼卿？——范仲淹字希文，吴县人。——黄庭坚字鲁直，自署山谷老人，洪州分宁人，有《山谷诗词集》。——秦观字少游，高邮人，有《淮海闲居集》。——张朱④字文潜，淮阴人，有《宛丘集》七十六卷。——晁补之字无咎，巨野人，有《鸡筋⑤集》七十卷。——陈师道字履常，一

---

① 编者注：应为"湖"。
② 编者注：应为"颢"。
③ 编者注：应为"弟"。
④ 编者注：应为"耒"。
⑤ 编者注：应为"肋"。

字无己，彭城人，有《后山集》二十四卷，《后山诗话》一卷，《后山谈丛》四卷。——李荐字端叔，华州人。——陆游字务观，号放翁，山阴人。有《渭南文集》《剑南诗集》。——范成大字致能，号石湖居士，吴人，有《石湖集》。——杨万里字廷秀，吉水人。人称诚斋先生，有《诚斋集》。——尤袤字延之，无锡人。——叶梦德①字少蕴，吴县人，有《愁眠集》。——徐灵辉名昭②，字道辉。有《芳兰轩集》。——徐灵渊名玑，字文渊。有《二微③亭集》。——翁灵舒名卷，字灵舒。有《西岩集》。——赵灵秀名师秀，字紫芝。有《清苑集》。——严羽字丹丘，自号沧浪逋客，邵武人。有《沧浪集》。——刘克庄字潜夫，号后村。著有《梅花百咏》，《后村文稿》五十卷。——陈造字唐卿，自号江湖长翁，高邮人。——周必大字子充，庐陵人。——薛季宣字士龙，永嘉人。——文天祥字宋瑞，号文山，吉水人。——谢枋得字君直，号叠山，阳州弋阳人。有《叠山集》。——谢翱字皋羽，自号晞发子，长溪人，有《晞发子诗集》。——寇準字平仲，华州下邽人。有诗词集。——韩琦字雅④圭，相州安阳人。有《安阳集》。——晏殊字同叔，有《珠玉词》一卷。——晏几道号小山，世称"小晏"，有《小山词集》。——张先字子野，吴兴人。自名三影，人称三中，即心中事，眼中泪，意中人。——柳永字耆卿，一名三变，号屯田，崇安人。他与乃兄三复、三接时称"柳氏三杰"。著有《乐章

---

① 编者注：应为"得"。
② 编者注：应为"照"。
③ 编者注：应为"薇"。
④ 编者注：应为"稚"。

集》一卷。——周邦彦字美成，钱塘人。有《清真集》。——李清照字易安，济南人。有《漱玉集》。——辛弃疾字幼安，号稼轩，历城人。有《稼轩词集》。——姜夔字尧章，号白石道人、石帚，鄱阳人。有白石诗词各一卷。——贺铸字方回，自号庆湖遗老，卫州人。有《东山寓声乐府》。——毛滂字泽民，江山人。有《东堂词》。——吴文瑛[①]字君特，号梦窗，四明人。有《梦窗》甲、乙、丙、丁稿。——张炎字叔夏，有《玉田词》（即《山中白云词》）。——周密字公谨，济南人。自号弁阳啸翁。有《草窗词》（一名《蘋[②]州渔笛谱》）。——王沂孙字圣与，号碧山、中仙，会稽人。有《花外集》（一名《碧山乐府》）。——史达祖字邦卿，号梅溪，汴人。有《梅溪词》一卷。——高观国字宾王，号竹屋，山阴人。有《竹屋痴语》一卷。——王懋[③]？《野客丛书》凡三十卷，末附《野老纪闻》。——王应鳞[④]字伯厚，庆元人。——宋祁字子京，雍邱人。——洪迈字景庐。

辽金：

吴激字彦高，号东山，工乐府。——蔡松年字伯坚，工乐府。——赵秉文？——杨云翼字子美，平定乐平人。——党怀英字世杰，冯翊人。——马定国字子卿，茌[⑤]平人。——元好问字裕之，号遗山，秀容人。著有《遗山集》四十卷，附录一

[①] 编者注：应为"英"。
[②] 编者注：同"蘋"。
[③] 编者注：应为"楙"。
[④] 编者注：应为"麟"。
[⑤] 编者注：应为"茌"。

卷。——王若虚？

元：

（作曲家请看附录）

金履祥字吉父，兰溪人，世称仁山先生。——许衡字平仲[①]，河内人，世称鲁斋先生。——吴澄字幼清，自署草庐居士[②]，抚州崇仁人。——虞集字伯生，号道园，仁寿人。著有《道园学古录》五十卷。——杨载字仲弘。——范椁[③]字亨父，一字德机。——揭俟斯字曼硕，富州人，有《文安集》十四卷。——刘因字梦吉，容城人。有《静修集》三十卷。——赵孟頫字子昂，号松雪道人，湖州人。有《松雪斋集》十卷。——杨维桢字廉夫，号铁崖。——张翥字仲举，号蜕庵。——萨都拉字天锡，号雁门。[④]

罗贯中，杭州人[⑤]。有《后水浒》。

施耐庵，东都[⑥]人。

明：

宋濂字景濂，浦江人。有《潜溪集》。——王祎字子充，浙江义乌人。有《华川前后集》。——方孝儒[⑦]字希直，一字

---

① 编者注：应为"仲平"。
② 编者注：应为"草庐先生"。
③ 编者注：应为"范椁"。
④ 编者注：应为"萨都剌"。萨都剌号直斋，有《雁门集》。
⑤ 编者注：据贾仲明《录鬼簿续编》，罗为太原人。一说钱塘人，又有庐陵人之说。
⑥ 编者注：一说"钱塘"。
⑦ 编者注：应为"孺"。

希古，浙江宁海人。有《逊志斋集》。——杨士奇名寓，太[①]和人。有《东里全集》九十七卷。——杨荣字勉士[②]。有《文敏集》。——杨溥字弘济。有《杨氏文集》？——李东阳字宾之，号西涯，茶陵人。有《怀麓集》百卷，《诗话》一卷。——李梦阳字献吉，庆阳人，有《空峒[③]集》。——何景明字仲默，号大复山人，信阳人。有《大复集》。——边贡字延[④]实。——徐桢卿[⑤]字昌毂。——王廷相字子衡。——康海字德涵。——王九思字敬夫。——宋应登字升之。——顾璘字玉华[⑥]。——陈沂字鲁南。——郑善夫字继之。——祝允明字希哲，长洲人，自号枝山。——唐寅字伯虎，一字子畏，号六如，吴县人。——文徵明，初名璧，字行，更字徵仲，号衡山居士，长洲人。——王慎中字思道[⑦]。——唐顺之字应德。——归有光字熙甫，昆山人。人称震川先生。有《归震川文集》三十卷。——茅坤字顺甫。——李攀龙字于鳞，历城人。有《沧溟集》。——王世贞字元美，号凤洲，自署弇州山人，太仓人。有《弇山别集》百卷，《四帝[⑧]稿》百七十四卷，《续稿》二百另七卷，《觚不觚录》一卷。——谢榛字茂秦，临清人。有《四溟山人集》。——宗臣字子相，兴化人。有《方城集》。——梁有誉字公实，顺

---

① 编者注：应为"泰"。
② 编者注：字勉仁。
③ 编者注："崆峒"或"空同"。
④ 编者注：应为"廷"。
⑤ 编者注：应为"徐祯卿"。
⑥ 编者注：应为"华玉"。
⑦ 编者注：应为"道思"。
⑧ 编者注：应为"部"。

德人。有《兰汀存稿》。——徐行中^①字子与，长兴人。有《青萝馆集》。——吴国伦字明卿，兴国州人。有《甀甀洞正续集》^②。——袁宗道字伯修。宏道字无学。中道字小修。他们的作品，如《广陵》《桃源》《故^③箧》《锦帆》《解脱》《瓶花斋》《破研斋》《潇碧堂集》及其他。——钟惺字伯敬，竟陵人。有《隐秀轩集》。——谈^④元春字友夏，竟陵人。有《岳归堂集》。——张溥字天如，太仓人。——陈子龙字人中。——王守仁字伯安，余姚人。世称阳明先生。有《王文成全集》三十六卷。——薛瑄字德温，河津人。有《薛文清集》二十四卷。——高启字季迪，常州^⑤人。号青丘子。有《大全集》^⑥十八卷，《凫藻集》五卷。——杨基字孟载，号眉庵。——张羽字来仪，号附凤。——徐贲字幼文。——刘基字伯温，青田人。——吴承恩字汝忠，号射阳山人，山阳人。著有《射阳存稿》。——（明代剧曲家，看附录。）

——周有燉？——杨慎字用修，有《升庵集》。

清：

黄宗羲字太冲，号梨洲，余姚人。所著皆《宋儒学案》^⑦。学者称南雷先生。——顾炎夫^⑧字宁人，号亭林，昆山人。著作

---

① 编者注：应为"中行"。
② 编者注：即《甀甀洞正稿》与《甀甀洞续稿》。
③ 编者注：应为"敝"。
④ 编者注：即"谭"。
⑤ 编者注：应为"长洲"。
⑥ 编者注：即《高太史大全集》。
⑦ 编者注：黄宗羲著有《宋元学案》及《明儒学案》。
⑧ 编者注：应为"武"。

甚多。——王夫之字而农，号姜斋，衡阳人。著作很多。学者称船山先生。——侯方域字朝宗，号云①苑，商丘人。有《壮悔堂集》。——魏禧字冰叔，号勺庭，宁都人。有《冰叔文集》。他与兄祥字善伯，弟礼字和公，称"宁都三魏"。——汪琬字苕文。号钝庵，一号尧峰，长州②人。有《钝翁类稿》。——廖燕字柴舟③，韶州曲江人。有《二十七松堂文集》。——姜宸英字西溟，慈溪人。有《湛④园集》。——邵长蘅字子湘，号青门，武进人。有《青门集》。——方苞字灵皋，号望溪，桐城人。有《望溪文集》。——刘大櫆字耕南，号海峰。有《海峰文集》。——姚鼐字姬传，号惜抱。有《惜抱轩文集》。——吴殿麟，有《紫石泉山房集》。——朱仕琇，号梅崖，建宁人。有《梅崖居士集》。——刘开字方来，号孟涂，桐城人。——管同字异之，上元人。——方东树字植之，桐城人。——姚莹字硕⑤甫，桐城人。——梅曾亮字伯言，上元人。——吴德旋字仲伦，宜兴人。有《初月楼集》。——吴嘉宾字子序，南丰人。——吕璜字礼北，广西永福人。——朱琦字廉甫⑥，广西桂林人。——戴钧衡字存庄，桐城人。——张惠言字皋文，武进人。有《柯茗⑦文集》。——恽敬字子居，号简堂，阳湖人。

---

① 编者注：应为"雪"。
② 编者注：应为"洲"。
③ 编者注：廖燕字人也，号柴舟。
④ 编者注：应为"湛"。
⑤ 编者注：应为"石"。
⑥ 编者注：据《清史稿》，朱琦字伯韩。
⑦ 编者注：应为"茗柯"。

有《大云山房文集》。——秦瀛字凌沧，一字小岘，无锡人。有《小岘山房①文集》。——陈继辂②字祁孙，阳湖人。有《崇百药斋文集》。——董士锡字晋卿，阳湖人。——李兆洛字申耆，武进人。有《李氏五种》及《养一斋文集》。——曾国藩字涤笙③，号伯涵，湘乡人。有《求阙斋集》。——吴汝纶字挚甫，桐城人。有诗文集及其他。——钱谦益字受之，号牧斋，常熟人。有《初学》《有学》二诗集。——吴伟业字会④公，号梅村，太仓人。有《永和宫词》《圆圆曲》《临江参军》及其他。——龚芝麓，名鼎孳，字孝升，合肥人。有诗集。——屈大均字翁山，一字介子。后为僧，名今种，字一灵，一字骚余，番禺人。有《翁山诗略》《诗外》及其他。——陈元孝名恭尹，顺德人。有《独漉堂集》。——梁佩兰字芝五，号药亭，南海人。有《六莹堂诗文集》。——施闰章字尚白，号愚山，安徽宣城人。有《学余堂集》。——朱琬⑤字玉叔，号荔棠⑥，山东莱阳人。有《安雅堂集》。——王士禛字贻上，号阮亭，别号渔洋山人，新城人。有《带经堂集》及其他。——朱彝尊字锡鬯，号竹垞，秀水人。有《曝书亭全集》。——赵执信字伸符，号秋谷，晚号饴山老人。有《因圆⑦集》十三卷。——查慎行号悔余，

---

① 编者注：一作"人"。
② 编者注：应为"陆继辂"。
③ 编者注：曾国藩字伯涵，号涤生。
④ 编者注：应为"骏"。
⑤ 编者注：应为"宋琬"。
⑥ 编者注：应为"裳"。
⑦ 编者注：应为"园"。

号初白^①，海宁人。——袁枚字子才，号随园，又号简斋，钱塘人。有《随园三十六种》。——蒋士铨字心余，号清谷^②，又号藏园，铅山人。有《忠雅堂集》及其他。——赵翼字云松^③，号瓯北，阳湖人。有《瓯北集》。——翁方纲字正三，号覃溪，大兴人。——沈德潜字确^④士，号归愚，长洲人，有《归愚诗文钞》及其他。——毛奇龄字大可，萧山人。本姓姓，字初晴。^⑤学者称西河先生。——厉鹗字太鸿，号樊榭，钱塘人。著《宋诗纪事》《辽史拾遗》。有《樊榭山房集》。——曹雪芹名霑，汉军镶蓝旗人。——吴敬梓字敏轩，一字文木，全椒人。有《文木山房集》。——蒲松龄字留仙，号柳泉，淄川人。——孔尚任字聘之，曲阜人。撰《阙里新志》。有《岸塘^⑥文集》《湖海诗集》《会心录》《节序同风录》。——洪昇字昉思，号稗村，钱塘人。有《稗村^⑦集》。——尤侗字同人，更字展成，长洲人。号悔庵，晚号艮斋，又号西堂老人。著有《西堂杂俎》《艮斋杂记》《鹤栖堂文集》百余卷。——舒位字立人，号铁云。有《瓶水斋集》。——桂馥字末^⑧谷，一字冬卉，曲阜人。有《晚学集》。——张照字得夫^⑨，号泾南，江苏华亭人。——张坚字漱

---

① 编者注：一说字初白。
② 编者注：应为"容"。
③ 编者注：应为"崧"。
④ 编者注：应为"礐"。
⑤ 编者注："姓"，应为"名"。号初晴，一曰秋晴。
⑥ 编者注：应为"堂"。
⑦ 编者注：因洪昇又号稗畦，集名亦作"稗畦"。
⑧ 编者注：应为"未"，且"未谷"应为其号。
⑨ 编者注：应为"天"。

石，江宁人。——黄燮清字韵珊，别号吟香诗舫主①，海盐人。有《倚晴楼集》《拙宜园词》《国朝词综续编》。——袁于令字令照②，号箨庵，吴县人。有《金锁记》《长生乐》《玉麟符》及其他。——杨恩寿字③蓬海，长沙人。——沈起凤字桐威，号蕡渔，吴县人。有《吹雪词》。——杨观潮字宏度，号笠湖。——梁清标字玉立，一字苍岩。号棠村。有《蕉林诗文集》《棠村词》及《棠村随笔》。——陈维崧字其年，号迦陵，宜兴人。有《湖海楼诗集》《迦陵文集》《迦陵词》。——周济字保绪，一字介存，号未斋，晚号止庵，荆溪人。有《介存斋诗》《味④隽斋词》。——龚自珍号定盦，浙江仁和人。——纳兰性德字容若，满洲正黄旗人。有《通志堂集》。

---

① 编者注：应为"吟香诗舫主人"。
② 编者注：应为"昭"。
③ 编者注：应为"号"。杨恩寿字鹤俦。
④ 编者注：应为"味"。

毛诗三百另五篇

孔子原定《诗》为三百十一篇，秦火亡其六，今都为三百另五篇。

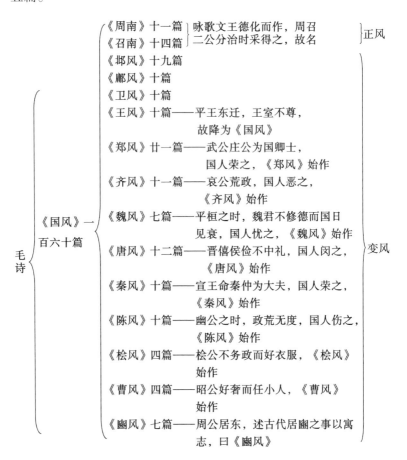

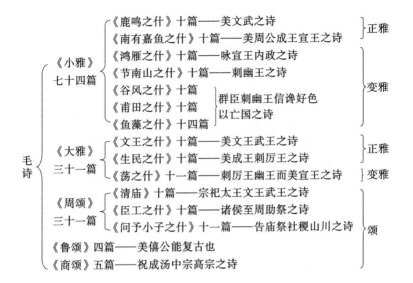

毛诗
《小雅》七十四篇
《鹿鸣之什》十篇——美文武之诗
《南有嘉鱼之什》十篇——美周公成王宣王之诗
}正雅
《鸿雁之什》十篇——咏宣王内政之诗
《节南山之什》十篇——刺幽王之诗
《谷风之什》十篇
《甫田之什》十篇
《鱼藻之什》十四篇
群臣刺幽王信谗好色以亡国之诗
}变雅

《大雅》三十一篇
《文王之什》十篇——美文王武王之诗
《生民之什》十篇——美成王刺厉王之诗
}正雅
《荡之什》十一篇——刺厉王幽王而美宣王之诗
}变雅

《周颂》三十一篇
《清庙》十篇——宗祀太王文王武王之诗
《臣工之什》十篇——诸侯至周助祭之诗
《问予小子之什》十一篇——告庙祭社稷山川之诗
《鲁颂》四篇——美僖公能复古也
《商颂》五篇——祝成汤中宗高宗之诗
}颂

诸子作物

儒家　孟子作《孟子》十一篇，今存七篇。——荀卿作《孙卿子》三十三篇，今存三十二篇，名《荀子》。——景子作《景子》三篇，今佚。——世硕作《世子》二十一篇，今佚。——芊婴作《芊子》十八篇，今佚。——公孙尼作《公孙尼子》二十八篇，今佚。——……

道家　老子作《道德经》，今存。——庄周作《庄子》五十二篇，今凡三十三篇，为内外杂三卷，又名《南华真经》，或曰《蝴蝶梦》。——文子作《文子》九篇，今凡十二篇，为二卷，或题曰《通元真经》。——蜎渊作《蜎子》十三篇，今佚。——列圄寇[①]作《列子》八篇，今存。——田骈作《田子》二十五篇，今佚。——老莱子作《老莱子》十六篇，今佚。——黔娄子作《黔娄子》四篇，今佚。——鹖冠子作《鹖冠子》一篇，今凡十九篇，为三卷。——关喜作《关尹子》九篇，今存，或题曰《文始真经》——……

阴阳家　邹衍作《邹子》四十九篇，今佚。——……

法家　李悝作《李子》三十二篇，今佚。——商鞅作《商君》二十九篇，今凡二十六篇，为五卷，或题曰《商子》。——尸佼作《尸子》二十篇，今佚。——慎到作《慎子》四十二篇，今凡五篇，为一卷。——申不害作《申子》六篇，今佚。——韩非作《韩子》五十五篇，今存，或曰《韩非子》。——……

---

① 编者注：今作"列御寇"，古籍中也写作"列圄寇"。

名家　惠施作《惠子》一篇，今佚。——尹文子作《尹文子》一篇，今存。——公孙龙作《公孙龙子》十四篇，今存六篇。——……

墨家　墨翟作《墨子》七十一篇，今存五十三篇。——田俅作《田俅子》三篇，今佚。——随巢作《随巢子》六篇，今佚。——胡非作《胡非子》三篇，今佚。——……

纵横家　苏秦作《苏子》三十一篇，今存？篇。——张仪作《张子》十篇，今佚。

杂家　吕不韦作《吕氏春秋》二十六篇，今存。——……

农家　（难考）

小说家　鬻熊作《鬻子说》十九篇，今凡十四篇，为一卷。——青史子作《青史子》五十七篇，今佚。——宋子作《宋子》十八篇，今佚。——

《楚辞》考

《楚辞》或曰《楚词》。

《离骚》 （见上本文《屈原列传》）

《九歌》 王逸曰："昔楚南郢之邑，其俗信鬼而祀其祠，必作歌乐鼓舞。屈原因而为作《九歌》之曲，托以讽谏。"

《天问》 王逸曰："《天问》者，屈原之所作也。屈原放逐，忧心愁悴，彷徨山泽，经历陵陆。见楚有先王之庙，及公卿祠堂，图画天地山川神灵，及古贤圣怪物行事，因书其壁，呵而问之，以泄愤懑，舒写愁思。"

《九章》 王逸曰："屈原放于江南之野，复作《九章》。章者，著明也。言己所陈忠信之道，甚著明也。"

《远游》 王逸曰："《远游》者，屈原之所作也。屈原履方直之行，不容于世，遂叙妙思，托配仙人，与俱游戏。"

《卜居》 王逸曰："《卜居》者，屈原之所作也。原放弃，乃往太卜之家，卜已居世，何所宜行。"

《渔父》 王逸曰："《渔父》者，屈原所作也。渔父避世时，遇屈原，怪而问之，遂相应答。"

以上凡七题二十五篇，谓之《离骚》，后汉王逸为之章句，称《离骚经》。

《九辩》 王逸曰："宋玉，屈原弟子，闵惜其师忠而放逐，故作《九辩》以述其志。"

《招魂》 王逸曰："宋玉怜哀屈原，厥命将落，作《招魂》欲以复其精神，延其年寿。"

　　《大招》　王逸曰："《大招》者，屈原之所作也。或曰景差，疑不能明也。屈原放流，恐命将终，所行不遂，故愤然大招其魂。"又曰："《招隐士》者，淮南小山之徒，闵伤屈原，虽身沉没，名德显闻，与隐处山泽无异；故作《招隐士》之赋以章其志也。"

　　《惜誓》《吊屈原》《服赋》　汉贾谊作。

　　《哀时命》　汉庄忌作。

　　以上凡八题十六篇，谓之《续离骚》。

　　总集起来谓之《楚辞》。

元曲作者及其作品

曲别	姓名	字	号	籍贯	作曲数	今存曲
北曲	关汉卿		已斋叟	大都	五八	《窦娥冤》《玉镜台》《谢天香》《金线池》《鲁斋郎》《救风尘》《蝴蝶梦》《望江亭》《单刀会》《调风月》《拜月亭》《西蜀梦》《续西厢记》
	董解元			大都?		《西厢挡弹词》
	王实甫			大都	一四	《西厢记》《丽春堂》
	马致远		东篱	大都	一二	《汉宫秋》《黄粱梦》《青衫泪》《荐福碑》《岳阳楼》《陈抟高卧》《三度任风子》
	白朴	仁甫，改字太素	兰谷①	真定	一五	《梧桐雨》《墙头马上》
	尚仲贤			真定	一〇	《气英布》《单鞭夺槊》《柳毅传书》

---

① 编者注：应为"兰谷先生"。

曲别	姓名	字	号	籍贯	作曲数	今存曲
北曲	郑廷玉			彰德	二三	《后庭花》《楚昭公》《认字记》《看金①奴买冤家债主》《崔府君断冤家债主》
	李寿卿			太原	一一	《伍员吹箫》《度柳翠》
	武汉臣			济南	一一	《老生儿》《玉壶春》《生春②阁》
	李时中			大都	二	
	李宽甫			大都	一	
	王伯成			大都	二	《李太白贬夜郎》
	王好古			大都	三	《张生煮海》
	李文蔚			大都	一二	《燕青博③鱼》
	侯正卿			大都	一	
	史九山人			大都	一	
	江泽民			大都	一	
	高君瑞			大都	一	
	彭伯威			大都	一	
	张寿卿			东平	一	《红梨花》

---

① 编者注：应为"钱"。

② 编者注：应为"金"。

③ 编者注：应为"博"。

续表

曲别	姓名	字	号	籍贯	作曲数	今存曲
北曲	张时起			东平	四	
	顾仲清			东平	二	
	高文秀			东平	三二	《黑旋风》《双献头》《须贾谇范睢》《好酒赵皇遇上客①》
	吴昌龄			西京	一二	《风光②雪月》《东坡梦》
	杨显之			大都	八	《潇湘雨》《酷寒亭》
	张国宝	酷贫		大都	四	《合汗衫》《罗二③郎》《薛仁贵》
	石君美④			平阳	一〇	《秋胡戏妻》《曲江池》《风月紫云亭》
	戴尚⑤甫			真定	五	《风光好》
	王文仲⑥			大都	一〇	《救孝子》
	纪天祥			大都	六	《赵氏孤儿》
	孙仲章			大都	三	《勘头巾》

① 编者注：应为"好酒赵元遇上皇"。
② 编者注：应为"花"。
③ 编者注：应为"李"。
④ 编者注：应为"宝"。
⑤ 编者注：应为"善"。
⑥ 编者注：应为"王仲文"。

曲别	姓名	字	号	籍贯	作曲数	今存曲
北曲	石子章			大都	二	《竹坞听琴》
	庾天锡			大都	一五	
	赵明道			大都	三	
	曾瑞			大都	一	
	赵良弼			东平	一	
	李显卿			东平		
	狄君厚			平阳	一	《晋文公火烧介子推》
	石君宝①			平阳	一〇	
	于伯开			平阳	六	
	孔文卿			平阳	一	
	赵公辅			平阳	二	
	岳伯州②			济南	二	《铁拐李》
	唐③进之			棣州	二	《李逵负荆》
	李行甫④	行道		绛州	五?	《灰阑记》
	宫天挺			大名	六	
	李进取			大名	六?	
	陈宁甫			大名	一	

---

① 编者注：与上文重复。
② 编者注：应为"川"。
③ 编者注：应为"康"。
④ 编者注：应为"李潜夫"，"行甫"亦为其字。

曲别	姓名	字	号	籍贯	作曲数	今存曲
北曲	赵天锡			汴梁	二	
	陆显之			汴梁	一	
	李直夫			女直	三	《虎头牌》
	孟汉卿			亳州	一	《魔合罗》
	乔吉甫	梦符	笠①鹤翁	太原	一一	《金钱记》《扬州梦》《玉箫女》
	红字李二			京兆	三	
	睢景臣			扬州	三	
	张鸣善			扬州	二	
	孙子羽			扬州	一	
	姚守中			洛阳	三	
	李寿卿			太原	一〇	
	刘唐卿			太原	二	
	赵文殷			彰德	三	
	郑光祖	德辉		平阳襄陵	一七	《倩女离魂记》《㑇梅香》《王粲登楼》《辅成王周公摄政》

① 编者注：应为"笙"。

166

曲别	姓名	字	号	籍贯	作曲数	今存曲
南曲	金仁杰			杭州	七	
	范　康	志甫①		杭州	二	
	秦简夫	子安		杭州	五	《东堂老》《赵礼让肥》
	萧德祥		复斋	杭州②	五	《杀狗记》
	朱　凯	士凯		？	二	《昊天塔孟良盗骨》
	王　晔	日华		杭州	三	《桃花女》
	沈　和			杭州	五	
	鲍天祐			杭州	八	
	陈以仁			杭州	二	
	周文质			杭州	四	
	陆登善			杭州	二	
	王仲元			杭州		
	范居中			杭州	一	
	施　惠	君美		杭州	？	《幽闺记》《拜月亭》
	俞仁夫			杭州		
	胡正臣			杭州		
	吴本世			杭州		
	沈　拱			杭州		
	黄天泽			杭州	五	

① 编者注：据《录鬼簿校订》，金仁杰字志甫，范康字子安，此处应为错位。

② 编者注：应为"大都"。

续表

曲别	姓名	字	号	籍贯	作曲数	今存曲
南曲	江勉之			庆元	三	
	张可久			庆元		
	徐再思			嘉兴		
	吴朴			平江		
	黄公望			姑苏		
	钱霖			松江		
	顾德润			松江	一〇	
	李用之			松江		
	顾廷玉			松江	一	
	张以仁			湖州		
	赵善庆			饶州		

此外	赵子祥	三	李齐贤	？	苏彦文	一	高安道	五
	李郎	二	屈彦	二	阿鲁威	一〇	玉守中	？
	吴仁卿	四	屈子敬	五	黄思顺	三	刘宣子	一
	高可道	？	曹鸣善	六	李邦杰	？	荆幹臣	二
	马昂夫	？	于伯渊	？	杜善夫	？	周德清	四
	元贵山	一二	滕玉霄	？				

此表根据钟嗣成的《录鬼簿》作，但也有两样的地方。

（一）高则诚是元末人，钟氏以为他是明初人，所以在此不提及。

（二）钟氏以为元代的剧曲大家有六人，在这表——姓名角上有一圈的[1]，就是大家。

___

[1] 编者注：底本的表格中，姓名角上均未有圈。

曲　辨

北曲：多衬字，无引子和过曲，轻尾声。

南曲：少衬字，有引子和过曲，重尾声。

北曲——凡六宫：正宫二五，黄钟二四，南吕三一，中吕三二，仙吕四一，道宫缺一一调，商一五，大石二一，双调一〇〇，小石五，越调三五，商调一五，商角六，般沙[①]八，高平调、敬指调、角调、宫调皆缺（元人作曲也不全用）。

南曲——凡九宫一三调：以仙吕为一宫，羽调附之，正宫为一宫，大石调附之，中吕为一宫，般沙调附之，南吕为一宫，黄钟双调为一宫，仙吕入调为一宫（与北曲不同）。

北曲必四折曰杂剧体。

南曲一六出至四〇出，曰传奇体。

南北曲当中有作十折的，无以名之。

《录鬼簿》以《西厢记》为王实甫作，王世贞谓王实甫与关汉卿合作。

考《西厢记》有五种。

董解元

王实甫

关汉卿

李日华

陆天池

---

① 编者注：应为"般涉"。

李、陆皆南曲，余皆北曲。

　　　　（见《暖红室汇刻本》）

明代剧曲家及其作品

明代第一剧曲大家汤显祖字义仍，一字若士[1]，人号玉茗先生与汤临川，江西临川人，所作《四梦》，一名《玉茗堂四梦》，又云《临川四梦》，就是《还魂记》（或说《牡丹亭》与《牡丹亭还魂记》）、《紫钗记》、《南柯记》、《邯郸记》。

阮大铖字[2]圆海，怀宁人，作《春灯诞[3]》《燕子笺》二种。

吴炳《石渠五种》：《疗妒羹》《画中人》《绿牡丹》《西园记》《情邮记》。

李玉一字玄玉，苏州人，他的"一笠庵四种"，就是《眉山秀[4]》《人兽关》《占花魁》《永团圆》。

（以上皆传奇体）

徐渭字文长，稽山人，他的《四声猿》：《咏弥[5]衡》《咏玉禅师》《咏木兰》《咏黄崇嘏》，或云《渔阳弄》《翠乡梦》《雌木兰》《女状元》。

徐坦庵四种：《大转轮》《浮西施》《拈花笑》《杜默哭

---

① 编者注："若士"为汤显祖的号。
② 编者注：应为"号"。
③ 编者注：应为"谜"。
④ 编者注：应为"一捧雪"。
⑤ 编者注：应为"祢"。

庙^①》。

朱权，自号耀仙^②、涵虚子、丹丘先生，明太祖十六子^③，他撰有《辨三教》《勘妒妇》等十二种，现已失传，今只有《荆钗记》一种尚存^④。

沈采字练川，吴县人，有《千金记》。

王九思有《误入天台》^⑤《杜甫游春》。

康海有《中山狼》。

徐畈字仲由，淳安人，作《杀狗记》，与萧德祥《杀狗记》相同。

张伯起作《红拂记》《祝发记》。

刘东山作《娇红记》。

谷子敬作《城南柳》。

沈受先有《三元记》。

王雨舟有《连环计》。

梁伯龙作《吴越春秋》《红绡记》。

姚茂良字静山，武康人，有《忠精记^⑥》。

郑若庸有《玉玦记》。

---

① 编者注：应为"买花钱"。
② 编者注：应为"臞仙"。
③ 编者注：应为第十七子。
④ 编者注：现存《冲漠子独步大罗天》《卓文君私奔相如》两种。
⑤ 编者注：《误入天台》应为王子一所著。
⑥ 编者注：即"精忠记"。

马维敏[①]有《不伏老》。

梅禹金有《昆仑奴》。

陆采作《明珠记》《偷香记》《椒触[②]记》《分鞋记》。

沈宁庵有《玉合记》。

---

① 编者注：应为"冯惟敏"。

② 编者注：应为"觞"。

清代剧曲家及其作品

李渔字笠翁^①，金陵人，是清代第一剧曲大家，著有《笠翁十种曲》——《怜香伴》《风筝误》《意中缘》《蜃中楼》《凤求凰^②》《奈何天》《比目鱼》《玉搔头》《巧团圆》《怀^③鸾交》，《十二楼》——《合影楼》《夺锦楼》《三与楼》《夏宜楼》《归正楼》《萃雅楼》《拂云楼》《十卺楼》《归鹤楼^④》《奉先楼》《生我楼》《闻过楼》。

孔尚任字季重，号东塘，自署云亭山人，曲阜人，他的《任^⑤东塘二种》——《桃花扇》《小忽雷》都是传奇。

洪昇字昉思，钱塘人，王渔洋弟子，著有《长生殿》《天涯泪》《四婵娟》诸剧。

蒋士铨字心余，号清谷^⑥，或云藏园，铅山人，著有《铜弦词》及《藏园九种曲》（或云《香祖楼九种曲》，又云《红雪楼九种曲》），就是：《香祖楼》《空谷香》《桂林霜》《一片石》《第二碑》《临川梦》《雪中人》《冬青树》《四弦秋》。

吴伟业作《临春阁》《通天台》及《杜^⑦陵春》。

龚鼎孳作《白门柳》。

---

① 编者注："笠翁"为李渔的号。
② 编者注：应为"凰求凤"。
③ 编者注：应为"慎"。
④ 编者注：又作"鹤归楼"。
⑤ 编者注：应为"孔"。
⑥ 编者注：应为"清容"，且"清容"为其字。
⑦ 编者注：应为"秣"。

尤侗号西堂①，他的五种：《清平调》《读离骚》《吊琵琶》《桃花源》《黑白卫》，曾演于内苑。

黄宪清，或云燮清，他的《倚晴楼七种》：《茂陵弦》《帝女花》《脊令原》《鸳鸯镜》《凌波影》《桃溪雪》《居官鉴》。

稽永仁②二种：《续离骚》《扬州梦》。

桂馥字未谷③，作《后四声猿》，就是《放杨枝》《投溷中》《谒府帅》《题院④壁》。

舒位字铁云，作《瓶笙馆》：《樊姬拥髻》《卓女当炉》《博望乘槎⑤》《西阳修月》。

张坚的《玉燕堂四种》：《梦中缘》《梅花簪》《怀沙记》《玉狮坠》。

张照作《院本七种》：《月令承应》《昇仙宝筏⑥》《劝善金科》《法官⑦雅奏》《群仙祝寿》《鼎峙春秋》《忠孝璇图》⑧，每种各一百二十出，为四季供奉之用。

夏纶《惺斋六种》：《无瑕璧⑨》《杏花村》《瑞筠图》《广寒梯》《南阳乐》《花萼吟》，命意劝世。

---

① 编者注：尤侗自称"西堂老人"。
② 编者注：应为"嵇永仁"。
③ 编者注：桂馥字冬卉，号未谷。
④ 编者注：应为"园"。
⑤ 编者注：应为"博望访星"。
⑥ 编者注：应为"昇平宝筏"。
⑦ 编者注：应为"宫"。
⑧ 编者注："忠孝璇图"应为"忠义璇图"，《鼎峙春秋》《忠义璇图》应为庄恪亲王允禄主编，周祥钰、邹金生等参与编制。
⑨ 编者注：应为"无瑕璧"。

杨潮观字宏度，号笠湖，著有《信陵葬金钗》《寇莱公思亲罢晏①》《诸葛晏夜渡滤江②》《鲁连踏海》等。

袁于令的《籊庵曲》：《祝发记》《西楼记》《珍珠衫》《独乐园》。③

沈起凤二种：《才子福》《泥金带》。

杨恩寿三种：《桂枝香》《姽婳封》《埋霞坡④》，窃人成句。

徐鄂二种：《梨花雪》《白头新》，窃人成句。

汪品朝⑤《环翠堂曲》：《投桃记》《彩舟记》。

朱素臣《笠⑥庵曲》，就是《奏⑦楼月》。

冯猷⑧龙《墨憨斋曲》：《万事足》《双雄记》。

查继佐作《鸣鸿⑨度》。

吴绮作《杨椒山》。

陈烺的《玉狮堂》（传奇）。

董恒岊作《芝龛记》（传奇）。

顾石天⑩作《南桃花扇》。

---

① 编者注：应为"宴"。
② 编者注：应为"诸葛公夜渡泸江"。
③ 编者注：《祝发记》为明代张凤翼所作传奇，《独乐园》为明代桑绍良所作杂剧。
④ 编者注：应为"理灵坡"。
⑤ 编者注：汪廷讷字昌朝，一作昌期。
⑥ 编者注：应为"苙"。
⑦ 编者注：应为"秦"。
⑧ 编者注：应为"犹"。
⑨ 编者注：应为"凤"。
⑩ 编者注：应为"顾天石"。

钱思沛[①]作《缀白裘》。

王昙的《回心院》，今佚不传；他的《归农乐传奇》（九出），《玉钩洞天传奇》（四十八出），《万花缘传奇》（四十八出），《鱼龙爨传奇》（？），都未刻，所以现在也不传。

补阙：

南北朝：在昭明太子下要加入——钟嵘字仲伟，颖[②]川长社人。著有《诗品》，或云《诗评》。——刘勰字彦和，东莞莒人。作《文心雕龙》五十篇。

五代：李煜字重光。忧国而酣宴以解之。——韦庄，有《浣花集》及《笺表》。——冯延巳，一名延嗣，字正中，广陵人。有《阳春录》。——毛文锡字平珪，高阳人。——和凝字成绩，须昌人。有《香奁集》。与子嶬撰有《疑狱集》。

宋：尤袤有《遂初小稿》。——周必大有《平园集》三百卷。

辽金：赵秉文字周臣，号闲闲老人，滏阳人。有《滏水文集》及其他。——蔡松年，真定人。有文集。——吴激，建州人。有《东山集》。

元：萨都剌，本答失蛮氏，祖父以勋留镇云代，遂为雁门人，字天锡，号直斋。有《雁门集》。

---

① 编者注：钱德苍字沛思，此处应为"钱沛思"。
② 编者注：应为"颍"。

中国文学史讲稿

胡小石 著　方宪 整理

前　言

　　二十世纪二十年代末，中国产生了两部重要的中国文学史著作，即胡小石的《中国文学史讲稿》和胡适的《白话文学史》。胡小石在南京金陵大学任教（后任教于中央大学），胡适在北京大学任教，"南胡""北胡"的两部中国文学史，分别代表了当时中国南、北两个学术中心的文学史研究水平和风貌，成为学林佳话。胡适的《白话文学史》推动了国语运动的时代风潮，产生巨大社会反响；胡小石的《中国文学史讲稿》独具卓识，颇为学界所重。然而，《中国文学史讲稿》在中国文学史编撰历程中的历史地位、价值意义，在今天尚未得到广大读者的充分认识，因此，我们有必要给予这部文学史著作更多关注和重视，在具体的文化和文学语境中走近这部二十世纪前期的学术经典。

　　《中国文学史讲稿》是胡小石先生的授课讲义。自 1921 年起，胡小石先后在北京女子高等师范学校、武昌高等师范学校、金陵大学、中央大学等著名学府主讲中国文学史课程，深受学生欢迎。1930 年春，这本以其学生苏拯的笔记为基础整理而成的讲义，由上海人文社股份有限公司排印发行，全书共十一章，题为《中国文学史讲稿上编》。1991 年，上海古籍出版社《胡小石论文集续编》全文收入该书，并增补第十二章"宋代文学"，这是由其学生金启华整理的四十年代听课笔记。

《中国文学史讲稿》虽然仅为上编，叙述上古至五代文学的发展，但出版后便立刻引起学界的重视，学者任访秋在《图书评论》上发表长篇书评，认为本书是"值得一读的""难得"作品[①]。长期以来，这部文学史受到学界的高度赞誉，不仅是凝聚了胡小石先生多年教学心得的学术精品，也是其文学史研究的代表性成果。从《中国文学史讲稿》中，我们可以管窥胡小石先生的学术风采，更可以进一步了解二十世纪前期中国文学史研究的时代水平和学术风貌。

一

胡小石（1888—1962），名光炜，字小石，号倩尹，又号夏庐，斋名"愿夏庐"，晚年别号子夏、沙公，江苏南京人，原籍浙江嘉兴。胡小石先生长期从事教育工作，曾任金陵大学教授、中央大学文学院院长、南京大学文学院院长、南京大学图书馆馆长，与陈中凡、汪辟疆并称南京大学中文系"三老"，在文史研究领域具有重大学术影响。胡小石先生是一代学术大师，学贯四部，集书法家、诗人、学者、教育家等多重身份于一身，于古文字、声韵、训诂、群经、史籍、诸子百家、佛典、道藏、金石、书画之学，以至辞赋、诗歌、词曲、小说，无所不通，尤以古文

---

① 任访秋：《〈中国文学史讲稿上编〉（胡光炜讲、苏拯记）》，《图书评论》1933年第3期。

字学、书学、《楚辞》、杜诗、文学史研究见长。

作为文学史家的胡小石，在研究上展现出强烈特色，博学多能，独树一帜，这与其家学渊源，以及他所处的时代、地域文化特征是分不开的。

胡小石有深厚的家学渊源。1888年8月16日，胡小石出生于南京。其父胡季石，浙江嘉兴人，晚清举人，因候补授官而迁居南京，精通古文和书法，家藏丰富的文物、典籍。胡季石师从晚清著名学者刘熙载，刘氏晚年曾在上海龙门书院讲学，胡季石时常前往问学。刘熙载的《艺概》在中国文学批评史上享有盛名，然而其学术并不囿于词章之学。《清史稿·刘熙载传》说："熙载治经，无汉宋门户之见，其论格物，兼取郑义。论《毛诗》古韵，不废吴棫叶音。读《尔雅·释诂》至印、吾、台、予，以为四字能摄一切之音……生平于六经、子、史及仙、释家言，靡不通晓，而一以躬行为重。"[①] 他的治学方法实属于清代扬州学派的阮元、焦循一路，特点是以小学为基础，进而博涉经、史、子、集。胡作为刘熙载的弟子，胡季石对子弟的教育同样贯彻这样的精神。他亲自负责胡小石的启蒙教育，指导其熟读《尔雅》等书，为日后的治学打下基础。受家学的熏陶与启发，胡小石毕生从事古文字学研究，在文字学、书法学等方面取得了极高的成就。他不仅是享誉海内的书法家，而且首创了中国书学史研究。这也为胡小石的文学史研究奠定了良好的学术基础。胡小石文学史研究的一个重要特点，就是注重由文字训诂入手，将

---

① （清）刘熙载著，刘立人、陈文和点校：《刘熙载集》，上海：华东师范大学出版社，1993年，第601页。

文字学与文学史研究相结合。

在新、旧文化交替的时代中，胡小石"世家子弟"的文化身份和对西学新知的系统学习，使得他成为学兼中西的一代学术大师。

晚清以来，西学东渐，处于中国教育现代化转型时期的一代学人往往得以沉潜国学，融会新知。1906 年，胡小石考取南京两江师范学堂，1907 年插班入农博分类科学习。两江师范学堂的前身是两江总督张之洞创办的三江师范学堂，1906 年更名，它是中国近代最早设立的师范学校之一，是江南著名学府。当时由江南宿儒李梅庵任学堂监督。李梅庵（1867—1920），江西临川人，本名李瑞清，字梅庵，号清道人，光绪二十年进士，曾入翰林。他是清末民初杰出的书法家、美术家、教育家，是国画大师张大千的老师。胡小石入学不久，遇李梅庵自《仪礼》中出题考校诸生。因家藏一幅清代学者张惠言的《仪礼图》，从小便熟悉，加之家学渊源，胡小石得以从容应答。值新学兴起、年轻人热衷西学之际，李梅庵见农博学新生竟然有人能够做关于《仪礼》的文章，因此对胡小石青睐有加，悉心教导，传授国学。

随后，李梅庵介绍胡小石拜于陈三立门下学诗。陈三立（1853—1937），字伯严，号散原，江西义宁（今江西修水）人，光绪进士，曾任吏部主事。陈三立是晚清名士，近代诗派"同光体"的领袖人物之一，被誉为"中国最后一位传统诗人"。胡小石从其学诗，由唐人七绝入手，兼习各体。他的绝句尤得唐人精髓，风调隽永，陈三立赞其诗云："仰追刘宾客（禹锡），为七百年来罕见。"① 1918 年，胡小石应李梅庵先生之召，到上海任教李氏家塾，一边教导梅庵的子侄，一边继续接受梅庵先生的指点。李氏是江西临川藏书世家，金石、碑版、书画收藏颇丰，胡小石在此学习三载，受益良多。在此期间，他也得以有机会与晚清耆旧宿儒相往还。其中，包括与其父亲同年中举的嘉兴前辈沈曾植，由梅庵介绍，胡小石拜入其门下研究帖学、金石学。晚清耆老如郑文焯、徐积余、刘世珩、王国维、曾熙等，当时都流寓沪上，他们珍藏丰富的书画、碑版、甲骨、金石，常出其所藏切磋交流，胡小石交游其间，遂得以开拓视野，沉潜学问。

学贯中西的深厚学养使得胡小石既有世界眼光，也不盲从域外之说，将传统的乾嘉考据精神与西学的科学主义精神相结合，独具卓识。胡小石从两江师范学堂毕业后，曾在中学担任博物教员。他发现日本人所定的中国动、植物名称有不妥之处，于是根据《说文》《尔雅》等古代典籍加以订正。他钦佩清代乾嘉学者程瑶田作《九谷考》的治学精神，一面遵守乾嘉学风"无证不信"的考证原则，一面注重西方科学主义的调查研究，通过实践调查，考察实物，相互印证，得出可靠结论。

这在他的文学史研究中同样得到生动体现。在谈到上古文学史时，一个绕不开的话题是中国历史文化的起源。胡小石在辨明三代文学的真伪问题时，引用了德国的中国古代史研究成果，但对德国史学家夏德关于中国可信历史源于周代的说法提出质疑。

---

① 转引自郭维森编：《学苑奇峰——文史学家胡小石》，南京：南京大学出版社，2000年，第115页。

西方文学传统注重史诗，希腊史自荷马史诗讲起，而中国则不然，"若要确定中国的信史时代，应当以有可靠的文字成立时为准则"，"从文字学上去断定史事，此路是可以通行的"。[①] 通过对殷商文字的考察，他指出，中国文字的可信时代，至少要从殷商讲起。并且，从甲骨文的特点看来，要能够在坚硬的兽骨、龟甲上刻划，必有合金器具，由此可见，殷商时期已进入铜器时代，英国人安特生认为殷商处于石器时代的观点是靠不住的。[②] 这些论证都体现了其精湛的学术功力。深厚的古文字学、书学、金石学功底令胡小石能够用更开阔的、更贴近中国文化的学术眼光去思考问题。

我们还应注意到二十世纪前期东南学术氛围对胡小石的影响。1920 年至 1924 年，胡小石先后在北京女子高等师范学校、武昌高等师范学校任教。1924 年，他离开武昌高师，短暂执教于西北大学，后回到南京，自此长居南京，先后任教于金陵大学、东南大学、中央大学等著名学府。近代中国学术呈现出地缘与流派上的复杂差异，大致而言，在新文化运动以后形成了南、北特色鲜明的学术研究体系，北方以北京大学的新文化群体为中心，主张革新；南方以南京高等师范学校（东南大学）为中心，重视传统，被视为文化上的"守旧派"。[③] 在南高师基础上先后成立的东南大学、中央大学一脉相承，其学术趋向以东南大学的"学衡"派为代表，反对"北方学派以文学革命、整理国

---

① 胡小石：《中国文学史讲稿上编》，上海：人文社股份有限公司，1930 年，第 31—33 页。下引原文皆据此版本。
② 胡小石：《中国文学史讲稿上编》，第 38 页。
③ 桑兵：《近代中国学术的地缘与流派》，《历史研究》1999 年第 3 期。

故相标榜"，"以继往开来融贯中西为职志"，"不问华夷，不问古今"。①1931 年国立四川大学合并成立，文学院召开会议商讨课程时认为"中央大学、东北大学等校则以研求本国学术为主脑，至于北京大学、清华大学等校则以研求纯文艺以期创造新时代之新文学为主脑"②。由此可见以中央大学为代表的南京学术风气。

　　复旦大学教授陈允吉指出，中央大学中文系的老师大多堪称名士，这些老先生学问极好，天赋亦高，"传统艺术文化修养深湛，论旧体诗词也训练有素，喜欢在假日相约同去名胜古迹，饮酒赋诗，衔杯联句"③。1928 年上巳节，胡小石与黄季刚、王晓湘、王伯沆、汪旭初、汪友箕、汪辟疆等教授在玄武湖修禊联句，成《戊辰上巳北湖湖神祠修禊》。在新文化、新文学席卷全国之际，中央大学的教授们组织上巳诗社，是表达坚守古典主义文化原则的一个重要姿态。上巳诗社的核心是黄侃，胡小石是重

① 参见蒋宝麟：《文学·国学·旧学：民国时期的南方学术与学派建构——以东南大学、中央大学中文系为中心》，载黄仁伟主编《江南与上海：区域中国的现代转型》，上海：上海社会科学院出版社，2016年，第344—359页。
② 转引自王东杰：《国家与学术的地方互动：四川大学国立化进程（1925—1939）》，北京：生活·读书·新知三联书店，2005年，第132页。
③ 转引自程章灿：《作为诗人和文学史家的胡小石先生》，《中国文学研究》2020年第1期。

要成员，经常参与诗社雅集。①《国立中央大学半月刊》曾刊载诗社众人的作品，胡小石有"掷笔大笑惊鸥眠""人生何必苦拘挛""浩歌归去徐扣舷"等诗句。

胡小石还酷爱曲艺。他曾在欣赏艺人董连枝的梨花大鼓表演后，作七绝《听歌》以赠，诗云："四座无声弦语微，洒痕护梦驻春衣。年年落花听歌夜，雨歇灯残不肯归。"②他尤其喜爱昆曲，1935年苏州昆曲班来南京表演，观众寥寥，为表支持，胡小石与黄侃合买戏票，邀请门生弟子观赏。在新文化运动如火如荼之时，南京的旧体文学创作仍然兴盛不衰，传统诗词唱和风雅未歇。正是由于在这种学术和文化氛围中，胡小石对中国古代文学的体认也多了一分"同情之了解"。有创作经验，方知个中甘苦，胡小石在文学史研究中对于如诗歌句式的演变、声律理论的发展、词曲文体的嬗变等问题均有切实之谈。

2018年12月23日至2019年1月6日，南京大学图书馆、南京大学博物馆、南京大学文学院联合举办"胡小石和他的时代——胡小石先生诞辰130周年书法文献展"，期间主办方举办了十场专题讲座，解读胡小石先生和他的时代。诚然，胡小石身上不仅凝聚着南京大学的文化、学术传统，也展现了二十世纪前期新、旧文化交织下中国学术的复杂面向。南京大学程章灿教授

---

① 参见沈卫威：《文学的古典主义的复活——以中央大学为中心的文人禊集雅聚》，《文艺争鸣》2008年第5期；尹奇岭：《上巳诗社考》，载黄永林、阎志、张永健主编《新文学评论7》，武汉：华中师范大学出版社，2013年，第158—163页。

② 转引自郭维森编：《学苑奇峰——文史学家胡小石》，南京：南京大学出版社，2000年，第106页。

指出："胡先生所代表的南雍学术传统，主要是两个方面，一个是诗学的传统，一个是书学的传统。以前没有职业诗人，南雍诸老几乎个个都是诗人。以前没有职业书法家，也没有所谓书法专业，中文系历史系的老师个个都是书法家。在诗学方面，胡先生的门人弟子有冯沅君（诗）、胡云翼（词）、刘大杰（文学史）、吴白匋（词曲）、沈祖棻（诗词）、程千帆（诗学），在书学方面，他的弟子有游寿、高文、曾昭燏、侯镜昶等。"[①] 我们看到，在二十世纪前期，中国文学史研究尚处于初步阶段时，胡小石就以深厚的传统学养与西学眼光，筚路蓝缕，不仅开拓中国文学史研究的新境，更深植于教育领域，培养了一批文学史研究专家，著名的文学史家如冯沅君、胡云翼、刘大杰等，都深受其影响。

二

《中国文学史讲稿》共十一章，第一章"通论"为概论，第二至第十一章历述了中国文学从上古到五代的发展。现将主要内容分述如次。

第一章"通论"。本章是全书的绪论，主要界定了"文学"的定义，阐释了作者的文学史观。他赞同焦循文学"一代有一代之所胜"的观念，同时接受西方的纯文学观念，认为"文学是由

---

① 程章灿：《作为诗人和文学史家的胡小石先生》，"胡小石和他的时代——胡小石先生诞辰130周年书法文献展"系列讲座之一，2018年12月21日。本演讲文字整理稿经主讲人审定于网络发布，https://www.sohu.com/a/319909505_725931?_trans_=000019_wzwza。

于生活之环境上受了刺激而起情感的反应，藉艺术化的语言而为具体的表现"①。对文学史研究性质，胡小石认为它应是客观的，要采取"冷静的态度""求信的态度""求因果的关系之注意"。

第二、三章叙述上古、周代文学。胡小石认为，上古文学应注重辨别其真伪。他强调，"讲到我国邃古的文学，不患材料的不多，只怕材料的不真"②，"中国文学史的信史时代，当自周始"③。在叙述周代文学演进时，尤其注重地理环境和地域文化差异，主要论述了"周代北派文学代表作品《诗经》"与"南派代表作品《楚辞》"。对《诗经》产生的地域、发生的时代、《诗经》的修辞，关于《诗经》的古代批评，周之金石文等问题进行了叙述。其中，对《诗经》的修辞分析独到，列举了《诗经》中的七种用韵方式。尤其体现卓识的是，胡小石指出周代金石韵文与《诗经》的关联，通过韵语体金文与《诗经》中《雅》《颂》的对读，可以考证《诗经》特定篇章产生的历史背景及作者。《楚辞》部分，主要将《诗》《骚》进行对比研究，从字、句、章、篇、思想、神与神话、人世、怀疑之精神等八个方面进行比较，并且从文学之演化、自然之影响、典籍、音乐之影响、屈原个人之遭遇五个方面分析了《楚辞》产生的原因。

第四、五章叙述秦代、汉代文学。秦代文学叙述较略。汉代文学方面，主要叙述了汉赋、西汉后期模仿的文学及建安文学。

---

① 胡小石：《中国文学史讲稿上编》，第20—21页。
② 胡小石：《中国文学史讲稿上编》，第27页。
③ 胡小石：《中国文学史讲稿上编》，第45页。

西汉文学重点叙述司马相如与汉赋，西汉后期"模仿的文学大盛"。胡小石重视建安文学，认为建安"为汉代文学转变的大枢纽"，"此时文学最显著的变化有三种：一为赋之作风的改变，二为五、七言诗之昌盛与正式成立，三为文学批评态度之鲜明"①。胡小石重点叙述了五言诗的起源、七言诗之成立、文学批评之始。关于五言诗的起源，辨明了苏、李诗的不可信，认为"五言诗之产生时代，大致在建安以前不久，或竟出于建安时代"。关于七言诗的产生，论证了七言起于汉武帝柏梁台联句之说的不可信，认为"这是后人戏仿汉代字书而作成的"，七言诗可追溯至东汉张衡的《思玄诗》和魏文帝的《燕歌行》。

　　第六、七、八章叙述魏晋、南朝、北朝文学。魏晋文学分正始、太康、永嘉、义熙四期来叙述，简述了每期文学发展的特点及代表作家、作品，如正始"玄风甚盛，兼杂以佛家思想"，"正始文人做的是玄学的文学"，代表为刘伶、嵇康、阮籍。太康文学的代表是潘岳、陆机，"当时作风之趋向"有三：排偶、巧似、拟诗。永嘉文学的代表则为刘琨、郭璞，他们的创作"实为亡国文学之音调"。义熙文学主要叙述陶诗，分析了陶潜的人生观、陶诗评价的变化及原因。南北朝文学重点在辨析齐梁声律说。声律说的核心是"四声八病"，作者列举了大量诗句来解释"四声"和"八病"的内涵，辨析了"四声"中的"浮声""切响"之说，认为它们应是指平仄，否定了前人"浮切"是指阴阳、清浊的说法。此外，本章专设齐梁文学批评一节，分析了当时文坛反文派、主文派、折衷派三派的文学主张。

---

　　① 胡小石：《中国文学史讲稿上编》，第95页。

第九、十、十一章叙述隋代、唐代、五代文学。这一部分重点叙述了唐代文学发展。首先，总结了唐代文学的特点，认为有四点：一是"文人数量之激增"，二是"各种文体之完备"，三是"风格之特殊"，四是"思想之复杂"[①]。构成这些特点的原因有：政局的统一、交通之便利、君主的提倡、选举的影响、生活的繁丰等。例如，他分析了南北、东西交通的便利对唐代文化产生国际影响的作用，指出："不但南北的界限至唐代而消灭，就是东西的界限，也至唐代而推广。当时由天山南路以通西方印度、波斯、大食等处，这是由于李渊起家在陇西成纪，与胡地相近，立国后对于东西门户完全开放。因为当时亚洲的文化除印度以外只有中国最高，所以东西各国如日本、高丽、波斯、亚拉伯的人都相约而来。"[②] 此外，胡小石还注意到唐代学校中的外国留学生及唐代的各种宗教，体现了开阔的学术视野。

其次，重点叙述盛唐和中唐文学。胡小石指出，盛唐文学除了诗人的数量集中之外，还有三个特点：一是"各极所长"，"各个诗人，就其性之所近，对于各种体制都有特殊的专长"；二是"题材繁复"，初唐诗人描写的对象，"每每为宫闱所拘囿"，"到了盛唐的诗人，取材便开展得多了。此时不惟内容改变，即声调亦多与以前不同"；三是"学古途广"，"初唐诗人所取法的古人，寥寥无几，而且限定极出名的诗人才用来做模范"，"到了盛唐时，差不多自建安以后的，无论有名无名的诗人，都有被他们学步的资格，而且有时故意检取当时不为人所注

---

① 胡小石：《中国文学史讲稿上编》，第185—187页。
② 胡小石：《中国文学史讲稿上编》，第188—189页。

意的诗人而取法之"。①

中唐为文学变迁时期，胡小石主要分析了中唐诗文之
"变"，分"韦、刘与大历十子"，"元和之诗文"，"长庆之
文"三节叙述。他认为，中唐"谈到诗的境界、气象，竟由阔大
而变为纤小，由雄奇而变为秀美"②，"从元和以后，文之最大
趋势即为以笔代文，以集代子"③。

中唐以后俗文学的发展也得到重视。中唐文学中专辟"元白
与小说"一节，叙述唐代小说的发展，指出唐前小说"总不脱灵
奇与鬼怪两个特点，到唐代始有人注重于人事之描写"④，并且
总结了唐代小说的特点、分类。晚唐文学则关注了唐代词的发
展。五代文学亦重点论词，列举了五代词人的地域分布，重点叙
述了南唐二主的创作。

虽然全书叙述文学发展止于五代，但从胡小石对"文学"和
"文学史"的认识以及其对上古至五代文学发展的叙述中，我们
可以看出他清晰的文学史观念和叙述线索，那就是以西方纯文学
史观结合中国文学发展的历史实际，以文学、文体的演变为线
索，体现出鲜明的文学、文体本位意识。

三

胡小石《中国文学史讲稿》最重要的特点是将西方现代文学

---

① 胡小石：《中国文学史讲稿上编》，第212—215页。
② 胡小石：《中国文学史讲稿上编》，第226页。
③ 胡小石：《中国文学史讲稿上编》，第247页。
④ 胡小石：《中国文学史讲稿上编》，第258页。

观念与中国传统批评理论进行创造性的融合，以世界的眼光，坚持民族本位，贴切地阐释了中国文学的发展历史。

二十世纪初，作为西方舶来品的"文学史"概念传入中国，受到西方和日本"中国文学史"著作的刺激，中国本土文学史写作的探索开始了。二十世纪一二十年代，中国文学史撰著处于起步时期。大致而言，这一时期新、旧文学观念交织，文学史写作处于融会传统学术范式与借鉴域外经验的探索中。此时文学史撰著最关键的两个问题，一是对"文学"概念的界定，二是文学史叙述的理论范式和框架。

从"文学"概念来看，早期中国文学史经典如林传甲、黄人、曾毅、谢无量等人的著作，在很大程度上表现出"杂文学"的观念特征。究其原因，主要是中国学者尚处于从中国传统辞章学观念到初步接受西方纯文学观念的过渡阶段，对于"文学"的认知仍然受传统学术范式影响。

传早期文学史如林传甲、窦警凡的著作中"文学"的内容涵盖经、史、子、集，无所不包，文学史几乎写成了学术史。1918年谢无量《中国大文学史》中广义的"文学"概念将中国文学分为"无句读""有句读"两大类，"无句读"类如图书、表谱、算草都包含在内。陈伯海将二十世纪二十年代初定为中国文学史书写的"草创期"，就是着眼于此时"文学"观念因袭传统的特征："从某种意义上说，这仍是传统文学史学向近现代文学史学的转变与过渡阶段。一方面，独立的文学史学科已经建立；而另一方面，它还带有由传统学术因袭来的痕迹，尚不能给人以面貌焕然一新的感觉……直到1923年前后凌独见、胡怀琛、谭正璧的几种文学史的相继问世，着意破除文学作品与非文学性文章之间的纠葛，明确标举'纯文学'的概念，我们才有了从内容到形式都符合现代人准则的中国文学史。"[①]

随着西方现代纯文学观念传入中国，"文学"概念受到国内文学研究者的高度关注。1918 年周作人《人的文学》、1919 年罗家伦《什么是文学——文学界说》详细考察了西方理论对"文学"的界说，后者总结出"人生的表现""最好的思想""想象""感情""体裁""艺术""普遍""永久"八个要素。1921 年，郑振铎发表《文学的定义》，也强调文学的"情绪""想象"要素及其自身艺术价值和趣味。可见，二十世纪初期西方的纯文学观念成为中国文艺批评的新思潮。

二十世纪二十年代以后，纯文学观成为指导文学史写作的新理论，显示出与早期文学史截然不同的新气象。不过，面对古今中外众说纷纭、莫衷一是的"文学"概念，要对其作出准确的定义，却并不是一件容易的事，胡小石在这一点上显然是时代先驱。

我们可以比较二十世纪二十年代前期的几部中国文学史著作对于"文学"概念的解释：

1. 凌独见："文学就是人们情感，想象，思想，人格的表现。"（《新著国语文学史》，1923 年）

2. 胡怀琛："自广义言之：一切文字，皆谓之文学。自狭义言之：则普通文字，谓之文字；而由咨嗟咏叹而出之者，或有艺术之妆点者，谓之文学。"（《中国文学史略》，1924 年）

[①] 陈伯海：《中国文学史学史》，《陈伯海文集》第2卷，上海：上海社会科学院出版社，2015年，第261页。

3.谭正璧："总之，文学是思想和艺术之结晶。离开思想和艺术，便无所谓文学。文学之特色，在思想之伟大和艺术之委婉灵妙。"（《中国文学史大纲》，1925年）

当时人们虽然对于现代"文学"概念有了一定的认识，但要对其作出准确的定义，却不那么容易。胡小石从纯文学观念出发，对"文学"的定义进行了明确、清晰、合理的界定。与当时大多数文学史著作相似，胡小石首先对传统学术中的"文"及"文学"概念进行了梳理。此后，他引用了两种国外文学理论，一是利普斯的"移情说"，二是日本厨川白村在《苦闷的象征》中提出的文学起源论，即文学源于"创造生活力之压抑"。最后，他给出了自己的定义："文学是由于生活之环境上受了刺激而起情感的反应，藉艺术化的语言而为具体的表现。"

相较于以上诸种"文学"概念的界定，这一定义显然更加清晰、合理。他对此作了进一步的论述：

今人多谓文学为人生之表现，此乃指文学之对象，而忽略它的动机。或又谓文学所以指示人生之途径，又把文学弄成伦理学之奴隶。指示途径，可说是它的副产品，与文学之本身无关。"情动于中"，正是文学的动机，也正即其内容。但这情感，不是白白发生出来的，乃由受环境之刺激而反应出来的。若如此说，则人生已包括在内。"而形于言"，乃兼及外表。这种语言，又和寻常日用的不同，是被艺术化的、有声有色的。因纯文学自然有它的音节，又不能用音乐以表现之，因音乐太抽象了，故贵乎用一种具体的语言。且文学最忌抽象的表现。与其空说春景鲜明，不如说"杂花

生树，群莺乱飞"；与其空说秋容惨澹，不如说"袅袅
兮秋风，洞庭波兮木叶下"。

　　这一段精彩的阐释，凸显了胡小石对"文学"概念理解的准
确性和深刻性。时人对纯文学的理解和阐述重点在于强调文学对
人生的表现，文学的情感、想象、思想要素等，试图以纯文学对
抗传统的"文以载道"观念。然而，其弱点在于过于偏重文学表
现的对象、内容，而忽视了文学活动的主体和过程。胡小石对
"文学"的定义，不仅关注了作为文学创作主体的人的心理动
因、创作主体与客体相互作用的过程，而且强调了文学活动的物
质载体——运用艺术化的语言工具进行具体的表现。可以说，这
一定义是对"文学"这种审美创造活动全面、深刻的概括，推进
和深化了二十世纪前期文学史家对纯文学概念的理解和阐释。

　　此外，以何种理论范式和框架去描述中国文学史发展演变的
过程，也是文学史写作的重要命题。十九世纪末二十世纪初传入
中国的进化论成为文学史家们的选择。王国维、胡适、胡小石是
用进化史观写作中国文学史的三个代表，其中，胡小石是最完
美、最贴切地以西方进化文学史观结合传统批评资源叙述中国文
学史发展的整体历程的代表。

　　1895 年，严复在天津《国闻报》上发表系列文章，对进化
论思想做了系统介绍，并随后翻译了大量西学著作，其中包括赫
胥黎的《天演论》。"物竞天择，适者生存"的理论思想契合
了晚清以来中国社会救亡图存的主题，进化论成为对近代中国社
会影响最大的西方理论之一。

　　最早将进化论思想引入文学研究的是王国维。王国维较早
运用西方美学理论和科学主义的方法研究中国古代文学。1915

年，他的学术代表作《宋元戏曲史》问世，系统阐释了中国戏曲史理论。在书中，他强调"一代有一代之文学"的观点："凡一代有一代之文学，楚之骚，汉之赋，六代之骈语，唐之诗，宋之词，元之曲，皆所谓一代之文学，而后世莫能继焉者也"[①]，"若元之文学，则固未有尚于其曲者也"[②]。王国维的进化文学史观主要体现在他打破了传统文学批评强调"是古非今"、陈陈相因的一面，重视文学、文体的发展演变。文学随时代变迁而变化，一代有一代兴盛的文学形式。每一种文学形式并非从开始就发达、完备，而是经历了从低微的起源渐渐进化到完全成熟、发达的过程，如戏曲就经历了从早期巫戏、俳优，到唐代歌舞戏、宋金杂剧、院本，再到元杂剧的辉煌。长期以来，中国文学批评的主流是"盛衰循环"或"厚古薄今"的观念，传统诗文是中国文学的主体，宋代以降兴起的俗文学如戏曲、小说则是不登大雅之堂的小道，受到鄙薄。王国维打破了传统的各体文学"层累而降"、后出文学必然体卑的看法，将戏曲地位提升为与诗文词赋同一高度的新文体，并且认为它是元代文学的代表。在这种进化文学史观的指导下，王国维以科学严谨的方式梳理出中国戏曲自上古到近世的发展史，这对于中国文学研究来说具有划时代的意义。因此，傅斯年赞许它是"近代科学的文学史"，"甚有价值"[③]。

---

① 王国维：《宋元戏曲史》，上海：上海古籍出版社，2008年，《自序》第1页。
② 王国维：《宋元戏曲史》，上海：上海古籍出版社，2008年，第87页。
③ 王国维：《宋元戏曲史》，第132页。

　　胡适的进化文学史观，着眼点则是语言。胡适的《白话文学史》虽然至 1928 年才出版，不过此前他对于语言和文学革新的思考早已开始。胡适在《逼上梁山》中自述了他在留学美国期间对中国语言文学的思考。他由起初认为"汉文的中心问题在于'汉文究可为传授教育之利器'"，即文字普及教育问题，转向对"文学革命"的思考。他认为文学革命的关键在于形式与内容的一致，"今日文学大病在于徒有形式而无精神，徒有文而无质，徒有铿锵之韵貌似之辞而已"。如何实现文学革命？胡适转而向中国文学史中寻求策略。"一部中国文学史只是一部文字形式（工具）新陈代谢的历史，只是活文学随时起来替代了死文学的历史。文学的生命全靠能用一个时代的活的工具，来表现一个时代的情感与思想……这就是文学革命"。[①] 在《白话文学史》中，胡适构筑了活文学/白话文学、死文学/古文文学两种力量此消彼长的文学史叙述模式。整部中国文学史就是白话文学不断发展壮大、文言（古文）文学日渐僵化衰落的历史。

　　王国维和胡适为进化论融入文学研究树立了典范。不过，王国维的叙述仅限于戏曲史，而胡适的白话文学史旨在为白话文正名从而推动文学革命，其立场在"白话"而不在"文学史"。如何以进化史观的范式全面、贴切地描述中国文学发展的整体历程，仍是亟待解决的问题。胡小石在《中国文学史讲稿》中作出了优秀的示范。

　　胡小石服膺清代焦循的观点，他在"通论"中引焦循《易余

　　[①] 胡适：《胡适文集》，北京：北京大学出版社，1998年，第141—146页。

篇录》卷十五的一段话，核心是"夫一代有一代之所胜，舍其所胜，以就其所不胜，皆寄人篱下者耳。余尝自楚骚以下，至明八股，撰为一集，汉则专取其赋，魏、晋、六朝至隋则专录其五言诗，唐则专录其律诗，宋专录其词，元专录其曲，明专录其八股，一代还其一代之所胜"。他认为"这是中国人最先所著的一部具体而微的文学史"。

胡小石认为，从焦循的文章中，至少可以得到四种观念：一是"阐明文学与时代之关系"，"他最能认清在什么时代就产生什么文学"。二是"认清纯粹文学之范围"，"焦君此篇所举的历朝代表文学作品，如楚骚、汉赋、唐诗、宋词、元曲等，均属于纯文学一方面"。三是"划立文学的信史时代"，"焦君所讲，断自商代……他并不远取《击壤》《南风》《卿云》等歌谣，甚至于葛天伏羲时的遗著。这是他的一种尊崇信史的谨严态度，很可供后来讲文学史者之所取法"。四是"注重文体之盛衰流变"，"每种文体，都是最初时候很兴盛，以后渐渐衰败，终于另外出一种新文体去替代旧的地位。但新文体既产生之后，仍然有一般人保存着旧的文体，这种人'舍其所胜以救其所不胜，皆寄人篱下者耳'。这种论调，是从前一般过于贵古贱今的文人所不敢出口的"。这四点，就是胡小石文学史观的自述。

胡小石的进化文学史观，其着眼点是每一时代"文体之盛衰流变"，要点有三：

其一，在纯文学观念下，文学史的叙述对象有特定的范围，即"表达情感""藉艺术化的语言予以具体表现"的作品。例如，叙述周代文学时专取《诗经》《楚辞》作为代表，而经书、史传、诸子，则都不在文学史的叙述内容中。对于诸子和史传散文，仅略述大概，"因为散文不是文学的正宗（即等于说散文不是纯粹的文学），所以此处不多讲了"。这恰恰是二十世纪初本土中国文学史写作的关键所在。

其二，从横向来看，文学史叙述的重点突出具有时代文学特征的代表文体。例如，周代重点叙述《诗经》《楚辞》，汉代则西汉时重在赋，东汉重在建安五、七言诗，魏晋南北朝至唐代则重在律诗，五代则重点叙述词。他论汉代文学说："我们说到汉代的文学，一定就会联想到汉赋。其后虽有五、七言诗来代替了周朝的四言诗的地位，然而此代文学量最多，而时间又占得很长，位置又比较的重要的，不得不推到赋的身上去。"由此可见，在选择文学史叙述对象时，胡小石完全赞同焦循、王国维关于"一代有一代文学之胜"的观点，将楚骚、汉赋、六朝骈语、唐诗、宋词看作是各自时代的代表文体。

其三，从纵向来看，注重文体的历时演变过程，具有强烈的文学历史主义意识。胡小石同时代的文学史，大多数十分注意社会历史、文化变迁与文学的互动，而较少注重文学内部的演变。

胡小石的文学史著作始终将重心放在文体的发展演变上，将其作为文学史叙述的主要线索，从而构建出清晰、鲜活的文学史发展图景。胡小石多次强调，文学史的分期应遵循文学自身发展的情况，而不应以政治情况作为标准，尤其是朝代更替之际如西汉末与东汉、隋末唐初等时代的文学，往往具有一定的延续性。他论汉代文学分期说："汉代传国的年代颇为长久，对于此代文学的分期，前人多分为西汉、东汉，其实政局的分合，有时并不影响于文学，如东汉初之文学，不见得与西汉末不相同。"这一点至今仍有启发意义。

作为有着深厚古文字学、诗学造诣的专家，胡小石对文体的嬗变有独到的学术眼光和敏锐的艺术感知力，例如，四言诗如何过渡到五言、七言？近体诗的格律如何生成？词如何产生？等等。对这些问题，他都有切中肯綮的分析和回答。他认为，文体的字句、表达方式是由简到繁、不断进化的，"每一种新文体发生到另外的一种新文体，其中必有过渡的作品。如《楚辞》之前有《沧浪歌》《接舆歌》，慢词之前有小令，传奇之前有杂剧。若谓汉初的五言就有那样的整练与繁盛，不知拿什么东西来做过渡时代的作品？只看汉前的作品，三百篇有二言至八言，内中以四言为最多。《楚辞》句调，较为参差。《诗》《骚》用韵，均极复杂。何以骤然到了汉初的五言，它的形式就有那么整齐，而且是通篇二句一韵？这种变化，未免太速"。因此，他从文体进化的角度否定了五言诗起源于"苏李诗"之说。又如，关于词的起源，胡小石说："词体究竟从何而来？从宋后人所称的'诗余'的名字看来，词乃由诗蜕变而成，这是无足讳言的，尤其是从乐府变来。乐府诗之所以异于古诗，是一面有词，一面又有声，其中又夹有有声无词之'泛声'（或谓之'合声'）。其后将泛声填以实字，乃成为词。可见词之成立，乃将乐府中文字之范围放宽，更进而侵占之一部分。大抵泛声填成实字之日，即词体正式成立之时。"在胡小石的文学史叙述中，我们可以清晰地看到诗歌由《诗》《骚》时代到五、七言诗的发展，由古体诗到格律诗的成熟，词的兴起，以及古文方面单笔、复笔的兴替种种文学演进轨迹。

在本土文学史写作尚处于探索之际，胡小石《中国文学史讲稿》的出现，无疑为中国文学史的撰写提供了宝贵经验和优秀范例。在冯沅君与陆侃如合著的《中国诗史》、胡云翼《新著中国文学史》、刘大杰《中国文学发展史》等文学史经典著作中，我们都可以看到它们受胡小石文学史影响的痕迹。

四

本书的整理本有 1991 年上海古籍出版社本，收入《胡小石论文集续编》。2022 年天津人民出版社整理出版单行本《中国文学史讲稿》，附曾昭燏《南京大学教授胡先生墓志》，二书均附第十二章《宋代文学》。为保持原书风貌，本次整理以上海人文社 1930 年排印本为底本。

需要说明的是：第一，原书繁体字均改为简体字，个别字词按照现代汉语规范更改，如"到"改为"倒"，"骈俪"改为"骈俪"，"隆厚"改为"浓厚"，"刺戟"改为"刺激"，"谭"改为"谈"，"修词"改为"修辞"，"纷裂"改为"分裂"，"大底"改为"大抵"等。一些体现时代语言面貌的词句，如"深感觉现世的不满足"，"文学家之所以异乎常人的"，"这显然是由当时一般方士瞎捏古事"，"秦始皇帝"，"只听殷人一边之词"，"古今学者都很信托"等，则予以保留，不作修改。

第二，原文中错讹处加以注释说明，如引言中"而后历晋、宋、齐、梁、晋、周、隋"，原文"晋"应为"陈"；《梁书·文学传后论》"夫文者，妙发性天"，原文"天"应为"灵"；萧绎《金楼子·立言篇》"吟秘风谣"，原文"秘"应为"咏"；"正如中国古人的谓'饮食男女，人之大欲存焉'",原文"的"应为"所";"元朝以后,文学分南北的气差不多没有了","气"前疑漏"风"字;"无非借此以一笼络当时文士","一"疑为衍字,故加以注释说明。又有明显讹误的,如"《大召》《诰诰》《洛诰》等篇"应为"《大诰》《召诰》《洛诰》等篇","周赧王三十九年(公元纪元前二九六年)"应为"周赧王三十九年(公元纪元前二七六年)",则径改。由于整理者水平和学养有限,文中恐有不少错误、疏漏之处,恳请读者批评指正。

方宪

2022 年 10 月 12 日

目　录

第一章　通论

引　言

　　中国虽说是一个富有文学宝藏的古国，文学作品的数量颇不在少数，而且各体皆称完备，每代都有新文体产生。但是提起笔来将历代文学的源流变迁明白地、公正地叙述出来而能具有文学史价值一类的书，中国人自己所出的反在日本人及西洋人之后。这是多么令人惭愧的事！不过从前虽无整个的文学史出现，许许多多的文人，倒有不少谈到关于文学流变的种种问题，散见于零篇碎简之内，而且此中正有颇合乎近代论文的旨趣，及应用演进的理论以说明过去历代文学的趋势的人，我们在这里要举一位清代大儒焦里堂的论文名著为代表。这篇也可以说这是中国人最先所著的一部具体而微的文学史。焦君的话，引在下面。（见《易余籥录》十五）

　　　　商之诗仅存《颂》。周则备《风》《雅》《颂》，
　　　载诸《三百篇》者尚矣。而楚骚之体，则《三百篇》所
　　　无也，此屈宋为周末大家。其韦玄成父子以后之四言，
　　　则《三百篇》之余气游魂。汉之赋为周秦所无，故司

马相如、扬雄、班固、张衡为四百年作者。而东方朔、刘向、王逸之骚，仍未脱周楚之科白。其魏晋以后之赋，则汉赋之余气游魂也。楚骚发源于《三百篇》，汉赋发源于周末，五言诗发源于汉之《十九首》及苏、李，而建安而后，历晋、宋、齐、梁、晋①周、隋，于此为盛。一变于晋之潘、陆，宋之颜、谢，易朴为雕，化奇作偶。然晋、宋以前，未知有声韵也，沈约卓然创始，指出四声，自时厥后，变蹈厉为和柔。宣城（谢眺②）、水部（何逊）冠冕齐、梁，又开潘、陆、颜、谢所未有矣。齐、梁者，枢纽于古律之间者也。至唐遂专以律传：杜甫、刘长卿、孟浩然、王维、李白、崔颢、白居易、李商隐等之五律七律，六朝以前所未有也。若陈子昂、张九龄、韦应物之五言古诗，不出汉魏人之范围。故论唐人诗，以七律五律为先，七古七绝次之，诗之境至是尽矣。晚唐渐有词，兴于五代而盛于宋，为唐以前所无。故论宋宜取其词：前则秦（观）、柳（永）、苏（轼）、晁（补之），后则周（密）、吴（文英）、姜（夔）、蒋（捷），足与魏之曹、刘，唐之李、杜相辉映焉。其诗人之有西昆、西江诗派，不过唐人之余绪，不足评其乖合矣。词之体，尽于南宋。金元乃变为曲，关汉卿、乔梦符、马东篱、张小山为一代巨手，乃谈者不取其曲，仍论其诗，失之矣。有明

---

① 晋，应为"陈"。
② 眺，应为"朓"。

二百七十年，镂心刻骨于八股，如胡思泉、归熙父、金正希、章大力数十家，询可继楚骚、汉赋、唐诗、宋词、元曲，以立一门户。而李（梦阳）、何（大复）、王（世贞）、李（攀龙）之流，乃沾沾于诗，自命复古，殊可不必者矣。夫一代有一代之所胜，舍其所胜，以就其所不胜，皆寄人篱下者耳。余尝欲自楚骚以下，至明八股，撰为一集，汉则专取其赋，魏、晋、六朝至隋则专录其五言诗，唐则专录其律诗，宋专录其词，元专录其曲，明专录其八股，一代还其一代之所胜，然而未暇也，偶与人论诗而记于此。

从上面所引的焦君的文章看起来，可得到下列种种观念：

（一）阐明文学与时代之关系。他最能认清在什么时代就产生什么文学，"一代有一代之所胜"，"汉则专取其赋，魏、晋六朝至隋则专录其五言诗，唐则专录其律诗，宋则专录其词，元专录其曲，明专录其八股，一代还其一代之所胜"。

（二）认清纯粹文学之范围。中国人自来哲学与文学相混，文学又与史学不分，以致现在一般编文学史的几乎与中国学术史不分界限，头绪纷繁，了无足取。焦君此篇所举的历朝代表文学作品，如楚骚、汉赋、唐诗、宋词、元曲等，均属于纯文学一方面。文学的面貌既被他认清楚，讲起来才不至于夹杂不清。

（三）划立文学的信史时代。文学为感情之表征，有人类即有感情，有感情即有文学。"虽虞夏以前，遗文不睹；禀气怀灵，理无或异。"但我们要讲的是文学的信史，须以文学之著于竹帛，而且能够确实证明是真的作品的为断。因此，我国文学的信史时代，不得不因之而缩短。焦君所讲，断自商代，因为他相信经古文家之说，以《商颂》为商代作品。他并不远取《击壤》《南风》《卿云》等歌谣，甚至于葛天伏羲时的遗著。这是他的一种尊崇信史的谨严态度，很可供后来讲文学史者之所取法。

（四）注重文体之盛衰流变。每种文体，都是最初时候很兴盛，以后渐渐衰败，终于另外出一种新文体去替代旧的地位。但新文体既产生之后，仍然有一般人保存着旧的文体，这种人"舍其所胜以救其所不胜 [①]，皆寄人篱下者耳"。这种论调，是从前一般过于贵古贱今的文人所不敢出口的。

至于这篇中偶有误点，如相信《商颂》的时代及"苏李诗"，且把韦玄成祖孙误为父子等外，大体的主张，是很值得我们注意的。

文学的意义之各种解释

先从"文"的字义说来，《说文》载有二字：

（一）"仌，错画也，象交文。"按此即现今流行的图案画之类。

（二）"彣，减也，从彡从文。"此字每与彰字同用。

"彰，文章也，从彡从章，章亦声。"

第二的一个彣字与第一个不同之点，是多一个彡字。《说文》："彡，饰画毛文也。"凡与毛饰有关的字，如"须""彫"等字，均从彡。而且从彡之字，多含有美意。如"修"字从彡，引申为修美。文学也自然与美脱不了关系，不过美是一种超

---

① 救，应为"就"。

实用之物，正如吾人面上的须眉之类，有之却无大用，然缺之便觉丑陋不堪。

且古来对于"文"字涵义最泛，略分以下各种解释。

（一）文字叫做文

《左传》："有文在其手曰友。"

《〈说文〉序》："依类象形谓之文。"

（二）口语叫做文

《左传》："言之不文，行之不远。"

（三）文物叫做文

《易经·贲卦》："刚柔交错为天文，文明以止为人文。"

（四）华美叫做文

《论语》："周监于二代，郁郁乎文哉。"这里是与质并举的。

（五）礼乐制度称为文

《论语》美尧之词："焕乎其有文章。"又："文主既没^①，文不在兹乎！"

（六）典籍称为文

《论语》："文献不足征也^②。"

《孟子》："其文则史。"

以上所举的都只是"文"字单用。最早书籍中将文学二字连用的有《论语·先进》"文学：子游、子夏"一语。试看这两位的"文学"怎样？子游事迹及学问，不多见于古代篇籍，但在

---

① 主，应为"王"。

② 征，应为"故"。

《檀弓》上可见到他的种种轶事，大概是一位礼学家。子夏著述之多，为孔门弟子中的第一人，实为后代经师的远祖。如此看来，《论语》上所讲的"文学"正和后世《史记》《汉书》所说的"彬彬多文学之士"一样，乃是泛指一切学术而言，与现今要谈的文学的意义完全不同。今人所说的文学的意义，正与古人所举的诗的定义很合。

《尚书》："诗言志。"

《乐记》："诗，言其志也。"

《诗大叙》："诗者，志之所之也。在心为志，发言为诗，情动于中而形于言，言之不足，故嗟叹之；嗟叹之不足，故咏歌之；咏歌之不足，不知手之舞之，足之蹈之也。"

关于《大叙》真伪的问题，三家诗均不曾道及子夏作过《诗大叙》，或者为毛公伪托。然而此篇虽不出于子夏之手，至迟也不出西汉的初年。其中的"情动于中而形于言"两句，不是绝妙的文学定义吗？

《诗》三百篇，汉人尊之为经，视为高文典册，并不敢用文学的眼光去对待他。汉人以词赋为文学，但此种事业不见尊贵，当时皇帝每以俳优蓄文学之士，所以扬子云说："童子雕虫篆刻，壮夫不为。"曹子建亦深以当一文人为大耻，尚不及乃兄曹丕知道文学的重要，称为"不朽之盛业"。

自魏晋直到盛唐，一般人对于文学之界限，都看得明晰，分得清楚。至于六朝人，更长于"文""笔"之分，故界说亦颇中肯。略举几条：

陆机有名的《文赋》大半讲的是文之修辞，并找不到文之定义，只得勉强抽出二句："思涉乐其必笑，方言哀而已叹。"于是可见他正以为文乃由情而生的。

至于修史书特辟"文苑"一门的，当以作《后汉书》之范晔为第一人。前乎此的《史记》只在屈原、贾谊、司马相如等列传内选载了他们所作的词赋。《汉书》把严助、朱买臣、吾丘寿王、主父偃、徐乐等人的传都归入一卷之中。

《三国志·王粲传》附载了同时的许多文人，却并没有为文人特立一栏。至于谢、沈等的《后汉书》久已失传，内中有无"文苑"一门，不得而知。

当时因为文笔之分很谨严，所以《文苑传》所收的文人，都是韵文的作者。且看范晔的《文苑传赞》上说："情志既动，篇辞为贵。抽心呈貌，非雕非蔚。殊状共体，同声异气。言观丽则，永监淫费。"按"情志"二句，显然是受《诗大叙》"情动于中而形于言"的影响而发生的。

直到齐梁之间，才有论文之专书出现，最著者如刘勰之《文心雕龙》、钟嵘之《诗品》。

《文心雕龙》："昔诗人篇什，为情而造文。……盖风雅之兴，志思蓄愤，而吟咏情性，以讽其上，此为情而造文也。"

《诗品·叙》："气之动物，物之感人，故摇荡性情，形诸舞咏。"

《南齐书·文学传后论》："文章，盖性情之风标，神明之律吕也。"

《梁书·文学传后论》："夫文者，妙发性天[1]，独拔怀抱。"

---

① 天，应为"灵"。

我们再看梁代昭明太子所选的一部总集，所谓文学的标准又是怎样。他的认为不是文学而不入选者有下四种：

（一）经——姬公……之籍，孔父之书。

（二）子——老、庄……之作，管、孟之流，盖以立意为宗，不以能文为本。

（三）忠贤谋夫之说辩。

（四）史乘。

必要合于"沈思翰藻"的条件，方得称之为文，而后入选。阮元《读文选序》解释此段最精。节抄如下：

> 《昭明》所选，名之曰文，盖必文而后选也，非文则不选也。经也，史也，子也，皆不可专名之为文也。故《昭明文选》序后三段，特明其不选之故。必"沈思翰藻"始名之曰文，始以入选也。

> 萧绎《金楼子·立言篇》："至如不便为诗如阎纂，善为奏章如伯松，若此之流，泛谓之笔。吟秘风谣①，流连哀思，谓之文。"

综合以上诸说，可见六朝人所下"文"的定义，即前人对于"诗"的定义。不惟当时文笔之分甚严，而所称为文者，除内涵之情感以外，还注重形式一方面。必求其合乎藻绘声律的各种条件。

自汉至唐文学之界域大略如此。首先改变这种风气的人，即唐代韩愈。他每以"笔"为"文"。他善于作散文，然而他同时的人也只称之曰"笔"。但看刘禹锡替他死后作的祭文，有"子

---

① 秘，应为"咏"。

长在笔，余长在论"及杜牧的诗中所称"杜诗韩笔"之说，并不承认他所作为文学正宗。及至宋代，文笔之界，更混淆不清。苏轼作《潮州韩文公庙碑》把唐人所说的笔，亦名之曰文，谓退之"文起八代之衰"，嗣后更把文学的本体，弄得不明不白，且看：

周敦颐说："文，所以载道也。"

王安石说："礼乐刑政，先王之所谓文也。"

最后说到清代，对于文学有明显主张的，约分三派：

（一）桐城派。主单语，重散文。即古之所谓笔，此派以方苞为首。

（二）扬州派。主偶体，重骈文。即古之所谓文，以阮元为首。

（三）常州派。调和文笔之说，如张惠言等，均骈散兼工。

以上三派，论信徒之多，必推桐城派。若论立论之精准，却数扬州派。

近来的章太炎氏，又主张极广义的"凡著于竹帛者，谓之文；论其形式，谓之文学"。照他说来，太无限定，凡公司之股票，神庙之签条，均可称之为文。讲去实不胜其烦。现在若要讲文学的界限，与其失之太宽，不如失之太狭。故宁宗阮氏之说而不取章氏之论。

什么是文学

无论什么道理，只要不故意去追寻一种很玄妙的解释，都能得着普通的意义。文学这件东西，并非从天上掉下，只是由人造的。根本上说来，人就不是一个什么玄妙的东西，不过为生物之一种。所以，我们最好是从生物学上去给文学的起源下相当的解释。

一切生物的生存，都具有两种目的。一为个体的维持，一为种族的维持。要求达到第一种目的，为"食"；要求达到第二种目的，为"色"。人们自然不能算为例外，故生活问题与配偶问题，为人类往古来今之两大事件。正如中国古人的谓[①]"饮食男女，人之大欲存焉"，西哲所说的"饥与爱"。

但这两种欲望，不一定人人都能够满足。有时个体生活偏偏不能维持，种族生活更说不上。于是因种种不满，而发出欲望之呼号，甚至酿成战争的惨剧。

人类因求生意志的不遂和欲望的不能如愿以偿，且同时又受社会上的风俗习惯的束缚、法律舆论的制裁，不能为所欲为，所以就发明一种"移情"的方法。在实际生活上所获得的许多烦恼，转而向空虚的地方去求慰安。照这一点看来，文学与宗教恰有相似之处。然而二者发生的情形虽同，而最后的结果颇不一致。宗教造幻想以安慰将来，所希望的幸福却在身后。而文学则造幻想以安慰现在，正欲求得眼前之陶醉或解脱。

因文学与宗教在某点上有相同的作用，故宗教兴盛之时，亦即文学发达之日。如建安之世，五斗米教盛行，而邺中七子生于此时。东晋时有沙门慧远倡净土宗，当时彬彬文学之士最多。南北朝佛教势焰不小，骈俪的作家可车载斗量。五代时人多崇信佛法，有大批词人散居十国之中。概由于时局纷扰，一般人生活失

---

① 的，应为"所"。

去常态，深感觉现世的不满足，想另外寻一块理想之乐土以自适。不钻入宗教之圈套，便逃入文学的领域。

有人说，文学的创造，为人生之艺术化，或又名之曰美化。我看也未必尽然，反不如说创造文学是使人生虚化较为确切些。以上的说的都是关于"移情"一方面。

除了移情以外，还另外有一种作用。文学家最不爱说直话。美人芳草之词，风雨鸡鸣之喻，表现的语辞和内涵的意义，不一定是那一回事。这可名之曰"移象"。即如模山范水，游仙谈玄，何尝又不用是言在此而意在彼呢[1]？

因文学是逃往于虚境者的产品，故文学说不上有些什么大的实用。又因文学多产生于不满足之际，故文学每多愁苦悲叹之声。如"《诗》三百篇，大抵贤圣发愤之所为作也"，"屈原之作《离骚》，盖自怨生也"。然而文学一方面虽由穷愁而起，一方面又可以安慰穷愁。文人虽形容憔悴，亦能怡然自得。正如《诗品》所说，使"穷贱易安，幽居靡闷，莫尚于诗"。

个体的维持与种族的维持，是一般生物和全人类的共同要求。把这两种要求表现在文学里面，所以一种民族里的作品，能博得任何民族的同情，这就叫作文学的普遍性。即《诗叙》说："言天下之事[2]，系一人之本，谓之风。"这一人非是别人，就是作诗之人呀！

又从另一方面看去：文学是逃实入虚，而发泄不足之感的利器。然同时因种种关系，又不容作者尽量发泄，所谓极浪漫之能

---

① 用：疑为衍字。
② 言天下之事，《诗叙》原文为"是以一国之事"。

事。尤以自来儒家之伦理观念，极为文学之大障碍。所以《诗序》上有"发乎情止乎礼义"的话，就是要制止极奔放的热情，使过于浪漫的情感有所节制。

日本厨川白村在他的《苦闷的象征》一书中，解释文学的起源，由于创造生活力之压抑。创造生活所包者广，即如消遣，亦即其中之一种，如公子或隐士之养鸟莳花，兴趣十分浓厚。至如猎人之天天捕鸟，园丁之日日栽花，反成苦境。又与其说马之拉车，不如说车之推马。因为马并不自己愿意拉车，乃由人驾车子催着马走，而此拉车的马，已失去它的创造生活了。

但是创造生活的被压抑，由于实际生活之不满足。如实际生活满足以后，则创造生活力之受压抑，必不如是其甚。文学之产生，是因于创造生活之被压抑而生之反响。如是说来，凡是境遇充裕之人，必皆不能成为著名的文人了。其实不然，人们永无满足现状之一日，生活一天，总要求向上一天。纵然一己的境遇虽感觉得好，若对于其他境遇不如己的人表同情，自然便发生同感，亦能创造文学，如魏之贵为皇亲之曹子建、唐之早年科第之白香山，作诗多陈民间疾苦，清人中如纳兰容若之大贵，项莲生之大富，而读《饮水词》与《忆云词》，可以不断地得见他的悲哀的情调，不像大富贵人家的口吻，所谓"伤心人别有怀抱"，是不是？

从以上的种种说法，可以知道文学是一样什么东西了。在此"未能免俗"，聊为文学下一种界说：

文学是由于生活之环境上受了刺激而起情感的反应，藉艺术化的语言而为具体的表现。

今人多谓文学为人生之表现，此乃指文学之对象，而忽略它的动机。或又谓文学所以指示人生之途径，又把文学弄成伦理学之奴隶。指示途径，可说是它的副产品，与文学之本身无关。"情动于中"，正是文学的动机，也正即其内容。但这情感，不是白白发生出来的，乃由受环境之刺激而反应出来的。若如此说，则人生已包括在内。"而形于言"，乃兼及外表。这种语言，又和寻常日用的不同，是被艺术化的、有声有色的。因纯文学自然有它的音节，又不能用音乐以表现之，因音乐太抽象了，故贵乎用一种具体的语言。且文学最忌抽象的表现。与其空说春景鲜明，不如说"杂花生树，群莺乱飞"；与其空说秋容惨澹①，不如说"袅袅兮秋风，洞庭波兮木叶下"。

所以论列一种文学，对于作者的环境，更当特别注重。在讲文学史的人，尤其应该如此。有人又以为文学纯为天才产物，本不受环境的限制。其实两说都言之成理，然又各有所偏。古已有之，列举于下：

（一）先天说。曹丕《典论·论文》："文以气为主，气之清浊有体，不可力强而致。譬诸音乐，曲度虽均，节奏同检，至于引气不齐，巧拙有素。虽在父兄，不能以移子弟。"我国文人最喜谈"气"，解释各不相同。这里所指的气，即是"才性"。后来清代姚鼐、曾国藩一般人所倡的阳刚阴柔之说，即从此生出。

（二）后天说。司马迁《报任少卿书》："《诗》三百篇，大抵贤圣发愤之所为作也。屈原放逐，乃赋《离骚》。"

谢灵运《拟邺中集诗小叙》论王粲："家本秦川贵公子孙，

---

① 现一般作"惨淡"。

遭乱流寓，自伤情多。"论陈琳："袁本初书记之士，故述丧乱事多。"

钟嵘《诗品》论李陵："使陵不遭遇辛苦，其为文亦何能至此？"

两说不为无理，然先天后天，必兼而有之，始能卓然成文学名家。创造文学，必须天才，是不消说的。譬如天才是水，天才不丰富的，正如洄池浅沼；富有天才的，好比长江大河。然若水不遇风，则波平浪静，毫无奇观。或微风乍起，吹皱一池春水；或狂风怒号，卷起万顷波涛。后天的修养及其刺激，亦正如风一样。既受先天之惠，复得后天之助，文学不患不成。若专恃天才，而无相当修养，不惟怠人志气，即早成熟的，亦多华而不实。故讲文学史的人，与其重先天，不若重后天还好些。

文学史之研究

文学史与文学本身之关系，与其他学术史与学术本身之关系迥然不同。因为他种学术史与其所叙述之学术的本身，都同是客观的。文学史固然也是客观的，然而被它叙述的文学的本身，并不是客观的。文学家之所以异乎常人的，就是能将一切客观之事象，加以主观之解释。明明是空气流荡而成之风，竟说它在怒号；明明是由高就下之泉响，又说它在鸣咽。以数目来论"虽九死其犹未悔"，一个人怎能死到九次？"白发三千丈"，古今中外哪有若长的头发？"南风吹山作平地""南山塞天地"，试问天下何处去寻如此之大风与峻岭？然而无害其为最优美之文学。以文学之创造，不妨完全掺入主观的成见。可是拿这同样的态度来研究文学史，那就糟透了。故研究文学史，要纯粹立于客观地位。"言之非艰，行之维艰。"谈文学史的人，多半是爱好文学之士。凡人有所爱，必有所憎。如喜欢汉、魏的人，每骂八家为浅薄。而崇拜后者的人，又骂前者为假古董。不过我们要极力免除此种弊端，虽不敢说成见减至于无，总要求能减至最低最低的限度。

因此，研究文学史应注重事实的变迁，而不应注重价值之估定。所应具的态度，应与研究任何史的应具的一般。

一、冷静的态度。不染任何宗派色彩，不拥护何派，亦不诋毁何派。

二、求信的态度。只问作品之真不真，不问作品之美不美。

三、求因果的关系之注意。每种文学之产生，非突然的，必有其来因。既发生以后，必有其相当的影响与其后来的效果。

第二章　上古文学

总　论

讲到我国邃古的文学，不患材料的不多，只怕材料的不真。我们首先若不建立一个信史开始的时代，随便轻信一切传说，遂不免以讹传讹，大讲其三皇五帝的文学，或甚至盘古时代的文学，若不是捕风捉影，便是自欺欺人。

上古当断自何代，真不知从何处说起。在此，暂举古人所称引的最早人物的事迹，以作比勘之用。

《尚书》总算是很可靠的古籍之一种。据那上面记载的时代，以《尧典》为最古。即至春秋时，孔子日常教导人所援引的古代之君，亦限于尧、舜，至《周易·系辞传》说到伏羲。但此传并非孔子所作，宋代欧阳修的《易童子问》久已致疑。到战国时人如庄子之类，又谈到黄帝。到了汉代的司马迁作《史记》立《五帝本纪》，亦托始于黄帝，但他同时又自认"百家言黄帝，其文不雅驯"。至于汉代一般造纬书的人，简直谈到五帝以前开辟时事（参看《太平御览》七十八至八十一卷）。至司马贞补《史记》，于是加上《三皇本纪》，托始于伏羲。至宋代罗泌作的《路史》，集诸纬之大成，又益以道藏之说，更加了《上三皇纪》与《中三皇纪》，他又根据《春秋元命苞》"十纪"之说，"天地开辟至春秋获麟之岁，凡二百二十六万七千年"。比今人动以五千年文明古国的自夸的人，更张扬万倍。

从以上的举的例看来，愈是时代愈后的人，所知道古人的时代愈远，真令人莫名其妙。且最先提出三皇之说的，为秦博士，他们说三皇为天皇、地皇、泰皇，泰皇最贵。这显然是由当时一般方士瞎捏古事，以迎合好大崇古的秦始皇帝的心理。尧、舜本为儒家之理想人物，于是农家如许行之徒，又搬出一位较远的神农来。及至战国之末，一般道家又请出更神秘的黄帝出来，以与儒家之尧、舜对抗。到汉代武梁祠画像，如伏羲、女娲之类，均为人头蛇身，奇离惝恍，亦"想当然耳"之人物形状而已。

即以后世相传之《虞夏书》来说，教人致疑的地方颇不少。怀疑尧、舜，早有战国时人韩非；怀疑《尧典》，又有东汉时人王充。现且姑舍去史实不谈，单就文字上看来，已有几点令人不解。

（一）以文学演进的公例推去，不应较为早出的《虞夏书》反为文从字顺，排偶整齐；而较为晚出之《盘庚》《大诰》反而"佶屈聱牙"。即假定谓《尧典》为夏代史官所追记，亦在殷人之前，试问当时用何种文字记录？大概《虞夏书》之成，至早想亦不能在东周以前。

（二）《禹贡》所载禹之治水之不可信，德人夏德在他所作的《支那古代史》中早已致疑。禹所谓的江、河、淮、济四条大水，以及无数小川，合计有数千海里之长，以当时稀少之人口，粗笨之器械，在十余年中能做成偌大工程，大禹真不是人而是神了！且经近代地质学家考察，江、河原来都是天然水道，没有丝毫人工疏导的痕迹。就是用现代技术来疏导长江，都是不可能的，何况当时没有铁器呢？

（三）文字演进公例，由简趋繁。如《盘庚》等篇所用之字，偏旁都很简单，而《禹贡》上的字所用的偏旁很复杂。以现今出土的殷墟甲骨文字为断，尚未寻出从金的字，而《禹贡》上则各类金属字都很齐备。古代把铜叫做金，而把今人所称为金子的叫做黄金。殷人确能用铜，因出土之甲骨及器物之雕琢工细，有非石器所能为力的。但殷人尚未能用铁，而《禹贡》上则金、银、铜、铁、锡都早已完备了。

不必多举，只要以上几个证据，已足断定《尚书》有许多篇是后人增附的。

人类总不免有怀古幽情，每每眷顾着古时的理想黄金时代。且从前人与现代人对于历史的观念，很有不相同的见解。自来许多学者，每以退化的眼光去看历史，觉得人类愈古愈好，黄金时代已成过去陈迹，徒令吾人追慕，不能自已。现今讲历史的学者，多觉得人类总是向前进化的。黄金时代尚在未来之时，古昔并非真足迷眷，不过聊以自慰。吾国古时儒家、道家，都喜欢举出他们古代的理想国度，借以寄托他们的政治理想，正如司马谈在《论六家要旨》中所说："皆务为治者也。"

夏德以为中国信史时代，宜从有《诗经》时讲起，那显然是受了讲希腊史的先从荷马的诗歌时代为起首的影响。若讲信史，定要以周代为断，又未免把古史时期太缩短了。

若要确定中国的信史时代，应当以有可靠的文字成立时为准则。于此不得不联想到举世相传那位造字的始祖——仓颉。仓颉究竟是个怎样的人，汉代即有二说：

（一）《仓颉庙碑》"史皇仓颉"。此派承认仓颉为古代造字的帝王，以后罗泌作《路史》即以此为宗尚。

（二）《说文叙》"黄帝之史仓颉"。这派又把仓颉由皇帝而贬为臣僚了。后世宗仰此说的很多。

汉碑多为今文家言。作《说文》的许叔重，其学出于贾逵，与《左氏春秋》《毛诗》同为古文家言。两说究竟以哪一种为准，至今实无从断定。总之，文字既为社会公用的符号，实为社会的公共产物，不能硬派一个人去享独造之功。无论仓颉是君是臣，怎能包办造字的全权呢？荀子说得好："好书者众矣，而仓颉独传者，一也。"假定古代有仓颉那样一个人，也不过是爱好文字者，亦非创造文字者，说他创造文字，周末人尚不承认呢。

所谓仓颉创造的字，据流传于今日的《淳化阁帖》中，载有一部分，好似符篆一般，固然万不可信。又据《说文》"秃"字说："秃，仓颉出，见人伏禾中故作秃。"说来亦觉可笑。韩非又引仓颉所造的字："自环为厶，背厶为公。"《说文》解释"私"字引用此说。今存铜器中未见厶字，然公字可见。大概都作 $\mathbf{\Omega}$ 形，从八从〇，〇也非自环之形。

从文字学上去断定史事，此路是可以通行的。清代研究文字学的人，以道光前后为转机。前乎此者是以书证书，如觉宋本《说文》某字之可疑，乃从《玉篇》或《广韵》及其他古书中之引《说文》者，以证明其正谬。如段玉裁、严可均、姚文田等皆是。后乎此者，是以古器文字证书。一般考古金石家的影响及于学术界者不小，每据金文以订文正字之源流，及纠改许书之误谬。王筠作《说文释例》每卷后之附录，实为近代文字学革命之

225

导火线，然而他还不敢明目张胆攻击许氏，直到吴大澂出了一部《说文古籀补》，始正式攻排许氏。然二三千年后的学者能知多少古音古训，当然是许氏之赐。大约《说文》中之古文、籀文多不可信，而篆文颇多可信的。

中国文字可得而征信的，大概要从殷代讲起。

夏代文字之传于今者，尽是伪托，前人辩之已详，这里不必多引。至今我们还不能证明夏代的文字究竟是个什么样子。

吾国文字由图画蜕变而来，可无疑义。故六书应以象形为第一。但图画与字之区别究在何处？前者是用一种形体以代表所欲表明之动作。例如 𠂤 为人荷戈，𠬝 为子抱孙。"荷"字与"抱"字在图画中无此实物，只能从两种形体合成之位置上，寻出一种相当动作之意义。随后图画中之形体，一变而为文字中之名词。（中国有许多名词，至今尚未脱离图画范围）但名词又不能表动作，乃另造动字以应用，故动字正式成立之日，即文字对图画宣告独立之时。

古器所刻文字简约，且多用方笔，人名每用干支。这两种正为殷代文字之特点。有人谓以干支命名始于夏之孔甲，殊不知殷之远祖王亥（即《天问》"该秉季德"之"该"）较孔甲为早，已定干支为名之例。（近人收集殷代文字的一部大著，要算罗振玉氏的《殷文存》）

从前人——尤以宋人为甚——设法附会图画为字形，每多讲不通之处，现在我们要还他们的本来面目，看看这些图形究竟有些什么意义。

一、"图腾"之遗制　从殷人所遗留的图像看来，可见当时社会尚去猱莽时代不远，虽说脱离了图腾制度，然而到处尚留着这种痕迹。例如古代铜器上所刻的：

二、宗教之礼仪　时代愈古，对于宗教之信仰愈深。殷代差不多以鬼治国，些微小事，都要取决于卜。故当时对于祭祀的礼节非常重视。今传世铜器上或刻作🐖，为祭祀时所用之牺牲。或作爵献酒之状，如🧍，或象妇人跪而奠酒，如▨，都是不脱离宗教的范围的。

三、武功之炫耀　人性好斗，古已如斯。殷代常与他国战争，屡见于卜辞，此风至周尚盛。如周代武功，以宣王之南服淮夷、北克獯狁，为有声有色，故彝器之勒名纪功，亦以此时为多。惜殷代文字之用尚未广，故多作图以表示之。如🔱象人荷戈。🔱象人执旗。🔱象弯弓欲发。🔱象盛矢在箙。至若🔱则显然活现出一个手执斧钺献俘于王的勇士的形状了。

四、田猎之娱乐　殷代尚为游牧时代，人民迁徙无定，随地获弋鸟兽，如🔱象射兽之形。🔱象捕鸟之毕。其他种种，不胜枚举。

以上略略提了几项殷代图像的种类，现在要谈殷代的文字。二十几年以前，在河南安阳县洹水南古之殷墟中，忽然发现大批甲骨文字，经过几个学者考释，始确定为殷人文字。所刻帝王之名，从汤起至于武乙，故此种文字完全已脱离图画的范围，大概为殷末武乙以后遗物，比铜器的图形，较为晚出。

由以上二类文字看来，殷人是由新石器时代而转入铜器时代的。龟甲和兽骨的本质都很坚硬，非石器所能刻划的，所用的谅必是铜锡合金的器具。前数年，英人安特生在渑池发现石器，他就断定殷人还在石器时代，那话是靠不住的。

殷之文化

文化与地理极有关系。中国最早的文化，发源于黄河流域，又分为河东与河西大支派。照古代史册传说，从尧、舜以来，建都均在河东。从周代起，河西的文化始因之崛兴。现代吾人知道殷代文化之几大特点：

一、常迁徙。殷人迁都，前八后五，居址无定。

二、发明服牛乘马之法。这是游牧民族，熟习兽性以后而试演的。

三、重视牧业。当时人民最重视牧畜之事，常常因争执一块小小牧地而双方打仗。

从以上种种情形看来，可以断定殷人还在游牧民族时代，而且定都每在平原，南至归德，北至安阳，太行山东的大旷野，都是很宜于畜牧的。

由游牧而进为农业时代，实为殷、周之际。从《豳风》等诗可以知道周人很忙于农事，周人定都岐山以后，是很不易远徙的。

成汤革夏命，武王革殷命，战国时人批评他们都很隔膜。美之者谓为"应天顺人"，罪之者谓为"弑君叛逆"。但现今从甲骨文上去考察，说殷人统一河东，并非事实。当时在洹水左右，即有无数他种民族同他常常捣乱，殷人"国际地位"并不高，殷之君王也并非天下之共主。不过我们现在没有发现当时与殷同时别国的记载，只听殷人一边之词，然而亦足见殷人之文化，总较他族为高了。

以传统论，殷人父子相承与兄弟相承一例看待，祭祀时所列神位，亦以父子兄弟等平行。确定父子相传之制，始于周公。即以河西文化，改变河东文化。因父子传统之制成立，而婚姻制度更加严重。且殷人祭祀，考妣一律看待，至于男尊女卑之制，定于周代。（王静安氏的《殷周制度论》说得很详细）

河东文化，虽被河西文化征服，然而并没有绝灭，楚人就是此项文化一部分的保存与继续者。这里且举出几种证据：（一）殷高宗曾伐荆楚，有《商颂·殷武篇》可证："挞彼殷武，奋伐荆楚。深入其阻，裒荆之旅。有截其所，汤孙之绪。"（二）熊绎、鬻熊，封于楚国，将中原的文物传播下去。（三）楚人不奉周正朔，而以建丑之月为岁首，且殷、楚皆称一年为一祀。（四）殷人尚鬼，楚人亦尚鬼。（五）流传至今之周代文字，显分两源：与周同姓诸国成一派，异姓诸国另外又是一派。此派之中又分为二：北方以齐为中心，南方以楚为中心；而齐、楚两国文字皆纤劲，与殷代的相近，而与周代的不同。（六）楚人书籍，有些为中原所无的，如楚左史倚相能读之《三坟》《五典》《八索》《九丘》，周代的人都未见过，大半是从殷代传下的。（七）《楚辞·天问》最不易解，上半篇谈天象已难解通。下半篇叙述的人事，更看不懂。可见楚人所传之史事，都有些与中原的不同。近代学者利用甲骨文所发现新字，以解释《天问》篇，也足为殷文化输入楚国之一证。

据上面所述种种证据，足见中国信史，当从殷代开始。殷代文字，确已正式成立。但是我们不能说有了文字，便有文学。谈到殷代文学，如今有无迹象可以寻求呢？略分三类：

（一）甲骨文字。上面所刻的，不外乎干支及卜辞之类。如甲子、乙丑，其风、其雨，大吉、弘吉等，与今日之算命单相似。这种种诚然是很可靠的史料，但决不能称之为文学。

（二）《盘庚》。此篇以下文字，古今学者都很信托。但这种诰诫体，在散文中尚占得到相当的地位，然而也不能称之为纯粹的文学。

（三）《商颂》。谈到殷代的纯粹文学，大家都当一致推举《商颂》了。不过这篇虽名《商颂》，是否即产生于商代，到而今颇成问题。关于此篇时代问题，约分以下诸说：

（甲）《毛诗叙》以《商颂》为商诗。其言曰："《那》，祀成汤也。微子至于戴公，其间礼乐崩坏[1]。有正考父者，得《商颂》十二篇于周太师[2]，以《那》为首。"后来焦里堂尚有"商之诗仅存《颂》"的话，因为他尊信古文家之说。

（乙）《史记·宋世家》以《商颂》为宋诗，谓出于宋襄公之世。此说本出于《韩诗》。

在此两说以前，《国语》中《鲁语》："闵马父谓昔正考父校商之名《颂》十二篇于周太师。"《毛诗》改"校"为"得"，已与原文有出入。王静安氏认《商颂》为宋诗，他的理由如下：

---

① 崩，应为"废"。

② 周太师，应为"周之大师"。

（一）校字非校雠之校，周代无校雠事。校雠到汉代方开始，这里的校字，等于献字。正考父是宋戴公末年时人，此时周室东迁，礼乐崩坏，正考父于是校商之名《颂》十二篇，即等于献商之名《颂》十二篇。但《商颂》的作者又是何人呢？现在只存有五篇，如《那》祀成汤，《殷武》美高宗，从《殷武》诗可证非商人所作。

（二）再从地理上讲。《颂》文有"陟彼景山，松柏丸丸"，毛传与郑笺对于景山都无解释。有人说景山就是大山，但《鲁颂》仿《商颂》而作，《鲁颂》中有"徂徕之松，新甫之柏"。徂徕、新甫皆山名，则景山亦必为山名无疑。《水经注》犹可考见景山在河南，去商丘不远。殷都于河北，去商丘甚远，不能取松柏于景山。至于宋人定都于商丘，到景山去取松柏，是非常之顺道而且很容易的。

（三）再说到语言一方面。如为商人所作，则其所用人名地名，应与甲骨文字相近。卜辞称商，而《颂》称商殷；卜辞称汤为太乙，或称为唐，而《颂》称汤为成汤、烈祖及武王。商为契之封地，《颂》中称商者，指它的国都；称殷的，是指它的朝代。

（四）更从文词的风格上来说。《商颂》的用语不类殷而近周，如《那》之"猗与那与"，《长楚》作"猗傩"，《隰桑》作"阿难"，石鼓文作"亚若"。《长楚》以下，都不是殷诗，概用的是宗周中叶以下的语言，与尹吉甫颂美宣王所用之语言相类。

无论从哪方面去证明，《商颂》决非商人文学，而甲骨与诰诫，也不登于纯文学之堂。再去看看殷代的所遗留下的金石文字，然而至今被认为商代铜器上所录刻的文字，只寥寥几字或几句，也是不成其为文学的。

我们从此可以断定，中国文学史的信史时代，当自周始。

第三章　周代文学

总　论

　　无论何种文化，没有不受地理上的影响的。文学亦因地域不同而分出种种的区别，尤以吾国周代的南北文学为更显著。

　　中亚细亚高原，为人类最初活动的处所，因为山水东西分驰，故人类的活动亦向东西分布，此实由于天然环境的不同，所以南北生活，乃因之而分歧。说到世界文化，与其以经度为区分的标准，不若用纬度区别更为得当，中国自然也不在例外。

　　中国南北之分，应当以长江及黄河为界，此二流域人民的生活实有很显著的差别，这是吾人所能见到的事实。有人或者说现在的气候与从前略有改变，这话很不可靠。殷周至今只二三千年，以人寿相比，觉得为期甚长，然用地质的时期来比较，又未免为时太暂，自然界的情形，是没有多大变动的。

　　若论及天然界所赐给南北人民的，的确是不大公平。南人多受日光之照映，雨水之恩渥，每年秋后的丰收，是极有盼望的。北方人虽然经年胼手胝足，但所得的生活资料，反不若南方人的容易。所以前者不能不与自然界奋斗，后者每多于自然界妥协。

在这里且举出几桩显而易见的事以互相比较。

（一）宗教。无论南人北人，都有宗教的信仰。惟北人对于大家蒙奉的尊神，不是说"上帝板板"，便是说"上帝震怒"，完全是一种抽象的描写，断没有具体的表现，而且是高高乎在上，极其严肃，令人森然可畏。至于南人眼光中的神祇，简直是人格化了，所以神的一切衣冠容貌、言语嗜好，与我们世间的人极其相像，而且常与世人来往，觉得令人和蔼可亲。这种例子，在屈原的《九歌》中很普遍。

（二）思想。因北人处境艰困，不能不与自然奋斗，思想却是偏于实践一方面，最善讲求利用厚生之道，此与儒家思想极相近。从周代孔子直到清代颜元、李塨，莫不如是。至于南人得天独厚，生活不成问题，故思想每每离开实际而入于玄虚，此与道家思想相近。

（三）文学。论南北文学不同的，以刘师培的说法为较详尽。日本人谈中国文学的，每喜如此引用。刘君在他的《南北文学不同论》中说："大抵北方之地，土厚水深，其间多尚实际。南方之地，水势浩洋，民生其地，多尚虚无。民崇实际，故所作之文，不外记事、析理二端。民尚虚无，故所作之文，或为言志抒情之作。"文学受地理的支配，此说当然有充分的理由，但是也只是限于政局分裂、交通不便之时，此时南北隔绝，所以文学不能交相影响。如周代、战国，南北文学的确不同。又如南北朝，南方各出文人[①]，北方多产经师。南宋时，宋词与元曲也很有差异。五代时中国的词人多出在长江流域一带。至于政局统

---

① 各，疑为衍字。

一、交通甚便之时，文学是不分南北的，如两汉、唐代、北宋的文人，南北均有。元朝以后，文学分南北的气差不多没有了①。于是可见文学之分南北，不只是为地域所限制，实在与政局及交通之能统一与否，也是很有关系的。

周代之南北文学

第一期　周代北派文学之代表作品——《诗经》

在古代中国最可靠的文学作品中，当以《诗经》的时代为最早。可惜三百篇的作者，而今大半都湮没无闻。如诗中明言为某人所作，如周公、尹吉甫、巷伯等人，实在是占极少数。其他没有作者姓名的许多篇章，我们不妨承认那些是民族的作品，所写的实在都是当时公同心理之趋向，很可以代表大家公共心理的要求。正如《大序》所说的"此一国之事②，系一人之本，谓之风"。此种证例甚多，我们只要翻开《诗经》一看，内中所表现最多的，不外乎讴歌男女的爱情，颂美神祇的威德，以及政局之得失。所取之对象均偏于实际，这是民族最初文学应有的现象。凡有文学的国家，都是先有文学，然后产生文学专家。因最先的作品，均是代表民族，而不是一二人所得而私有的。而且是由人事而渐渐及于较远之对象。其他艺术，亦莫不然。如图画在古代鼎彝上所绘的多为鸟兽之形，至汉代则多人像，武梁祠所画的以

---

① "气"前疑漏"风"字。
② 此，应为"是以"。

古代帝王之像为主。以前都无山水画，到了东晋，山水画始出现。只看《诗经》中所描写的，多切近生活之事，偶然写两句关于山水的，也很笨拙，专写山水的作品，《诗经》中简直可以说没有。

《诗经》产生的地域

三百篇产生的地域问题，《雅》《颂》最容易考出，《国风》较难。《雅》是周室的朝廷文学，出自丰、镐之间，《周颂》产生的地方正同，《鲁颂》出于鲁，《商颂》出于宋，这都是显而易明的。惟十五《国风》产生的地域的考订，就不免异说纷纭了。（关于这个问题可参看郑玄《诗谱》、欧阳修《诗谱补》、丁晏《诗谱考正》、宋王伯厚《诗地理考》、清朱右曾《诗地理征》）

兹就《诗谱》列表如下：

周、召　雍州（岐山之阳，今之陕西凤翔等地。）

邶、鄘、卫　冀州（太行之东，北踰衡、漳，东及兖州，今之河北、直隶等地。）

桧、郑　豫州（外方之北，荥波之南，居溱、洧之间，今河南新郑一带之地。）

魏　冀州（雷首之北，析城之西，南枕河曲，北涉汾水，今山西之南端。）

唐　冀州（相传为尧之旧都，太行、恒山之西，太原、太岳之野，今山西太原一带。）

齐　青州（岱山之阴，潍、淄之野，今山东青州一带。）

秦　雍州（近鸟鼠之山，今之甘肃南端。）

陈　豫州（豫州之东，其地广平，无名山大泽，今之河南陈州一带。）

曹　兖州（陶丘之北，今之山东曹州一带。）

豳　雍州（岐山之北，今之陕西北部。）

王　豫州（太华、外方之间，今豫西洛阳一带。）

从上表看来，各种《风》诗产生之地，均在河、渭左右，总不出黄河流域。惟《周南》《召南》二诗，颇有问题。据《韩诗》说："《二南》者，南郡（今湖北荆州）与南阳（今之河南）也。"《诗大序》又说："南者，言化自北而南也。"惟此时南方尚未开化，不应有此种文学。南字的意义，即从北方人的口中所说出的南方。这显然是周室的文化南征时，北人述说经营江、汉之迹。若说诗中有江、汉字样的，必出于南人之手，则《大雅·江汉》诗说"江汉汤汤，武夫洸洸"，《常武》说"铺敦淮濆，仍执丑虏"。以上两话，明明是出于尹吉甫等之手。所以《二南》发生的地方也是不外黄河流域的。

《诗经》发生的时代

论及《诗经》的起源，最早的有孟子的"王者之迹熄而《诗》亡，《诗》亡而后《春秋》作"之说，但是他也没有说出什么时候。前有一章，既是证明《商颂》不出于商代，可见至迟也应出于周，但周代到什么时候才有诗，也费考证。《诗经》第一篇《关雎》诗，毛说以为在文王时作，但今文家又说是此诗出于康王时，《汉书》里面引诗的多同此说。但考阮元《诗书古训》，如《大雅·文王》引《吕氏春秋》说①："周文王处岐……散宜生曰：'殷可伐也。'文王弗许，周公旦乃作诗曰：'文王在上，于昭于天。周虽旧邦，其命维新。'以绳文王之德。"（《墨子》亦引此文）文王不一定是谥号，在甲骨文中，文武之名，在生前也可以加此称呼。即令此诗不是作于文王时，而《灵台》一诗，据孟子所引，似亦为文王时所作。（《灵台》诗中但称王，而并未明说是哪一位王。）

至于《风》诗之时代，颇难断定。最后作品，当为《陈风》《株林》、《泽陂》之诗，这两首诗是叙述陈灵公君臣与夏姬淫乱的事，徵舒弑灵公，在周定王八年，于是考得《诗经》所经过之周帝王时代，从文王起至定王止，如下表：

文　武　成　康　恭　懿　孝　夷　厉（共和）　宣　幽
平　桓　庄　釐　惠　襄　贞　匡　定

《诗经》的修辞

从多方面都可证明《诗经》为古代文学作品：

（一）句　《诗经》每句自二字至九字。

二字　祈父

三字　麟之趾　苕之华

四字　（正格，例多不胜举）

五字　谁谓雀无角，或以穿我屋②。

六字　我姑酌彼金罍　俟我于著乎而

---

① 此处应为《吕氏春秋》引《大雅·文王》。

② 或，应为"何"。

七字　式微式微胡不归

八字　我不敢傚我友自逸

九字　无金玉尔音而有遐心

（二）调　每篇中同一调，反而复歌咏之。如：

麟之趾，振振公子，吁嗟麟兮。

麟之角，振振公族，吁嗟麟兮。

麟之定，振振公姓，吁嗟麟兮。

（三）字　多用叠字。如：

夭夭，灼灼，关关，喈喈

由上所述，可见《诗经》之修辞，是用简短的句子、重复的调子，以及叠字借以表现他们的感想，因此可以断定《诗经》是上古时代的作品。

所谓重复的调子，尤以《风》诗中所表现为最多。因为平民的作品，更能表现出时代的精神呵。

诗之修辞功夫，以后渐有进步，古不如今。但讲到用韵，则由繁而简，今不如古。后世作诗，不过句尾有韵，远不及《诗经》之万一。兹略举例言之。

甲　连句韵

乙　间句韵

丙　句首韵

丁　句中韵

戊　连章韵

己　隔章韵

庚　变韵

……

据丁以此所作《毛诗韵例》之统计，《诗经》用韵法，不下七十多种。

《诗经》用韵的如此复杂，也有它相当的原故。当时诗的流传，多赖讽诵，而不在书写。因为古诗皆可以加上乐谱，所谓"《诗》三百篇，孔子皆弦歌之"，就是此意。

周之金石文

周代遗留至今之钟鼎彝器，金类多而石类少，后者只有石鼓文，其余的尽属于金文一类，金文中又分散体与韵文，韵文与《诗经》不无关联，所以也提出来略为讲述。

周代金文体，约分两类：

一、书类　用散文写例[①]。例：《毛公鼎》《孟鼎》《散氏槃》《克鼎》《曶鼎》，这类文体，皆近于《大诰》《召诰》《洛诰》等篇。

二、诗类　用韵文写的。例：《虢季子白盘》《曾伯漆簠》，此类文体，近于《颂》的最多，亦有近于《大雅》的，但没有与《风》相同的。

两周金石文字，盛极于宣王时，因为当时有北伐玁狁、南征淮夷两大战役。尹吉甫所作《颂》诗，如《崧高》《烝民》《韩奕》《江汉》等，前两篇诗中均有"吉甫作颂"的明文，可以断定那是尹氏所作（《巷伯》，寺人孟子作，为此诗同例），后二篇作风，又与前者相同，当亦为尹氏或尹氏时诗人所作。周宣

---

① 例，应为"的"。

时作记功之金石韵文中，述北伐玁狁的，有《虢季子白盘》，述南征淮夷的，有《曾伯漆簠》。至于属于前者的散文，则有《王陵车弁》《不娶敦》，属于后者则有《师寰敦》。

关于《诗经》之古代批评

中国最古之文学批评，始自孔子。孔子论诗，大概可分为两种标准：一则应用于言语之辅导，一则以为伦理的归依。

（一）关于言语一方面的

"不学《诗》无以言，鲤退而学《诗》。"

"赐也可与言《诗》。"（子贡在孔门言语科）

"诵《诗》三百，授之以政，不达，使于四方，不能专对，虽多亦奚以为！"

（二）关于伦理一方面的

"小子何莫学乎《诗》？《诗》可以兴，可以观，可以群，可以怨。迩之事父，远之事君，多识于鸟兽草木之名。"

以后，《诗经》变为伦理的教训，被人尊之为经，而文学的位置反见低落，导源乃本于此。

第二期　周代南派文学之代表作品——《楚辞》

论中国古代学术，多分为南北两派。刘勰在《文心雕龙·时序篇》曾说："春秋以后，角战群雄[①]，六经泥蟠，百家飙骇。

---

① 群，应为"英"。

当是时也①，韩、魏力政，燕、赵任权。五蠹六虱，严于秦令。唯齐、楚两国，颇有文学。"战国时学术人才，多分处齐、楚二国。齐之稷下为一般哲人所聚会，如荀卿、邹衍、淳于髡之流。而楚国则为词人之渊薮，他们的领袖，就是屈原和宋玉等。这个时候的文人，都集于南方，与春秋时代文人之出于北方正相同。这里面转变的痕迹是可以追寻的。

《左传》《国语》中行人出使别国，动辄引《诗》以为赠答之词。但是若向《战国策》中去寻找，全书中引《诗》的，不过一二条而已，这正是"《诗》亡"的朕兆。从政治一方面讲，以孟轲所说之"《诗》亡然后《春秋》作"为有见地；若从文学一方面讲，则有李斯所说的"《诗》亡然后《离骚》作"的话更为中肯。

由《诗》变为《离骚》，其间最显著的差别，就是由民族的作品而转变为个人的作品——专家的作品。自《隋书·经籍志》以后，诸史的集部均以《楚辞》为首，因他们都见到这一层。

怀王客死于秦在周赧王三十九年（公元纪元前二七六年），而《诗经》最后时期，为周定王八年（公元纪元前五九九年），从"《诗》亡"一直到"《离骚》作"，约略凡三百年。这里所说的"《诗》亡"含有两种意义：一是采诗官的制度不行，二是没有作诗的人。当然以前说的理由较为充足，那时北方的诗，或者衰落时期②，直到南方屈平出来，完全脱离《三百篇》的方向，而开始创造一种新体。然而由《诗》之转到《离骚》又绝不

---

① 当，应为"方"。
② 者，应为"为"。

是"突变"，此中自然有迹象可寻。在《诗》之后、《楚辞》之前，南方已有如此之作品。

（一）楚狂接舆之歌："凤兮凤兮，何德之衰？往者不可谏，来者犹可追。已而已而，今之从政者殆而！"

（二）沧浪孺子之歌："沧浪之水清兮，可以濯我缨。沧浪之水浊兮，可以濯我足。"

以以上两歌与《诗经》比较，显然有两种差别：

（一）字数参差，不若《诗》之多为四字句。

（二）用"兮"字作语助。《诗》中虽间有用"兮"字处，但不普遍。

我们若将《诗》与《骚》作一种比较的研究，则得以下诸点：

（一）字　《诗》中形容词多用叠字，而《楚辞》则多用骈字。

（二）句　《诗》以四字句为正格，而《楚辞》句子多参差。

（三）章　《诗》多重调，而《楚辞》无有。

（四）篇　《诗》之篇短，而《楚辞》之篇长。（长篇作品始于楚人。）

（五）思想　《诗》所写比较切于人事，而《楚辞》中所表现的多超于人世。前者较为写实，后者近于浪漫。

（六）神与神话　《诗经》写神，尽属抽象，《楚辞》写神，却是具体。《诗》中神话最少，如《生民》之诗，不易多有。至《楚辞·天问》则为中国神话的渊薮。

（七）人世　北人虽日日讲求人事，而厌世之风特甚，故出语愤激，如《苕之华》有"知我如此，不如无生"之语。屈原思想有时冲突，但归结仍脱不了人世，《离骚》睨旧乡，《招魂》入修门（楚之城门），可见屈平发牢骚，是嫉世而不是厌世。

（八）怀疑之精神　《诗》中不多见，《楚辞》中充分表现此种精神，如《天问》便是适例。以上都是《诗》《骚》不同的比较之大概。

造成《楚辞》之原因

（一）文学之演化　由《三百篇》到《楚辞》的时代中间，略莫经过三百年。文学自然的演进，由短句变为长句，由短篇变为长篇，也可说四言到了末运，《楚辞》乃代之而起。后来各代文学，都是由短篇而进到长篇。如词在唐与五代为小令，到宋时成为慢词；小说初起于唐代的均属短篇，而宋元之章回体，乃继短篇而起；曲之初起为元代之杂剧，而长的传奇到后来才有的。（按有史诗之外国似不如此，但中国确是如此。）而且各种艺术之演进，均由切近人事的而及于远违人世的。

（二）自然之影响　《诗》是北方的产物，《楚辞》是南方的作品，两者所受地理及环境的支配也是显而易见的。因为南北所受自然界之待遇不同，所以北方人眼中的神，有威可畏，敬而远之。南方人眼中的神，和悦可亲，狎而玩之。北方思想，总之不脱离日常生活，最把实际看得重。南方思想，总求其能超越乎实际，所谓极浪漫之能事。举个具体的例来说罢，北方人对于春天所举行的祷雨之祭为"雩"，雩之言吁也。关于秋天所颂咏，正如《七月》篇中所表现的："九月肃霜，十月涤场，朋酒斯飨，曰杀羔羊。跻彼公堂，称彼兕觥，万寿无疆。"这是因为春天播种以后，不知后来秋收之丰歉若何，所以悲叹。至于秋天逢到丰年，大家满载而归，总是应当欢天喜地的。这确是一般人的思想，尤其是注重实际生活的北方人的态度。然而遇到神经过敏、思想浪漫的楚人，则并不如此。遇着秋天草木零落，霜露凄惨，不免大兴悲秋之念。这倒是南方人的特别处。（至于为南北思想之交接的人，要算庄子。庄周是宋人，他的哲学思想有一部分是北方的，但是他的文学，又近乎南方。庄子书中人名不见于他书，独多与《楚辞》上所有的相同。）

（三）典籍　楚人承接殷人文化，藏储书籍甚多，似乎中原所有的他们都有，他们所有的中原还未必有呢。不消说得，《楚辞》多少要受些《诗》的影响，《国语》中《楚语》引用《诗》的地方凡三处：一是伍举引《大雅·灵台》之诗，二是白公引《小雅》"弗躬弗亲，庶民弗信"之句，三是左史引《大雅·抑》之诗。伍、白、左三人，都见过《诗经》的，以博闻强记的三闾大夫，岂有未见《诗经》之理？且屈子作品中有"忽奔走以先后兮，及先王之踵武"。"奔走""先后"，均见于《大雅》，且《楚辞》用韵之分合，与《诗》是无大出入的。我们现在对于《楚辞》中有许多难索解之处，尤其是《天问》中关于人事的一部分，简直无法弄个明白，实由于我们所见的书，多偏于儒家所记载的。当时孔子就很慨叹，夏礼、殷礼之不足征，而楚之左史倚相偏偏能读《三坟》《五典》《八索》《九丘》。至于《天问》中人名、地名等之不见于儒书中的，却可见之于《山海经》《吕氏春秋》《淮南子》等杂家书内。且中国古籍中叙吾国人种西来说的事实绝无，惟《楚辞》中尚可见这类痕迹。至晋代汲冢书中发现《穆天子传》所说的每与《楚辞》暗合，此由于殷人尚保存有民族西来之说，后乃传之楚人，所以能够叫《楚辞》中表现一种离奇异乎中原文学之大观。

（四）音乐之影响　音乐南北异趣，故《诗》有"以雅以南"之言，雅为北音，南即是南音。当时南音到底如何，如今不得真传，大抵是宛转流丽，较之慷慨悲歌之北音不同，此种音很令汉人赏识。项羽、刘邦均能歌南音，还有汉武帝好听楚声，而不喜河间献王所献之雅乐，可见中原之音，远不及南音之悦耳。郑地僻近南方，故郑声便优美可听，故孔子说"郑声淫"，这个"淫"字等于"衍"字，即是缠绵靡曼的意思。诗歌与音乐几有不可离之关系，《史记》尚说"《诗》三百篇，孔子皆弦歌之"，南音一道，不惟汉之帝王公卿能唱，直到隋朝有个和尚名道骞也能楚声，可惜以后便不得真传了，以致我们不能赏识这种"扬枹兮拊鼓，疏缓节兮安歌"的意味。

（五）屈原个人之遭遇　这一层更加不成问题。《史记·屈原列传》较长，此处不及征引。且略举班固《离骚赞》的话："屈原初事怀王，甚见信任，同列上官大夫，妒害其能[1]，谗之王，王怒而疏屈原。原以忠信见疑[2]，忧愁幽思，而作《离骚》。离，犹遭也；骚，忧也。明己遭忧作辞也。"关于屈子个人的身世，《史记·屈贾列传》前半也说得极明白。总之，他是一个极富有民族思想的一个楚之贵族。他是一个失败的政治家，同时他又是一个成功的文学家。我们很可以说，屈原文学之

---

① 能，应为"宠"。
② 原，应为"屈原"。

成功，却是由于他政治上之失败[1]，但是不是遇着屈子这样的天才，我们也无福欣赏这种伟大的作品，所以刘彦和说："不有屈原，岂见《离骚》。"然而虽有屈平，假使他一帆风顺，不遇坎坷，我看他也未必就能作出《离骚》这等作品呵！

古代散文

诗出于歌谣，而散文出于语言。换言之，由歌谣而进化为诗，由语言而进化为散文。语言中亦有修辞作用，其目的是教人了解，所以语言发达之时，散文亦特别兴盛。古代最善于语言的人，不得不推战国时雄辩之士，及周秦讲学之徒。于是可见散文发展之途径，约分二端，一为国与国相争，二为学派与学派相争。当时纵横家之流与诸子百家，莫不欲以己之雄辩及学说，压倒异己之一切主张，所以使用散文为传播思想之利器。流传到而今的《战国策》与诸子学说，实为古代散文之上品。（从前人大抵以《诗经》为诗歌之始，《尚书》为散文之始。）以后如佛教输入中国之翻译散文盛行一时，佛、儒两家之争辩，亦产生不少的散文。又如宋代与辽、金、西夏诸国发生和战献纳等纠纷的时候，散文亦极为盛行。这都是以证明以上所说的散文发展之二途径之不虚。

因为散文不是文学的正宗（即等于说散文不是纯粹文学），所以此处不多讲了。

---

① 却，疑应为"即"。

第四章　秦代文学

中国政局在秦代以前，从来没有统一过。到秦始皇廿六年，一切分割的局面始归一统。因为从前政局分裂，于是思想与文学也随之而变化，单就秦代的文字来说，种类并不在少数。周代文字约分三系，周室与同姓鲁国等成一系，其余诸侯，在齐国附近的与齐国成一系，与楚国比邻的，与楚国又成一系。其初尚无多大差别，到了周代晚年，楚人文字，已令人不能认识。（《说文》中所引用古文，多谓为孔子壁中书，此书为孔子后人所藏，亦可推知其为晚周文字。吴大澂也曾说过，凡金石文之不可识者，大抵为晚周文字。）当时文字纷乱的情形最好看《说文叙》上的话：

> ……其后诸侯力政，不统于王，恶礼乐之害己，而皆去其典籍，分为七国。田畴异晦，车涂异轨，律令异法，衣冠异制，言语异声，文字异形。

别的且不讲，现在中国各省言语仍然异声，不过因为文字并不异形，实在是维系中国民族不分散的利器，这正是秦始皇帝的功劳。又看《说文叙》上接着上段说："秦始皇帝初兼天下，丞相李斯乃奏同之，罢其不与秦文合者。"

《秦本纪》二十六年："一法度丈尺，车同轨，书同文。"①

《李斯传》："更克画，平斗斛度量，文章布之天下，以树秦之名。"

后人动辄不满意于始皇之焚书，然而他的统一文字之功，是谁也不能否认的。

且进一步来讲秦人的文学。

《秦风》为十五国风中之一种。可见秦代古时并不是没有诗的国家。现在所存的《秦风》不过几首，但从这寥寥几首中，也可窥见秦人作品之一般。

读到《小戎》《驷铁》等诗，颇能充分表现秦人刚劲的气概。可见秦关确是一个善用兵马的善战的国家②。及读《蒹葭》等诗，那又是何等缠绵，何等温厚。可见秦代文学在孝公以前已能从多方面去发展。这种西部好战的国民，真是兼有英雄气概与儿女柔情呵！

但是讲秦代文学，是承继周代以后，不得不从秦始皇帝统一后讲起。当时文学究竟是种什么情形，实在是一个疑问。我们现在可以作以下之假定。

秦代统一以后，诗之发达与否不可知，然而不能证明没有诗，只可说已经佚失无存了。秦始皇晚年不是明明教他手下的一般博士作《仙真人诗》吗？可惜现今一句都不能见。近人廖平说《仙真人诗》并未丧失，即今之《楚辞》，因为楚辞上颇多游仙

---

① 原句应为："一法度衡石丈尺。车同轨。书同文字。"

② 关，应为"国"。

的话，此说太荒诞，不足信。现在姑且舍诗不谈，只就流传至今的秦人文学来讲，不得不数到刻石一类。

当秦始皇帝二十八年至二十九年，他向东南巡狩，登泰山，南至于会稽，又到峄山、碣石、之罘、琅邪台等地，到一处必要立一块石碑，歌颂皇帝的功德，确是当时实情，但这些碑文不一定完全存留至今。

关于这类碑的作者，相传均出于当时客卿中最有学问的李斯，这话尚属可信。

至于这种碑文的体制，介乎《雅》《颂》之间。且举《峄山碑》作例：

> 皇帝立国，维初在昔，嗣世称王。（韵）讨乱伐
> 逆，威动四极，武义直方。（韵）

除了琅邪台刻石是以两句为韵以外，其余的通是每句四字，三句一韵。这种文体很像周代召穆公、仲山甫、尹吉甫等赞美周宣王的武功的《颂》体，尤与记载宣王伐玁狁之《虢季子白盘》相近。从好的方面说，就是气象伟大，局度恢宏。然而文采却微近干燥、千篇一律。可见秦自统一以后，只以武功显著，而文学的遗产几乎没有，这究竟是什么原因呢？

秦本西方山国，周室东迁以后，把渭水南北之地让与秦人，秦人有《风》诗时，文风很盛。就是到了秦文公时代，也有十首诗，载在他初受封时的信物，即后世相传之《石鼓文》，这诗颇有相当价值。黄河文学发达的时候，也是秦人文学发达的时候。战国时文学发展的新方向，又转到长江流域，秦人并未受影响。且李斯为上蔡人，为什么不把他楚国很优美的文学带到秦国去呢？在这里我们要明白秦代的国性。

秦人受封，从文公开始，强盛时代乃在孝公变法以后。秦国统一海内，几个政治领袖都是关东人。商鞅是卫国人，李斯是楚国人，与韩非同学，竟杀了韩非而采用他的策略。表面上看去有三个人，其实里面只有一个人，他们都是法家。凡文学发达时代，多带道家色彩。儒家讲礼乐与躬行实践，对于文学视为小道。即法家又为儒家的末流。他们所讲的是富强之道，所崇拜的是武人，至于文学者简直不值他们一顾。韩非骂五蠹，商鞅薄六虱。《文心雕龙》说："五蠹六虱，严于秦令。"秦至孝公以后，掌权者尽是法家。在儒家手里，文学尚无发展之望，何况落在专讲功利主义的法家手里呢？这就是秦代文学不发达的最大之原因。

但这只就士大夫方面来讲，至于民间文学如何，现在无作品流传，那就难于断定了。

至秦以后的所谓正统文学，多出于士大夫之手，而民间作家，反退居于宾位，倒远不如周代风谣之保有真正价值呵！

第五章　汉代文学

总　论

我们说到汉代的文学，一定就会联想到汉赋。其后虽有五、七言诗来代替了周朝的四言诗的地位，然而此代文学量最多，而时间又占得很长，位置又比较的重要的，不得不推到赋的身上去。

汉代传国的年代颇为长久，对于此代文学的分期，前人多分为西汉、东汉，其实政局的分合，有时并不影响于文学，如东汉初之文学，不见得与西汉末不相同。我现在要重新给他们分过，共为四期：第一期由汉之开国到武帝，第二期由武帝至昭帝、宣帝，第三期由成帝到桓帝、灵帝，第四期到献帝一朝，即世所盛传之建安。

先将每期的大概约略说。

第一期由开国到文景之世，汉代文学尚没有正式成立，只得算为先秦与两汉文学的过渡时期。且汉高帝承秦人统一南北以后的局面，战国策士往往尚生存于世间，先秦思想尚占相当位置，南北思潮渐趋于调和之一途。文学方面，渐入楚声。第二期孝武帝时罢除百家之言，在思想界提高了儒家的威权，不过文学倒未受着儒家影响。此时为楚文学最盛之时，无论皇帝贵族与臣下，均有同一之嗜好。又由楚辞与纵横家杂糅而成为一种新文体，即著名的汉赋，可以司马相如为代表，东方朔、枚皋、严忌、朱买臣等附属之。第三期孝、成以后的文学，确实受了尊奉儒家的影响。一般文人，专门从事模仿古人作品，以扬雄为代表，直到蔡邕为止，如班固、张衡等人的作品，总跳不出前人的范围，把个性完全埋没下去。然而此期时间颇长。第四期到桓帝、灵帝末年，儒术又不足以笼罩一切，出了几个自由思想的学者，如孔融、杨修、祢衡等人，文学界亦大放光彩。赋体较从前解放，由浓密而疏散。至于五、七言诗，亦于是时大盛或正式成立，实足为汉诗之代表时期。

第一期　由高帝至文景

本期实为秦、汉之过渡时代，显然有下列几种趋向：

一、先秦思想未泯　汉代初年，在政治舞台而兼有学术威权的人物，甚至有几位是秦代遗臣，如秦代倡设之博士制度（《汉书·百官公卿表》载博士秦官，掌通古今）所遗留下的博士，如叔孙通、张苍之流。汉初朝仪且为叔孙通所手定。其他如陆贾、郦食其等，均是与秦代有关系的人，他们都很替汉朝出力。所以汉初思想，尚有秦时遗迹。

二、楚声尚盛　自汉高帝统一天下，楚声传入中原，且占有重要位置。因为楚人文学的煽动性很强烈，统一六国的虽是秦，后来灭秦的就是楚。当秦二世时，揭举起义的，如陈涉、刘邦、项羽，都是产于楚地，项羽且是楚将项燕之后。以并兼六国不可一世之秦始皇帝，到了第二代便被几个楚人推翻，岂真由于"秦灭六国，楚最无罪"，何以又能"楚虽三户，亡秦必楚"呢？这不得不归功于屈原的伟大的爱国心所发生的能鼓动民族性的文学。当时一般战国策士，只有学术观念，毫无国家思想，只求一己的政见得以施行，不惜牺牲祖国，如商鞅、李斯都只是为秦人出力。至于屈原的国家思想，非常深沉，宁死于汨罗而不肯到别国去掌政权。所以这位爱国诗人所特倡的一种新文体，颇为楚汉的几位开国英雄所崇信、所仿效。拔山盖世的项羽被困垓下所唱出的哀歌，正是楚声。刘邦得意还乡时候所唱的《大风歌》也是楚调。《汉书·礼乐志》说："凡乐乐其所生，礼不忘本。高祖乐楚声，故房中乐楚声也。"且汉高祖因欲立赵王如意未成功而发牢骚的时候，向戚夫人说："若为吾楚舞，吾为若楚歌。"其所传的楚歌，为四言形式，虽不大像，然既曰楚歌，当然是唱时用楚人的声调。此后汉朝的皇帝，好楚声的颇不少。楚乐既传至北方，楚国文学亦渐及于北方。不惟南北文学构成一致，即南北思想亦因之而调和。

三、南北思想之调和　战国时各派学术门户之见甚深，这并非是学术之不幸。学术若不互立门户，是极不容易进步的，至汉以后，学术渐归于混合之途。（论到中国修辞学，亦当以汉代为断。汉以前国与国争，学与学争，故言语修辞之风特甚。汉以后乃由语言之修辞，转而为文学上之修辞。）南北是可以交互影响的，如汉初的宗室刘交少时学《诗》于浮丘伯，及高祖定天下后，受封于楚，又征申公去传鲁《诗》，这时学者已无南北之见。又如贾谊为洛阳少年，早岁学申、韩之术，从张苍授《左氏》，当其作《治安策》《过秦论》之时，尚不免策士的习气，及后入长沙又作《吊屈原赋》及《鹏鸟赋》，这也显然是以北人而受南方文学之熏陶的明证。晁错为人人所知之法家，而又从伏生受《书》。贾谊既已被《汉书·艺文志》列为儒家，而传中又说他通申、韩，这都足以证明当时学者，并不如古之成一家言，对于各派思想，都混合不清。又如被吴王濞所招致的两位南方词人枚乘、庄忌，后又往投北方梁孝王，这又显然是南人将词学传之北方的证据。总之，南北思想既已混合，文学也就不能独异了。高祖死后，惠帝享年最短，吕后当国，秩序紊乱，也谈不上什么文学。文帝好黄、老之术，与民休息。景帝又好韩、申之学，崇尚实际。这两朝文学，都不发达。不过这两朝的贵族诸王颇有几个为文人之保惠者，如吴王濞、梁孝王武、淮南王安，都为一般词客会萃之大本营。本来文学不受一切之左右，然实际上又不然。在昔专制时代，若有爱好文学之皇帝及贵族在上倡导，文学之进步更加显著，汉代收效最著时，乃为武帝之世。（又如后来唐以诗赋取士，宋以策论取士，故唐诗宋文颇为大观）

第二期　武帝至昭宣

　　两汉文学有两个最盛的时期，第一是在汉代最强盛之时，即武帝在位，第二是在汉代最扰乱之时，即建安。前者可比周宣王时代，后者可比周幽王、厉王时代。文学产生的期候，大率如此。汉代当武帝时，国力充实，文治武功，均有相当成绩。他又做了皇帝，心里想要做的事，都可以随意做去。他对于中国学术界有极大的影响，就是尊崇儒术这件事。武帝设立五经博士，于是从博士求学的很多，名曰博士弟子。当时董仲舒上书请尊经术，罢黜百家。公孙弘亦请定儒术于一尊。武帝先后都采用他们的意见。在武帝的原意，或者是想尊崇儒术，但从他罢黜百家之后，各种学派自由讨论之风因之消歇，而儒术并不见昌明，反见黑暗。正如欧洲中世纪僧侣为学术界之至尊时，各样思想均被摧残。汉武帝时期，即是中国之中世纪。秦始皇对学术用高压手段，焚书坑儒，但学术并不因之而式微。至汉武帝转用一种软化手段，罢黜百家，学术乃真因之而消歇。自从武帝立了博士之后，学术界产生了一种师法，换句话说，学术界即产生了一种极端的传统思想。对于老师所说的话，只有无条件的承受，而且无讨论之余地。举《诗经》的《关雎》为例罢。你若从古文家言，就以此诗为美文王的；你若从今文家言，就以此诗为刺康王的。至于此诗本来面目，是用不着多问。总之，专讲师法的人，对于学问只讲信不信，不问是不是。简直近于一种宗教家的态度。因为学术尊信师法之影响，乃开了文学因袭之风气。

再谈到当时的文学，武帝对于《楚辞》的爱好极深。《汉志》有《上所自造赋》二篇。他自己所作的《秋风词》《瓠子歌》《悼李夫人赋》，哀怨缠绵，一望而知其脱胎于楚声。他又使淮南王安为《离骚》作传。他又创立新乐府，使李延年为协律都尉，以集秦、楚、代、赵之大成。当时有河间献王献上雅乐，武帝却不愿听，他最喜听的还是楚声。可见他的尊崇儒术，并非中心悦服，无非借此以一笼络当时文士①。可见尊儒是他的一种手段，而好楚声才是他的真心。他收罗当时一般词

---

① 一，疑为衍字。

客，最著的如司马相如、枚皋、东方朔、庄忌、朱买臣、吾丘寿王等，内中当以司马相如为代表。

司马相如与汉赋

司马相如，字长卿，四川成都人。他的思想极其复杂。一、为儒家思想：自文翁入蜀，蜀地之士，彬彬有文。相如少时，又从胡安受经。二、纵横家思想：他曾奉使西南夷，又作《论巴蜀》与《难蜀父老》等文。三、道家及神仙家思想：他所作的《大人赋》颇近于庄子之《逍遥游》。四、词赋家思想：他受《楚辞》影响最深，颇得楚人之恢诡。在他的文学作品内，还找不出多大的儒家痕迹出来，可见文学家之所以是文学家的条件，并不简单。他曾自己说过："赋家之心，苞括宇宙，总览人物。"论到作赋，后人盛称马、扬，司马相如实为赋之倡始者。什么叫做赋呢？《汉书·艺文志》把赋分作四类：一、荀卿赋；二、陆贾赋；三、屈原赋；四、杂赋。惟陆贾赋已佚，不可考。荀子之赋，如廋词隐语，读去犹如教人猜谜。屈原之赋即楚辞。世人每以"赋"为六义之一种，但汉人之赋，与六义之赋广狭不同，后者与"比""兴"对待而言，前者可以包括六义在内。可见，周之诗，楚之骚，汉之赋，就广义说来，实在是一件东西，都可名之曰诗。《两都赋》序："赋者，古诗之流也。"《文心雕龙·诠赋篇》说："赋者，受命于诗人，拓宇于《楚辞》。"可见《诗》一变至于骚，骚一变至于赋，这是毫无疑义的。

作赋能手，在汉代必以司马相如为一人。与他同时的一般词客，邹阳是不善作赋的。庄忌的《哀时命》出于《楚辞》，枚乘

257

作的《七发》最工，但不长于作赋。东方朔也只模仿《九章》而已。独相如与众不同，请看扬雄批评他的话："使孔门用赋也，则贾谊升堂，相如入室矣。"又说："长卿赋不似从人间来，其神化所至耶！"可谓极推尊之能事了。

相如赋之最有名者，为《子虚》《上林》《大人》《长门》等篇。略举两篇的内容，《子虚赋》讲的是楚使者子虚到齐国来，遇乌有先生，子虚说齐国好，乌有先生又说楚国好。《上林赋》讲的是亡是公夸天子上林之盛。

赋之特点，约分四种：一、想象丰富；二、藻采夸饰；三、侈陈形势；四、抑客伸主。由以上四端，就可以推到赋体之来源，想象与藻采两样，是从《楚辞》来的。侈陈形势与抑客伸主，又是从纵横家而来的。由《楚辞》与纵横家言结婚所产生的儿子，就是赋。

自相如辈开了作赋的风气，影响于文坛甚大。以后作文的趋势，略举如下：

一、为文识字　汉赋虽似堆垛，然而一篇要凑许多不同的字形和字义，也并不是件容易事，所以汉代赋家，多兼为小学家，如相如作《凡将篇》为汉代最早的一部字学书，扬雄作《训纂篇》，班固又续作十三章。此风至唐代韩愈尚能保存，他曾说："为文必须略识字。"自宋代欧阳修以下，作文便不大讲求识字了。

二、为文造情　堂哉皇哉的一大篇赋中所包含的内容，实在简单得很。虽然经他们铺张扬厉的叙述起来，也不过一个空架子，因为他们并不是先有情感才去写文章，是立意写文章而造作感情的。扬雄说过："词人之赋丽以淫。"这却是汉赋的坏处。

三、复笔　这层颇能影响及后来的文体。汉代单笔的大成推
《史记》，复笔开山推辞赋。自从昭宣以后，复笔的文学，于是
日多一日了。

自武帝以后，历昭帝、宣帝、元帝、成帝的赋家，均不能逃
出司马相如之外去另外辟一种新境界，所以不缕述了。但此时又
有散文盛行于世，即章奏、对策等类文体，是形式用的是复笔，
而内容则取决于经术，每篇之末，必引经语。此派最著的，有匡
衡、谷永、刘向等人，可说他们是以文人而兼为儒生的。

第三期　成帝哀帝至桓灵

在汉代文学所分之四期中，以此期为最长。然此期文学的变
化却很少，且文学有时并不因政局改变而变迁，虽说两汉建都的
地方不同，而此期实并跨两汉而有之。至成、哀时，模仿的文学
大盛，而模拟文学之倡始人为扬雄。扬雄也是四川人，不只是文
学家，且兼为儒家与小学家。从扬雄以后，直到蔡邕为止，一般
文人都拼命地模仿古人，后来的且又模仿扬雄这一期的文士，均
出于儒家之流。现在将此期模拟的文学，列表如次：

两汉模拟文学一览表

周	西汉	东汉
《周易》	《太玄》扬雄	
《颂》	《赵充国颂》扬雄	
《论语》	《法言》扬雄	
《尔雅》	《方言》扬雄	

续表

周	西汉	东汉
《仓颉篇》秦	《凡将篇》司马相如 《训纂篇》扬雄	《十三章》班固续
《虞箴》	《州箴》扬雄 《二十五官箴》扬雄	
《离骚》	《反离骚》扬雄 《广骚》扬雄	《幽通》班固 《显志》冯衍 《思玄》张衡
《九章》	《畔牢愁》扬雄	
	《子虚赋》司马相如 《羽猎赋》扬雄 《上林赋》司马相如 《长杨赋》扬雄	《两都赋》班固 《两京赋》张衡
《渔父》 《卜居》	《答客难》东方朔 《解嘲》扬雄 《解难》扬雄	《答宾戏》班固 《达旨》崔骃 《应间》张衡 《释诲》蔡邕
	《剧秦美新》扬雄 《封禅书》司马相如	《典引》班固
《储说》韩非	《连珠》扬雄	
《召魂》	《七发》枚乘	

以上不过略举数例而已，然而已经可见此期模仿风气之一般了。

可见由西汉末年到东汉末年的文学界的概况，约得以下诸端：

一、论文总以司马相如及扬雄为依归，决难逃出他们两人范围之外。

二、词采壮密。差不多这一期的每个作家均如此。

三、绝少新体。大家以模仿为风尚，没有人肯去倡造一种新体出来。

这期的文人，以扬雄、崔骃、傅毅、崔瑗、张衡、李尤、杜笃、蔡邕等为最著名。

第四期　建安

本期为汉代文学转变的大枢纽，较之从前几个时期，真是光芒万丈。大约有以下几个缘故：（一）许多文人很不幸，迭遭前代党锢的牵连，黄巾贼的丧乱，以及十常侍与董卓等之叛变，死亡的不在少数，所以后来一般文人，竟至失去常度；（二）自武帝尊崇儒术以后，学术界因袭成风，思想亦沉闷异常。一方面儒学的末流弊端发生，一方面是经不住束缚的思想，穷极则变，不得不另自寻觅一种新的趋势。西汉经术完全注重师法，到了东汉偏偏有一位王充对于传统思想甚为怀疑，作了一部《论衡》，对于当时一般人所尊仰的，大肆攻击。（不过注意，这种"怪议论"的人，当时并不多见。后来蔡邕虽以枕中秘宝视之，但他的文学完全是属于传统派。）又如建安时之孔融、祢衡、杨修，都是王充思想的后继者。他们均能毫无顾忌地反抗那种时代的虚伪思想，儒家就是他们攻击的大对象。以后到正始时，道家学说大盛，谈玄的风气通行一时，孔、祢诸人，实有发难的功绩。

此时文学最显著的变化有三种：一为赋之作风的改变，二为

五、七言诗之昌盛与正式成立，三为文学批评态度之鲜明。

西汉赋词采壮密，到了此时渐变疏散。就内容来说，从前文人作赋，不免有由文生情之弊，此时作赋的文人，却能顾到由情生文这一点。就形式上来说，西汉的赋，多为问答体，富于散文气息。到了此时，竟由散文的赋而进化到富有诗趣的赋了，如王粲的《登楼赋》等，用来与司马相如的对看，极容易看出他们很显著的分别。

以下再谈五、七言诗起源的问题。

五言诗之起源

五言诗是指纯粹的一篇中每句都是用五个字的诗。至于《诗》《骚》中夹有五字句的当然不算。《文心雕龙》《诗品》所说的五言诗之起源，不是无根据，便是只抽全诗中一二句以为代表。大约承认五言诗起于汉代的人最多，有人如举出李陵、苏武赠答诗，则五言在武帝时早已正式成立。有人又说枚乘曾作五言诗，如果属实，则五言诗乃成立于文景之世。不过这两说都有种种商榷之余地。

《文选》中又载有《古诗十九首》。所谓古诗者，即是南北朝人加给汉代无名氏文人所遗留下的作品的名字。究竟作这些诗的是些什么人？昭明他也弄不大清楚，好像说不免从前有这十九首古诗罢了。到了刘勰的时候，他相信某种传说，将古诗的一部分归到枚乘、傅毅的名下，他说："古诗佳丽，或云枚叔，其《孤竹》一篇，则傅毅之词。"然而他还不能肯定，不过或者有这一说罢了。以后到了徐陵选《玉台新咏》的时候，取了十九首中的八首，又另外寻一首，硬派为枚乘所作。说来真奇怪，在昭明太子当时完全不知古诗为谁人所作，刘彦和他却相信一种传说，到了徐陵的时候，他竟能分得清清楚楚枚乘作的是哪几首诗。从前人不知道的，愈到后来愈知道。而且钟嵘在他的《诗品》上明明说过："自王、扬、枚、马之徒，词赋竞爽，而吟咏靡闻。"可见钟嵘还不承认辞赋家枚乘能够作出那种古诗呢，不知徐陵究竟是一种什么根据？

回头再来谈苏、李诗吧。苏武诗最初见于《文选》，但《诗品》上只载李陵之作。再就这几首诗的内容来看，不知身在匈奴的人，何以能"俯观江汉流"？他们两人同居匈奴十余年，不知怎样会说出"三载为千秋"的话来，在逐水草而居的匈奴何处去寻"河梁"来？且从《史记》以下修史旧例，凡文人重要作品，必采录于他本人的传内。何以班固之《汉书》对于世所传颂之苏、李赠别诗，并未收入他们二人的本传内，而且毫未提及一字？不过在《苏武传》内倒载了一首李陵送别苏武的诗，乃楚调而非五言。原文如下："径万里兮度沙漠，为君将兮奋匈奴，路穷绝兮矢刃摧，士众灭兮名已颓，老母已死，虽欲报恩将安归！"这才真像一种失败的英雄的口吻，与相传的李陵所作的五言诗的婉转风趣，完全两样。

而且每一种新文体发生到另外的一种新文体，其中必有过渡的作品。如《楚辞》之前有《沧浪歌》《接舆歌》，慢词之前有小令，传奇之前有杂剧。若谓汉初的五言就有那样的整练与繁盛，不知拿什么东西来做过渡时代的作品？只看汉前的作品，三百篇有二言至八言，内中以四言为最多。《楚辞》句调，较为参差。《诗》《骚》用韵，均极复杂。何以骤然到了汉初的五言，它的形式就有那么整齐，而且是通篇二句一韵？这种变化，未免太速。

假使承认五言到汉武时就很兴盛，一方面寻不出《诗》《骚》进步到五言诗之过渡作品，而且由武帝或文帝到建安的时代中间经过百余年，为什么又没有产生什么伟大的作家与作品？真如钟嵘所说："东京二百载中，惟有班固《咏史》，质木无文。"一种文体，大半始盛中衰，或是始微中盛，谈到五言，若汉初就有那种作品，不知为什么骤然绝灭，中间经过百余年忽然又盛行起来，而且和开始时又是一样？

总之，《十九首》及苏、李赠答诗的作者，现在实无从考证。不过时代决不在西汉，至早也在东汉，为建安一般作者的先声，或竟为建安同时人所作，也未可知。对于这层，钟嵘也曾质疑，他说："其外'去者日以疏'四十五首，词多哀怨，颇为总杂，旧疑是建安中曹、王所制。""去者日已疏"，明载在《十九首》之内，钟氏竟疑为建安时代人所作，这也足以证明此等五言诗之产生时代，大致在建安以前不久，或竟出于建安时代。

但在建安以前，不能说没有诗。由楚声而进为五言，中间必定有些过渡时代的作品，现在略举几首，以见一般。

《汉书·吕后传》《戚夫人春歌》："子为王母为虏，终日春薄暮，常与死为伍。相离三千里，当谁使告汝。"

《汉书·李夫人传》《李延年歌》："北方有佳人，绝世而独立。一顾倾人城，再顾倾人国。宁不知倾城与倾国，佳人难再得！"

《汉书·杨恽传》《田歌》："田彼南山，芜秽不治。种一顷豆，落而为萁。人生行乐耳，须富贵何时！"

《汉书·五行志》成帝时童谣："邪径败良田，谗口乱善人。桂树华不实，黄雀巢其颠。昔为人所羡，今为人所怜。"

以上所引，除童谣外均是杂言，但皆以五言为主体，至班固《咏史》，傅毅作《孤竹篇》，张衡作《同声歌》，到了明帝、章帝以后，五言诗乃渐次盛行。到了建安时代，更加美备了。

建安诗人以曹植、王粲、刘桢为最佳。再把王、刘二人，加上孔融、应玚、阮瑀、陈琳、徐幹，称为"建安七子"。他们的诗风，大约分二大派，曹植为宽和一派的首领，王粲为清劲一派的领袖。

七言诗之成立

《诗经》的句子，从二言直到九言均有。七言的句子如"交交黄鸟止于桑""如彼筑室于道谋"。这样看来，七言起源甚早。又如刘邦的《大风歌》、项羽的《垓下歌》也是七言。可见七言即非起源于周，至迟也起源于汉初。不过这里所讲的七言，有以下两个标准：一、全篇句调参差之中，夹有几句七言的不算；二、句中因为用了语助词，始凑成七言的，也不算。如《太平御览》引《离骚》常把"兮"字去掉，七字句便成了六字句，所以我们讲七言，也不须从《诗经》或《大风》《垓下》等歌讲起。

通篇纯粹的七言诗究竟起于何时呢？颇不易说。《汉书·东方朔传》颜师古引晋灼注，谓东方朔曾作过七言诗与八言诗，但是而今失传。至于较早的唐山夫人《安世房中歌》只有两句是七言，即"大海荡荡水所归，高贤愉愉民所怀"。司马相如曾作

《郊祀歌》十九首，只有"空桑琴瑟结信成"以下十句完全是七字。以上所举的，或已散失，或不是纯粹的七言诗，都不能算作七言诗正式成立之确证。

纯粹七言诗的成立，从前人都承认在汉武帝的时代，以《柏梁台联句》为根据。此诗既为七言之祖，又为联句之始，在文学史上又开了一种新的体例。不过此诗的真实性早已成为问题，虽说自来相信这诗是真的的人也不少。此诗最早被文人提起的时候，是在晋人挚虞的《文章流别论》（此书已佚，颜延年《庭诰》曾引之）。此诗全文，最初见于宋敏求《长安志·柏梁台》下引辛氏《三秦记》。到了六朝时，宋武帝有《华林园曲水联句》，梁武帝又有《清暑殿效柏梁体》，可见此诗即属伪造，定在宋代以前。《三秦记》为晋人所作，则此诗在晋代已成立了。至于此诗时代的不可信，在王应麟的《困学纪闻》中也曾经怀疑过，然"语焉不详"。顾亭林在他的《日知录》二十一曾如此疑过：《柏梁台联句》下注作于元封三年，按当时梁孝王早已死去二十九年了，又何从而来作诗？至于这诗中所见的官名在武帝时代尚未产生，或早已裁去。许多是太初以后的名字，不应预先书于元封之时。"盖是后人拟作，剽取武帝以来官名及梁孝王乘舆驷马之事以合之，而不悟时代之乖舛也。"但最近有一位日本人叫铃木虎雄，在他的《支那文学研究》中，他替《柏梁台联句》的时代辩护，他说宋敏求所引晋人辛氏《三秦记》，无元封三年及梁孝王的名字，但称梁王。最初认此梁王为梁孝王的为章樵之《古文苑注》，最初引此诗有元封三年的年岁的为欧阳询之《艺文类聚》，他们都是作《三秦记》以后的人，自然不如《三秦记》之可靠。若说官名尽属于汉太初以后的名字，安知此诗不是作于太初之后？不过他这一说未尝无几分理由。但《三秦记》原书不可见，又安知不是宋敏求之引书而略去年号？欧阳询是唐初人，《艺文类聚》乃成于隋代，他引元封三年必有所根据。还有几层原因，可以证此诗之时代有问题：一、五言诗此时尚未能正式成立，何以便能产生这般整齐划一的七言诗？二、再以此诗的语句用来作驳斥的资料，当时作诗的官虽说都在"二千石"以上的俸禄，然而皇帝之尊严，毕竟不可忽视。"三辅盗贼天下危"，我不相信"左冯翊成宣"胆敢在柏梁台初成之日，而说出这样大煞风景的话来，何况元封三年三辅尚未成立呢？至于京兆尹所说的"外家公主不可治"，也未免太犯皇室的忌讳了，未必他敢在皇帝当面讲这样的话？郭舍人的"啮妃女唇甘如饴"，此等猥亵的话，何以也竟敢在至尊面前轻轻道了，真不可解。从以上种种看来，这诗恐为后人伪托，即使在汉代就有这篇东西，也断不是汉武帝君臣所作的。

　　但此诗的来源，现在也未尝不可以窥测一大部分，这是后人戏仿汉代字书而作成的。汉代字书分两派，一为四言，如《仓颉篇》，但已遗失。《说文序》引有"幼子承诏"可见。近来新疆出土之汉简，有《仓颉篇》遗文，亦多四字句者。次为七言，如相如之《凡将篇》，《艺文类聚》中曾引过。如史游之《急就篇》，全书分为三十一章，各以类相从。这第二派的字书，每句七字，而七个字都是名词的地方又很多，再回头来看《柏梁台联句》，如大匠之"柱枅欂栌相枝持"，太官令之"枇杷橘栗桃李梅"。请问这种一串名词相联的句子，不是显然脱胎于字书吗？而且每人做了一句恰合本人身份的话，这也是受了字书以类相从的影响。到了后来作诗一句尽用名词的，尚有唐代之韩愈，而韩愈曾说过，凡为文必略识字，越到后来的文人，便越不讲求识字了。

说去说来，真正配称为七言诗的，究竟起于何时呢？张衡虽然有《四愁诗》是七言，但去了语助词的"兮"字以后，首句只得六字。陈琳的《饮马长城窟》虽为七言，而句调参差，不能七言到底。若要举出一首纯粹的七言诗，当推张衡《思玄赋》后面所附的《思玄诗》："天长地久岁不留，俟河之清只怀忧。安得远度以自娱①，上下无常穷六区。"但此诗是专门拿来发表他的玄想。若论纯粹抒情的七言诗，却又当推魏文帝之《燕歌行》。其词如下：

> 秋风萧瑟天气凉，草木摇落露为霜。群雁辞归雁南翔②，念君客游思断肠，慊慊思归恋故乡。君何淹留寄他方？贱妾茕茕守孤房，忧来思君不可忘，不觉泪下沾衣裳。援琴鸣弦发清商，短歌微吟不能长。明月皎皎照我床，星汉西流夜未央。牵牛织女遥相望，尔独何辜限河梁！

文学批评之始

必先有文学作品，然后有文学批评，而且批评家之多寡，每与同时作家成正比例。六朝文学家以齐、梁为最盛，而当时就有《文心》《诗品》二书。唐朝人做了许多好诗，到宋朝又有一般人拼命做诗话。因为建安的作家，"人人自谓为握灵蛇之珠，家

---

① 安，应为"愿"。
② 群雁，应为"群燕"。

家自谓抱荆山之玉"，不惟文采纷华，即数目亦大有可观。如《魏志·王粲传》中所收同时文人有二十余家之多。

前乎此的文学批评，只有零碎的意见，间或附在一本书或一篇文章之内，断不能独立成篇，如扬雄在他的《法言》中，也曾说过"诗人之赋丽以则，词人之赋丽以淫"等话，但专为批评文学而作出长篇大论的，实从建安开始，如曹丕之《典论·论文》、曹植《与杨德祖书》、杨德祖《答临淄侯笺》，尤脍炙人口。以后还有"应玚《文论》、陆机《文赋》、仲洽《流别》、弘范《翰林》"。现在原文或在或不存，不及一一细论，且举建安中曹、杨为代表，看当时文学批评的标准及其趋势。

一、文人之地位　关于文学能否独立，文人是否尊贵的问题，当时显然有二派不同的意见。

甲、耻为文人　这是传统的思想，不料长于文学的曹植反不自安于文士的本分。他斥"辞赋为小道，未足以揄扬大义，彰示来世"。他很想"戮力上国，流惠下民，建永世之业，留金石之功"，决不"以翰墨为勋绩，辞赋为君子"。他又赞成扬雄以辞赋为"童子雕虫篆刻，壮夫不为"。其实他的话，很像在打官腔，既不认识文学之本来价值，又中了烂名士说大话的毛病，反不若他的大哥说了几句中肯的话。

乙、文士不朽　曹丕颇能认识文学的独立价值，他承认"文章为经国之大业，不朽之盛事。年寿有时而尽，荣乐止乎其身。二者必至之常期，不若文章之无穷"。他把文学的永久性真发挥得尽致。

此外还有杨修比较是个调和派。他想援古以自重，他以为"今之辞赋，古诗之流，不更孔公，风雅无别"。他又痛驳曹植之述他那位"老不晓事"的"鄙宗的过言"，他是赞成曹丕说的话的。

二、文家之得失　这层最难得到一个很公平的标准，以为评判的根据。至于"文非一体，鲜能备善"也是实情。所以在曹氏兄弟眼中，建安七子都有可取之点，亦皆有可议之处。究竟还是免不掉"自古而然"之"文人相轻"之习。此如曹丕评孔融"不能持论，理不胜词"，而今看来，适得其反。孔文举生前的文章，最爱同曹操辩驳，理由充足得很，曹丕评他"不能持论"，不能不谓之为偏见。

三、天才之重视　在建安以前，论文者多主后天之说，多谓文学由时代与个人环境所造成，最著的如司马迁之《报任安书》说："《诗》三百篇，大抵皆贤圣发愤之所为作。"等话。到了太康时，谢灵运《拟邺中八咏诗》，每诗之前，有一小叙，完全是发挥文学是由环境造成之诗说。后来《诗品》采用这种论调，钟嵘论到相传之李陵诗时，他以为李陵若不遭失败，其诗必不至如此之好。但在建安时论文的，以先天说最占势力。如曹丕说："文以气为主，气之清浊有体，不可强力而致……至于引气不齐，巧拙有素，虽在父兄，不能以移子弟。"他这里头说的气即是指才性，他常常应用他的这个"气"字来评判当时文人，如说孔融"体气高妙"，论徐幹"时有齐气"，称刘桢"时有逸气"，刘桢又评孔融，说他"孔氏卓卓，信含异气"。直到刘勰也曾引用这个"气"字，以评建安时人。《文心雕龙·体性篇》说："仲宣躁锐，故颖出而才果。公幹气褊，故言壮而情骇。"他们都是偏于注意天才一方面的文艺批评家。

两汉之散文

汉代的正宗文学，从前人都承认是赋体，然而散文却也占有相当的地位。汉代散文家，或工于章奏，或长于议论，或专精于史传。总之，叙事文在汉代所发生的影响，实在较析理文所发生的为更大，而文格又每随时代而变迁，所以讲到汉代的散文，当以昭、宣时代为枢纽，约可分为前后二期。

就内容方面来说，前期散文作家，如贾谊、贾山、晁错、司马迁等人，思想多半杂糅诸子百家，而表现的方式，大都用单笔，可举《史记》为代表。后期作者，如谷永、匡衡、刘向、班固等人的思想，纯粹属于儒家，而发表的方式，大都用复笔，可举《汉书》为代表。后人谈到文体，每以散文、骈文并称，以为两句对比为骈文，单语直下为散文，然而分别倒不完全如是。清代李兆洛选了一部《骈体文钞》，收罗了许多汉代的散文，可见骈体不一定要对偶。不若以单笔、复笔区分文体，如《史记》中十分之九都用的是单笔句调，参差不齐，可以随意变化。《汉书》复笔最多，句调整齐，少有伸缩的余地。自从东汉以后，复笔盛行一时，《汉书》公然有代《史记》而兴之趋势。直到唐代中叶以后，文风又恢复到单笔的时代。

本来《史记》和《汉书》是两部史书，不过古代中国文史不大分得清楚，尽管是一部记载人类活动的事迹的历史，总得有史家卖他的气力大做其文章。而且从前人学作散文的，也以此二书为规范，而后世文人对于《史》《汉》二书之推尊不同，亦即单笔与复笔交相代替之朕兆。

若以作史的体例来作论断的根据，则《史记》实不如《汉书》；若用文学的眼光来评断，则《汉书》远不如《史记》。与其说司马迁是一个史学家，还不如承认他是一个文学家，是汉代的唯一的散文作家，更为恰当。

司马迁对于他当时流行而且被人推尊的赋，流传于今的只有两篇短的，而且做得不见高明。但他的叙事文，实在是古来第一能手，不仅是汉代的第一作手。其实《史记》上的文章，多半采录前人已成之文，他自己动笔作的并不多。他的最大的本领，就是将杂七杂八的材料，一经剪裁之后，便成绝妙的文学，正所谓"化腐朽为神奇"，这不能不佩服他的艺术手腕之高妙！举例来说吧，《史记》之《刺客列传》写虎虎有生气的荆轲，十之八九是取材于《战国策》，十之二三是他的穿插。如《国策》上叙述得很略的高渐离在《史记》上便成了一个比较重要的脚色，又添了一个鲁句践，便觉有无穷意味。再举项羽来说吧，这位英雄在司马迁笔下，是何如的豪迈不可一世！而转到班固的书中，简直变成了一个呆子。在《史记》上本来是一些生龙活虎般的人物，只要一上了《汉书》便逼成奄奄待毙之病夫。又如《汉书》中之《王莽传》却是不可多得的文章，就是因为这篇很带有《史记·封禅书》的神味呵。以叙事文来论，用单笔方能尽曲折旋回之能事，司马迁叙事不怕头绪纷繁，惟其头绪多，更能显出他的本领。有时遇着头绪，不一定有安插，竟至突如其来。后人学《史记》遇见此等处，便弄到手慌脚断，招架不住了。曾国藩曾说过古文不能说理，但司马迁用他的一支笔，什么话都不拘，无论叙事析理，不管粗语细语，都在他的炉灶中陶冶成一片。后来清代桐城派的文人，口口声声讲学《史记》，其实他们顶高不过学得欧阳修而已，真能学《史记》的恐怕正是《水浒传》的作者。金圣叹的批评是不错的。

但是《史记》在当时的命运，则远不及《汉书》。一般文人大半是用复笔发表意见，他们是受了汉武帝爱好《楚辞》并提倡词赋的影响。一直到六朝，《汉书》几成家弦户讲，且有人专门研究《汉书》，成为一种专门学问，名曰"汉学"，正如唐朝人之研究《文选》成为"选学"一样。隋代刘臻专精于《汉书》，被人称为"汉圣"，可见当时人对于崇拜《汉书》狂热之一斑。即到了中唐元和的时候，出了一位韩愈，才改革了六朝人专用复笔的文风，推崇单笔，于是《史记》又代替了《汉书》优越的地位。以后直到清代为止，作散文的多以《史记》为主体，而《汉书》不过居于附属的地位而已。由根据以下两表，即可见由汉至唐一般文人对于《史》《汉》之态度。

书名	时间	为《史记》作注者	为《汉书》作注者
一、《隋书·经籍志》	魏汉至隋	三家	十七家
二、《新唐书·艺文志》	隋至中唐	十一家	九家

可见《史》《汉》的兴替与升降，即后来复笔、单笔的兴替和升降。

第六章　魏晋文学

总　论

　　为什么把魏、晋两朝放在一起讲呢？因为两代的思潮相似的处所很多。文学的变化在两朝之间也无显著的痕迹，且魏代享年太暂，司马氏改元以后，仍是定都洛阳，因袭前代之处不少。所以放在一处讲，是很便利的。总之，这两朝的思想较汉代解放得多，文学自然也不同。

　　讲到魏代初年文学，那时所仅存的文人，多系建安遗老，真正属于魏代的文学，须从魏废帝正始时讲起。应当注意以下诸点。

　　（一）玄风之兴起。正始以后儒家势力一落千丈，老庄之学大盛，于是由讲求实用之儒家学说，而变为推求宇宙本体之玄学风气。当时提倡玄学最力的有王弼、何晏、夏侯玄等人（不过王弼后来死得很早，何、夏亦因祸亡身），玄学本出于道家，道家之祖老子每被人拉得与另一人并称，如西汉时黄帝与老子同享盛名，这是一种政治作用。到后来应用于人生哲学方面，又以老子庄子合讲。最矛盾的地方是王、何这一般人心中十分佩服道家，但只谈老庄又恐被儒家看不起，于是又将道儒穿凿附会起来。如王弼既注《老子》，同时又注《周易》，他的最有力的主张，就是"有生于无"，究其实，不惟儒、道迥不相谋，即老子、庄子严格说来也并不同道。老子重入世，所求惟用，故其末流每变成阴谋家；庄子重遗世，不大求用，但只求全，故其末流最易变成个人主义者。魏晋时一般清谈之士，真正崇拜的还是庄子，不过扯老子作为幌子而已。又如王坦之最厌恶清谈之士，作了一篇《废庄论》以攻击庄子，但他同时又替老子辩护。

（二）佛法渐入中土。这个时候学术既未定于一尊，自然各家学说同时找着发展的机会，佛教徒也不免乘势大肆活动，最先也是与中国固有的思想附会起来说法。佛教究竟何时输入中国，大多数都承认当汉明帝时，但恐不尽然。西汉张骞通西域时，或者佛法即由西域来汉，只留心看西汉人所造的铜镜，有刻作一神二侍者，颇与佛教造象制度相似，惟此时佛教书籍尚未翻成中文罢了。东汉人最初读佛理，又以老子、释迦并称，当时人民颇不大欢迎这种外来的宗教，牟融乃作《理惑论》说明老子与释迦的相似处，以抬高佛菩萨的价值，但学佛的人正式出家做和尚，乃在魏文帝黄初时。为佛教建塔，始自吴大帝。至于佛教经典的传播，似乎很早，今世有汉明帝教摩腾译的《四十二章经》，但是此经恐是六朝人伪托，不过到晋代却是大盛，如苻秦有鸠摩罗什带了许多经书入中国。在石赵有佛图澄传入密宗一派。魏晋间高僧颇多，如道安及其徒慧远等人。据吴士鉴《补晋书经籍志》所载，当时译经者竟有一百四十一家之多。

（三）人世之逃避。自从正始以后，直到东晋亡国为止，内忧外患，相逼而来，当时一般文人眼见神州陆沉，人民涂炭，觉得世界上竟无一块干净土地，唯有人人心中尚有净土存在，在尘寰中既然找不着安慰，于是神游于虚构的境界，能虚构之境界又太觉空虚，于是不得不另外寻出一种实际的情况用来作代表，于是乎他们不得不醉心于大自然界，而模山范水之风气为之一盛。阮籍自是此中健者，常常登山玩水，乐而忘返，到了穷途恸哭而归。又如孙绰游天台山，谢安高卧东山，又泛沧海，王羲之晚年几乎专门以游眺为事。当时不惟士大夫如此，即方外道流，亦富游兴，如庐山诸道人曾游石门。不惟男子如此，即深居简出之女子，亦相习成风，如谢道韫有很有名的《登山诗》。是时文学发展的途径，又去到一种新方向，就是山水文学之兴起。

山水诗古已有之，但是《诗经》所有的，只能用到叠字为止。如"岩岩""洋洋"之类。《楚辞》间或有秀句，汉人作赋，写其山则如何如何，其水则如何如何，都用骈字堆叠而成，完全不注重山水个性之描写。直到建安曹操始有《碣石诗》："水何澹澹，山岛竦峙……"然而他的登山，乃属出征时的便道，非专为欣赏而去。到正始后，一般游山玩水的文士，对于一丘一壑也极刻画之能事，如孙绰的"赤城霞起而建标，瀑布飞流而界道"，读后真的天台山恍然就在眼前。可见《文心雕龙》所说的"逮乎宋初，体有因革，庄、老告退，而山水方滋"，把时代又迟延下去，殊觉不尽然的。

（四）文士之惨变。因政局的转变不定，人心的惶恐无主，自然难免于引起神经极敏锐之文士之不满。因不满意于当代的一切，而风流自放，逃玄入佛，又因思想行动之不能与因袭社会合拍，更易遭逢不幸。故晋代文士之祸，是极惨酷的。阮籍酗酒烂醉，仅免于死。如嵇康、刘琨、郭璞、潘岳、石崇、二陆，都是不保首领而没。此时文人竟有十之六七遭横死，这究竟是什么缘故呢？自魏武帝定下用人标准，重才而轻德，不仁与不孝的人，他都可以收用，世风日渐卑靡。从好的方面说，是能打破因袭思想之束缚而各展所长。从坏的方面说，不免有些小人因缘得势以后，对于守正不阿之文人加以陷害，故当时流品颇杂。而且晋代文人地位较前代为高，更易遭人嫉忌。汉武帝以俳优蓄东方朔等文人，魏氏父子亦以食客待遇王粲、刘桢。但晋代文人，或为显官，如张华；或为高流，如嵇康、阮籍；或出自名门，晋代以后如谢灵运、谢朓等。他们在社会所占的地位较高，而他们处世的方法更见拙劣，思想既不为传统的礼教所拘束，焉得而不趋于极端？何况还有许多文人是做过作奸犯科的事呢？但是文人的遭遇，与他们的作品无关。尽管文人本身倒霉不堪，他们的作品仍然是能与日月争光的。

魏晋文学之分期

为讲述的便利，约分四期如下：

第一期　正始（魏废帝）

第二期　太康（晋武帝）

第三期　永嘉（晋怀帝）

第四期　义熙（晋安帝）

就以上四期略言之，则正始为质期，由太康至永嘉为文期，过江以后又返到质期。

第一期　正始

这时玄风甚盛，兼杂以佛家思想，虽不能说每个文人都是如此，但总难于脱离时代思想的影响。所以当时文士，关于探讨一件事物，都深悉名理之应用，尚质而轻文，诚如《诗品》所说，"理过其词，淡乎寡味"。谈到当时人的想像，仍是非常丰富，这是因为道家的思想较儒家的思想对于文学更有裨助。这时与建安最大的区分，是建安七子做的是文学的文学，正始文人做的是玄学的文学。前者重形式而忽内容，后者重内容而不大讲求形式。当时的讲①，文学界的威权，握在竹林七贤的手中。他们的思想真浪漫极了，试看刘伶之《酒德颂》、阮籍之《大人先生传》、嵇康之《养生论》及《与山巨源绝交书》等，都无处不充分地表现他们极端的个人主义。至于他们的诗风，当时有"嵇志清峻，阮旨遥深"的评话。嵇康诗存留于今的，有四言与五言二种。后者词旨浅露，反不若其四言之好。近人王闿运曾说过，中国四言诗，做到嵇康为止，以后便无足观。阮籍有《咏怀诗》八十余首，这位先生想来定有隐痛而又不便明言，乃托之于诗。颜延年已觉得很难解释，但影响及于后代很大。陶潜为学阮诗之第一人，后来唐代也有诗人模仿他的这种体裁，若论理致高超的地方，远非建安时人所及；若说到一般的色泽，他们总不免较淡。

---

① 的，应为"来"。

第二期　太康

三国时的文人，均会萃于魏。因曹氏父子不惟本身都是文人，且是文人的保护者。蜀地文学很少建树，至今谈金石的人，从来就没看到蜀汉的碑刻。吴国文学介乎二者之间，不过在亡国时反而出了两位大作家。他们就是陆机、陆云，张华甚至夸他们为晋伐吴所得之唯一战利品，说"伐吴之役，利获二俊"。此时晋代原来所有的文人为"三张"，即张载、张协、张亢。本来也很享盛名，但是他们的交椅，不能不让给这二位新来的文人。可见说到文学，南方人总比北方人强些。此时著名作家除了"二陆""三张"以外，又增"二潘"，即潘岳、潘尼；"一左"，即左思。他们都没有感受到玄风的影响，如张华，几乎无所不通，可谓杂家。左思乃杂有阴阳家的思想。他们的公同作风是变换了正始之质朴风气，而返归于建安的文盛时代，在此略说当时作风之趋向。

一、排偶。虽说此期不近法正始而远宗建安，却比建安时另辟一条新路。就是从前人作过的体裁，至此时也翻了一个花样，比如连珠体的作家，先有扬雄再有傅毅。然《文选》所载，始于陆机，因为他的巧对绮语后来居上。不独文体如是，作诗亦然。建安诗风，单复并行，有时单多于复，自太康以后，若陆机之《拟古诗》，张协之《杂诗》，左思之《咏史》，差不多尽是由复笔造成的。

二、巧似。文人吟咏性情虽同，而表现的方法各异，大都越到后来，越爱走新路。如在汉代诗篇尽管有美妙的全篇，但把句子拆散以后，便觉平淡，可见那时只有综合篇章之美，而无分析句格之美。至太康时，一般文人，勾心斗角，专从窄处去用功夫，因之产生了很多为前代所无的名句。此例最多，略举如次：

照之有余晖，揽之不盈手。（陆机《拟明月何皎皎》）

流芳未及歇，遗挂犹在壁。（潘岳《悼亡词》）

振衣千仞冈，濯足万里流。（左思《咏史》）

生从命子游，死闻侠骨香。（张华《游侠》）

腾云似涌烟，密雨如散丝。（张协《杂诗》）

青条若总翠，黄花如散金。（张翰《杂诗》）

朔风动秋草，边马有归心。（王赞《杂诗》）

密叶日夜疏，丛林森如束。（张协《杂诗》）

以上所举的句子，不惟对仗工整，又复巧思绮丽。在晋代武帝、惠帝、怀帝、愍帝四代，若寻佳句，差不多篇篇都有。

三、拟诗。中国文学模仿的始祖，必推扬雄，从前早已讲过。但他所模拟的只限于赋或散文之类，至于模拟古诗的风气，自太康时才有。如陆机《拟古诗》十二首，他尚能化单笔为复笔，实开谢灵运《拟邺中诗》的风气。又如傅玄《拟四愁诗》，简直是生吞活剥。张载也拟过《四愁诗》，以后更有大谢、陶渊明、鲍照这般人，显然受此代的拟古的影响颇不小。

此期文人的代表，当推潘岳及陆机二人。论到潘、陆的优劣，实在很难措辞。而且在当时他们二人也是齐名。批评家钟嵘在他的《诗品》里把潘、陆二人都入上品，又说："陆才如海，潘才如江。"有人疑惑潘、陆并称是当时人举出南北各一人以相对抗，其实不然。因为他们二人各有长处，陆机雄于才，张华品评他的文说，别人患才少，他患才多。潘岳深于情，只看他所作的《悼亡》《西征》等篇及各种哀诔之辞，无不情致缠绵，不愧多情文人。平常人还是称赞陆机的多，这实由于陆机的文集至今完全存在，而潘岳的早已佚失，只剩得几篇残余而已。

至于三张的诗，尤以张协的杂诗为最著，左思的享名不在诗而在赋，《三都》更见富丽，不过他的诗也有独到之处。

第三期　永嘉

永嘉初年最著的作家，都是由太康遗留下来的。晋代到了此时，政局大变，以后都城由洛阳迁到建业。中国从周至以后历代都与外患为始终，但总算能支持抗御。到了此时，黄河流域一带，已不复为汉族属土。八王既捣乱于内，五胡复扰乱于外，政局日非，民不堪命。此时的文学家当以刘琨与郭璞为代表，但他们亦适成为太康的尾声。刘、郭均为北人，皆以国事不得其死，尤以刘琨的功业更为伟大。他们的文学都带着一种激昂慷慨的气概，实为亡国文学之音调。单看刘琨作的《元帝劝进表》《与卢谌书》及《与卢谌诗》等，均痛哭流涕，慷慨陈词。钟嵘的《诗品》评他道："晋太尉刘琨，其源出于王粲，善为凄戾之词，自有清拔之气。琨既体良才，又罹厄运，故善叙丧乱，多感恨之辞。"后来元遗山论诗，又以越石的身世比之于曹孟德，故其作风颇为相近。至于郭璞，为永嘉中兴诗人，因为他作的《游仙诗》最有名，遂至后人疑他属于道家。其实郭璞却是阴阳术数家，不过他的《游仙诗》倒另外是一种伤心人的别有怀抱，并不是乐为飞升远举之谈，却与阮嗣宗的《咏怀》颇有几分相像。故《诗品》评他说："晋弘农太守郭璞，宪章潘岳，文体相辉，彪炳可玩，始变永嘉平淡之体，故称中兴第一。但《游仙》之作，辞多慷慨，乖远玄宗，而云'奈何虎豹姿'，又云'戢翼栖榛梗'，乃是坎壈咏怀，非列仙之趣也。"此评颇为允当。这实在由于郭璞并非玄流，所以他作的诗，也并非有关于玄风，不过被时会造成如此而已。

晋室南渡前后，文风迥然不同。南渡以前，由开国至太康以文胜，有建安余风。南渡以后，由永嘉直至亡国，复以质胜，复正始之旧。此实由于永嘉前后祸乱相寻，民不聊生，各人欲求自慰，玄风复盛，由文变质。钟嵘批评此时的风气说得好，他说："永嘉贵黄老，稍尚虚谈……爰及江表，微波尚传，孙绰、许询，桓、庾诸公，诗皆平典似《道德论》，建安风力尽矣。"

第四期　义熙文学——陶诗

义熙为晋安帝的年号。当时刘宋的王业已成，典午天命，危在旦夕。此期文学，陶、谢并称，陶主自然，谢尚词采，晋代自正始至渡江以后的那种杂有玄风而不大注重文采的诗风，当以渊明为押阵大将。由建安一脉相传后再跃而至太康，脱离玄学羁绊而标举文学风气的事业，当以灵运为中兴功臣。在此处先把渊明提出来讲一讲。

陶潜的人生观，实融合玄学与佛教而成，只要看他的《形赠影》《影答形》及《神释》诸诗，便知道他的玄想极深。此时佛法之禅宗，虽未输入中土，而陶公已带着此派的意味。远公在庐山结白莲社，招陶公，他却不肯去。大谢想去，却又被拒绝。但他表面上虽说不大与佛教的团体发生关系，然而心中实暗地佩服佛教。他的《桃花源记》正是充分地表现出他意想中的一种净土。而且他的人格思想与学问很有几点和王羲之相像。第一是他们都爱好自然。其次是作文均用单笔。再其次是二人均主颖悟。这种思想在右军的《兰亭集叙》中可以看得到。

从表面上看去，陶公之为人似乎性情是非常之温和的，殊不知他的本性却很倔强。自义熙以后，他亲眼看见刘裕的篡位，欺人孤儿寡妇，既是看不惯，却又没有拨乱反正的能力，又安得而不满腹牢骚，感慨独多。他最得力的是阮嗣宗的《咏怀诗》，如"迢迢百尺楼"及"种桑长江边"之类。他的最著的诗如《拟古》《饮酒》《述酒》及《读〈山海经〉诗》，无一而不是学嗣宗的。王湘绮曾说阮籍以下，开陶、谢二派。其实谢诗倒未见得同于阮，而陶之学阮则彰彰可以考见。

我们现在提起陶渊明，大家都一致承认他是千古大诗人中之一位。但他在当时的地位却远不及谢灵运。刘勰的《文心雕龙》为当时评论界之威权，虽极力称赞大谢，而于陶公竟无一句提及。昭明太子看去明明爱好陶公，为之作传，为之集诗。但在《文选》中所选的陶诗的总数不过八首。但是究竟为什么缘故，这位大诗人竟不为当时人所注重呢？第一是由于六朝人的门阀观念太重，王、谢子弟，人才辈出，他们自来就是养尊处优，最易受时人之崇拜，至于寒门微族，每为人所不道及。想陶公不过庐山下的一位农夫，正颜延年替他作诔时所谓的"南岳幽栖"而已。在当时的势利眼光当中，那里看得到他的身上去，所以连他的岁数都被人弄错了呵。在此处还可引一个旁证。鲍照的诗文在后人的眼中看去，确实不错。但他在当时一身作客，飘零而死，所以《宋书》并不为之立单传。《诗品》批评他说得最妙："嗟其才秀人微，故取湮当代。"自然陶公之"取湮当代"，也是由于他的"人微"之故。

另外还有一个缘故，就是他的诗的风格，与当时所流行的大相违背。当时文人均喜复笔派之《汉书》，而不欢迎单笔派之《史记》，故作诗亦专讲排偶，重词采。那时正是太康派得盛，所以大谢竟为一代宗匠，而陶公的诗喜用单笔，而且色彩冲浚①，显然与当时一般人的胃口藉合②。只看六朝人最初为陶公集子作序的阳休之所说的话，最赏识他的"奇绝异语，放逸之致"，同时却又不满意于他的"词采未优"。这几句中肯语实足以代表六朝人眼光中之陶渊明。

但陶诗虽不为当时所重，到了唐朝，却又取谢诗的位置而代之。如唐初之王无功的《东皋子集》学陶，陈子昂的《感遇诗》学阮，其源与陶正同。至盛唐又深得杜甫的赞美，学他的又有储光羲，以作田园诗得名。王维、孟浩然，又间接受陶公之影响。至中唐时又有韦应物、柳宗元等，有一部分是从陶诗学来的。及到宋代苏轼，并且和其全集。

此外还有钟嵘把陶公置于中品的公案，后世人多有不平之鸣。关于此点，我倒有一桩小小的发见。就是钟嵘原来是把陶公置于上品的，我的根据并不是近日所流行的《诗品》的板本，乃在《太平御览》第五百八十六卷文学类引《诗品》的地方。明明上品列有十二人，陶渊明正是其中之一。《太平御览》为宋太宗太平兴国时所辑，所据书当为唐本或五代本，今本置陶公于中品，想来系北宋以后始如此。而且陶公的诗颇合于钟记室所举的

---

① 浚，应为"淡"。
② 藉，应为"不"。

"多非补假，皆由直寻"的标准。

晋代之批评文学

此时文学批评之风，与建安时颇相似。如：

（一）批评方面。论文之专篇，有李充《翰林论》、陆机《文赋》、陆云《与兄平原书》，此外，还有挚虞的《文章流别论》。

（二）介绍方面。介绍文学作品，始于左思之请皇甫谧为他的《三都赋》作序。因为士安当时的名声较大，所以太冲就借重他的介绍。

（三）整理方面。后人论到文章总集之始，多推《昭明文选》。其实在前还有挚虞的《文章流别集》六十卷，才不愧为文章总集之始祖。再有荀绰的《古今五言诗美文》五卷，也不愧诗之总集的始祖。可惜以上两种书都早已佚失了。

（四）作注方面。为古人文章作注，始于刘安之为屈原作《离骚传》，而班固、贾逵、王逸均有注。为自己作注，始于班固之自注其《汉书·艺文志》，此种风气，晋人并很盛行。

甲、为古人赋作注者，有司马彪的《上林子虚赋注》，晋灼的《子虚甘泉赋注》，郭璞的《子虚上林赋注》一卷。为古人赋注音者，始于李轨之《二京赋音注》一卷。为诗作注者，有应贞之《古游仙诗注》一卷。

乙、为并世人诗赋作注者，为张载、刘逵、卫瓘注左思《三都赋注》三卷。綦毋邃《三都赋注》三卷。曹毗《魏都赋注》一卷。萧广济为木玄虚《海赋注》一卷。（中国文人所作《海赋》

仅有二篇，除此篇外，还有载在《南齐书·张融传》的一篇。）

丙、为本人文学作品作注者，始于谢灵运之《山居赋自注》。

由以上所举的几个例子看来，可见选学之风早已由晋代文人开端，并不是起于唐人的。

第七章　南朝文学

第一期　宋代文学

从东晋孝武帝时，拓跋珪已僭号山西，就是世人所称的后魏，再经过北齐而北周而隋，是为北朝。（东晋末在北方建国的后秦、后燕尚存，后乃为魏所并吞。）

从东晋以后，经过宋、齐、梁、陈四代，是为南朝。

讲武备，则南朝不如北朝。论文事，则北朝远逊南朝。

谈到南朝的文学，大约宋代成为一种风气，而齐、梁、陈三代又另外成一种风气。

宋承魏、晋之后，对于文学观念更加清楚，文与笔之分起于晋代，到了宋代而界限益严。范晔的《后汉书》始专立《文苑传》，以别于前代史书中之《儒林传》，可见前乎此，每以学士而兼文士，后来则文人与学士分途，益足见宋人已承认纯粹文学的地位了。

中国书籍分部有两种。一为七分法，始于汉刘歆之《七略》（其实只可算作六分，因为"总略"可以分属于其余六项之内）。次为四分法，始于晋之荀勖之《中经簿》，他分的是甲部为六艺，乙部为诸子，丙部为史记，丁部为诗赋。后有李充立新簿，亦分为四部，但与荀不同。他分的是：一、五经；二、史记；三、诸子；四、诗赋。此实为清代四库分法之所自出。宋代谢灵运作《四部目录》亦作四分。南齐王俭又有"七志"之分，元徽的《四部书目录》为四分与七分之调和者。总之，由七分而进为四分，是无异于说经、子、史三部之范围缩小，而集部之范围扩大。从前只占全书地位七分之一的集部，现在居然涨到四分之一，亦足见文学独立价值之一般。

再看当时之学制如何。宋文帝分设儒、玄、文、史四馆（地址在鸡笼山下，略当本校现在的方位）。至明帝又分说儒、道、文、史、阴阳五科，可见文学已同别种学术等量齐观了。

还有一件使文学发达的重要原因，宋代的帝王如文帝、武帝、明帝，宗室如庐陵、临川诸王，不独爱好文学，而且均是作家。上行下效，风行一时，所以宋代国祚虽仅几十年，而文学颇蔚然可观。此时文学家的代表，当推颜延年、谢灵运与鲍照三人。文风至此一变，辞采较前代为茂密，体制较前代为雕琢，诗文均盛行一种排偶的风气，正始、永嘉之风渐息，而复归于建安、太康之流风余绪。

谢灵运之文学

谢灵运，小名客儿，陈郡人，生于晋朝，死于宋代。他的一生经历在晋代为多，故前与渊明齐名，并称陶、谢，后来又与颜延年齐名，改称颜、谢。所有六朝文人，学问之渊博，没有哪个能赶他得上。讲史学，他曾修《晋书》；目录学，他会编《四部目录》；经学自不待说，因为他的诗中常引经语，古今能熔铸经语入诗的，止当推他。永嘉以后一时风行的玄学，他也是内行。他引用庄子的话，有时比郭象注还妙。当时佛法涅槃宗分二派，北宗以昙摩谶为首领，南宗便以他为首领，又尝手改《涅槃经》，至于诗中引用或溶化《楚辞》之处，更不在少数。而且他对于各门学问，均有深造的功夫，甚至于书画等艺术功夫，亦有独到的地方。但他的学问虽大，而他的言语行动无一处不矛盾。居江湖则思魏阙，在魏阙又思江湖。他的感情非常丰富，实际上又不大负责任。这位矛盾诗人的为人，殊可令人玩味不尽。

他的诗，形式崇尚偶体，《拟邺中诗》竟用复笔以代替原作之单笔。但他虽用偶语，又绝不为他所拘束，颇能穷尽物态。他又是山水文学中的大家，晋代山水诗产生的地域分两大支，一在江西庐山，如陶渊明与诸道人等是；一在浙东会稽上虞一带，前有王羲之，后即谢灵运。他本来是贵族出身，年少时即豪放成性。他平生酷好游览山泽，而且与别人游得不同。他组织一种大规模的游行，常有数百人结队向前，伐木开道，来势非常汹涌。临海太守以为他们是土匪来了，真是一个笑话。他的游兴无穷，当永嘉太守的时候，公事尽可以不问，然而山水不可以不游。

山水诗虽以陶、谢并称，但他们对于自然的态度极不相同，恰如其人。陶公胸怀恬淡，对于自然每与之溶化或携手，如"采菊东篱下，悠然见南山"，很现出一种不疾不徐的舒适神气。至于大谢，对于自然却取一种凌跨的态度，竟不甘心为自然所包举，如他的《泛海诗》中的"溟涨无端倪，虚舟有超越"，气象壮阔，可以吞沧海。至于后来的小谢，不过只能赞美自然而已。

谢诗影响于后代不小，唐代有柳子厚学他的山水诗，尤其是工于制题目，这正是柳州的善于学大谢之处。次为孟郊，他用字之烹炼，实渊源于大谢。

颜延年之文学

当时能与鼎鼎大名之谢灵运并称的人，有琅邪人颜延年。二家同以茂密之体擅长。大谢于此等处，尚有天然之妙趣，延年则全假人工，专事雕琢。有人以二人的优劣问鲍照，他的答词是："谢诗如初发芙蓉，自然可爱，颜诗如铺锦列绣，雕缋满眼。"延年听人批评他的话如此，一辈子终不快活。其实这倒是两句真话。大谢年仅四十余即遇害，延年竟活到八十几岁，后又与另外一位姓谢名庄的齐名，亦称颜、谢。《诗品叙》说："顾延（年）①、谢庄尤为繁密，于时化之，故大明（孝武帝）泰始中（元帝），文章殆同书钞。"萧子显作《南齐书·文学传叙》以为用事始于谢灵运。谢诗长于用密，而好处乃在疏的地方。至于颜诗则几乎只见密而不见疏，密到如铜墙铁壁一般，简直看去会人一点气都透不出来②，所以令人读之阂倦。后来唐代元和中有樊宗师好作涩体，此风实开自延年。大抵文字做得太艰涩了，不惟令人难懂，而且极不易流传。樊集多卷，今只存二篇。清末与王湘绮齐名之高心夔（伯足）为文诡涩，他自以为是学陶公，现在翻开他的《陶堂志微录》去一看，他实在是学的颜延年呵。

---

① 顾，应为"颜"。
② "会"字后应有"让"字或"使"字。

鲍照之文学

宋代文人以"谢客为元嘉之雄，顾延年为辅"[①]。《诗品》在此处并未提起鲍照，其实明远的文学对于后世之影响，决不在颜、谢之下。此君家室寒微，作官不过临海王的参军，而且一生作客，故他的作品颇多慷慨凄怆之词。惟在当时不大为人所重，因为他好用单笔，与时尚不相合。梁时人学他的尚多，但《诗品》均不以他们为然。可是他的五言诗用单笔，拟阮籍，在当时无大位置，倒不关重要。因为他的长处在杂言，最著名的为《拟行路难十九首》（各书只收十八首，此乃根据《乐府诗集》而定为十九首）。以激昂的笔致，发玄妙的思想。因为他善用杂言，故在形式上能极参差变化之能事。而他诗的内容，又参入玄想，大发议论，与南朝人专门做抒情诗的风气不相类。他的影响乃及于唐人之歌行。唐初至盛唐，歌行之能手分两派，最先有"四杰"及刘希夷等，描写宫情闺思，措辞侧艳，选字严密，实脱胎于沈约之《八咏》。到了盛唐，如李颀、李白、杜甫等的歌行变化百出，而又夹以议论，这显然是发源于鲍明远的。

明远之名作《行路难》后来拟之者，有吴均、王筠及费昶诸人，但终究远不如他原来的作品。

第二期　齐梁文学——声律说

齐梁文学承元嘉以来之遗风，而更加注意于声律。此时文学

[①] 顾，应为"颜"。

较之从前，生了极大的变化，内容渐趋一致，形式更加不同，讲起来头绪甚为纷繁。什么四声呵，清浊呵，双声叠韵呵，大家都很讲究。由讲声律的结果，于是由古体诗变而为近体诗（此中有一种过渡的作品，体较古体为严，但较律诗为松，王湘绮名之曰新体诗），由骈文而变为四六，这种运动起于南齐武帝永明年间，以沈约、王融、谢朓等人为首领，故称之为永明体。《南史·陆厥传》叙述此事，颇为扼要。

"永明末盛为文章，吴兴沈约，陈郡谢朓，琅邪王融，以气类相推毂，汝南周颙善识音韵。约等文皆用宫商，以平上去入为四声，以此制韵，不可增减，世呼为永明体。"

其实作诗文讲究声律，并不从永明开端。在此以前的遗文尚见得到的，有陆机的《文赋》说得明白，他说："暨音声之迭代，若五色之相宣，虽超止之无常 [1]，固锜崎而难便。苟达变而识次，犹开流以纳泉，如失机而后会，恒操末以续颠。谬玄黄之秩叙，故淟涊而不鲜。"

稍后懂声律的人又有范晔，看陆厥《与沈约书》中说："范詹事自序性别宫商，识清浊，特能适轻重，济艰难。"

究竟分四声始于何时，大约可以如此回答说：四声虽说分辨得很早，而用到诗文上来，却是较迟。即如陶渊明、刘琨诸人，作诗都不大分四声，如前者的"荆扉昼常闭"中的"闭"字作入声，后者"惜哉渭滨叟"的"叟"字当读作平声。

讲声律最早的书，要推魏李登所作的《声类》十卷。此书著录于《隋书·经籍志》，但早已佚失，清《玉函山房丛书》中有

---

① 超，应为"逝"。

辑文，《隋书·文学传·潘徽传》中说："李登《声类》始判清浊，才分宫商。"何以知道这里所说的宫商即等于指四声呢？但看《魏书·江式传》说吕静仿李登之法作《韵集》五卷："宫商角徵羽，各为一篇。"可见此五音原来的意思，不是如元代作曲子的人所讲的喉舌齿唇等音。清纪昀作《沈氏四声考》，引唐徐景安《历代乐仪》所说的话，谓宫为上平，商为下平，角为入声，徵是上声，羽是去声。

从以上所讲，可以得一个小小的结论，就是声律之说，始于魏、晋之际，特施之于实用，却是从永明开始。

以下讲永明时所流行的四声八病之说。

二者每相对举，四声始于沈约，八病当亦同时产生。惟所谓八病的名称，如平头、上尾、蜂腰、鹤膝，《南史·陆厥传》已有明文。蜂腰、鹤膝，《诗品》亦曾说过，这四病始于梁代毫无问题。至若大韵、小韵、正纽、旁纽，似乎至唐代始正式成立。故纪昀有"八病之说，始于唐人"的议论。然唐代皎然《诗式》又明明说的有"沈休文酷裁八病，碎用四声"，文中子（王通）《中说》称李伯药与王通说诗而不答，语薛收云："吾上陈应、刘，下述沈、谢，分四声八病，刚柔清浊，各有端序。"他也主张八病在沈约时已具备。《诗人玉屑》更载有"沈约云诗病有八"之说。再看《南史·陆厥传》："文皆用宫商，将平上去入四声，以此制韵，有平头、上尾、蜂腰、鹤膝，五字之中，音韵悉异，两句之内，角徵不同，不可增减。"此处所说的"五字之中，音韵悉异"，已包有大韵、小韵、正纽、旁纽之义，似乎当时尚无具体的名词，以后谈八病，仍当以始于沈约之说为是。

至于八病原来的意义到底如何，早已失传。唐代亦无人解释过，至宋代却有好几种解释。最著的有：（一）梅圣俞《续金缄诗格》；（二）蔡宽夫《诗话》；（三）魏庆之《诗人玉屑》；（四）冯惟讷《诗纪》。以后又有（五）清仇兆鳌《杜诗详注》；（六）纪昀《沈氏四声考》。齐、梁最初的解释如何，已不可见。现在姑且综括梅、魏等解释八病之说如次：

（一）平头

第一字不宜与第六字同声，第二字不宜与第七字同声，如"（今）（日）良宴会，（欢）（乐）难具陈"。一说句首二字并是平声，如"（朝）（云）晦初景，（丹）（池）晚飞雪"。

（二）上尾

第五字不得与第十字同声，如"西北有高（楼），上与浮云（齐）"。又如"青青河畔（草），郁郁园中（柳）"。

（三）蜂腰

第二字不得与第五字同声，如"闻（君）爱我（甘），窃（欲）自雕（饰）"。一说第三字不得与第七字同声。如"徐步（金）门旦，言（寻）上苑春"。

（四）鹤膝

第五字不得与第十五字同声，如"新制齐纨（素），皎洁如霜雪。裁为合欢（扇），团团似明月"。

（五）大韵

五言诗两句中除韵外，余九字不得有字与韵犯，如"（胡）姬年十五，春日独当（垆）"。

（六）小韵

五言两句中除韵外，余九字有自相同韵者，如"薄帷鉴（明）月，（清）风吹我襟"。

（七）旁纽

双声同两句杂用，如"田夫亦知礼，（寅）宾（延）上坐"。

（八）正纽

"我本汉（家）子，来（嫁）单于庭"。

八病讲完，再回头来论四声。

关于当时声律的全部理论，除了看沈约的《宋书·谢灵运传论》以外，还得看萧子显的《南齐书·陆厥传》以及刘勰的《文心雕龙·声律篇》，各篇都有很精到的说明。但后人的解释却不一致，尤其是"浮声""切响"之说。《文心》所说的"声有飞沈，响有双叠，沈则响发而断，飞则声飏不还"等话，即根据沈约自己所说的"若前有浮声，则后须切响。一简之内，音韵尽殊；两句之中，轻重悉异"等语而来。有人以清浊解释浮切，以清音为浮声，浊音为切响。又有人以阴阳解释浮切，以阳声为浮声，阴声为切响。我们现在姑且不骤下结论，且以沈约所举以为模范作品的"先士茂制"及他自己的作品来研究一番，结论自然会出来的。

一、子建（曹植）《函京》之作："从君渡函谷，驱马过西京。"

二、仲宣（王粲）《灞岸》之篇："南登霸陵岸，回首望长安。"

三、子荆（孙楚）《零雨》之章："晨风飘歧路，零雨被秋草。"

四、正长（王讚）《朔风》之句："朔风动秋草，边马有归心。"

由沈休文所举的几个例子看来，那些诗句都是古体中之颇合于律调者。只看每首诗都是平起仄应，如"从军""南登"等为平起，而以"驱马""回首"等仄声字应之（律诗第一字平仄无关）。即韵脚亦然，"谷""岸""草"等字为仄，而以"京""安""心"等平声字应之（只有第三例略为不同）。不只他所举的诗句，很合平仄的标准，就是他在此处所做的四句文章也很合平仄。"作"字是仄声，而以平声"篇"字去应他，再用一个平声"章"字去应"篇"字，乃转而又用一仄声"句"字来收，可见沈约所谓飞沈之说，即指平仄声而言。飞是平声，沈乃仄声。

在这里再举沈休文自己的作品，以证明此说。

携手曲

舍辔下雕辂，更衣奉玉床。

斜簪映秋水，开镜比春妆。

所畏红颜歇①，君恩不可长。

鶗冠且容裔，岂吝桂枝亡。

（一）证明浮是清声。沈是浊声，以○代清，●代浊，◓代半清，◒代半浊，则所得公式如下：（旁注∠者为不合律之处）

$$
\begin{array}{cccccc}
\angle & \angle & & \angle & \angle & \angle \\
◓ & ○ & ● & ○ & ◓ & ○ & \quad ○ & ○ & ● & ◒ & ◓ \\
\angle & \angle & \angle & \angle & & \angle & \angle & \angle & \angle \\
● & ○ & ○ & ○ & ◓ & ◒ & \quad ◒ & ○ & ○ & ● & ○ \\
\angle & \angle & \angle & & \angle & \angle & \angle
\end{array}
$$

① 歇，应为"促"。

◐○●◐⊖　　○○●◐●
　∠　∠　　　∠
○○○○◐⊖　　○◐○○◐

（二）证明浮是阳声，沈是阴声，以○代阳，以△代阴，则得公式如下（∠为不合律处）：

　　∠　　　　　∠
　△△△△△　○△○□○
　∠∠　　　　∠∠
　△○○△△　△○△○○
　△△○○□　○○△△△

　　∠　　　　　∠
　○○△○△　△○△△○

（三）证明浮声为平，切响为仄。以—代平，以丨代仄，则得公式如下：

　　　∠
　丨丨丨—丨　　　——丨丨—
　　　∠　　　　　　∠
　——丨丨丨　　—丨丨——
　丨丨——丨　　——丨丨—
　∠　∠∠
　丨—丨—丨　　丨丨丨——

照以上三种公式看来，则以飞沈为平仄之假定，其失律处较其他二者为少。（失律之数目，第一式为二十三，第二为八，第三只为六。）所以这个假设得因证明而成立。

此外还有一点小小附带的说明。沈隐侯最注意平仄问题，在《南史》二十二卷《王筠传》载有他的《郊居赋》中有"驾雌蜺之连蜷，泛江天之悠永"这样的两句。他要王筠读给他听，王将"蜺"字读为仄声，沈氏大加赏识，以为知己。因为下句对"蜺"字的是"天"字，若是不将平声"蜺"字读作入声，便不合他的浮声切响之说。

关于断定沈休文之浮切为平仄，我最初以为是一件小小的创获。但后来看见一部湖南人邹叔子所留下的遗书《五均论》当中早已有此论调，可见刻书要占年辈，否则有剿袭前人的嫌疑。后来看到阮元《研经堂续集》中的《文韵说》又早已如此说法。到后来又细翻到《新唐书》第二百〇二卷《杜甫传论》（附《杜审言传》后），见到以下几句话：

> 唐兴，诗人承陈、隋风流，浮靡相矜，至宋之问、沈佺期等，研扬声音①，浮切不差，而号律诗。

宋子京在这里所说的"浮切不差"，岂不是明明白白指的是绝不可错乱的律诗中之平仄吗？于是更叹读书及持论之不易。

自从声病之说发明以后，古诗变为律诗，骈文变为四六，以后中国文学愈趋于偏重技巧一方面，好坏又另外是一问题，但是给永明以后的文学一种新面目。这是一桩事实。可见声偶论之发明，在中国文学史上要算是可以大书特笔的事件中之一。

---

① 扬，应为"揣"。

齐梁之批评

中国的文学批评，至建安始能正式成立。但有批评的专书出现，则始于齐梁之际。我们可以说，中国从前文学批评的事业，再莫有胜过齐梁的，也莫有好过齐梁的。此中当以刘勰之《文心雕龙》及钟嵘之《诗品》为代表。

文学批评之盛衰，每随文学作品的本身为转移。先有诗而后发生诗话，先有词然后产生词话。中国文学在梁代最盛，故批评的风气亦然。只看《隋书·经籍志》中所列集部，由汉至隋有文集的作家，不过四百余人，而出于梁代人之手的竟在八十家以上，竟占全数四分之一。梁代既有这么多的作家，所以同时又产生了几个很重要的批评家，他们中间的派别，虽说很多，但大概分来，不外乎尊崇文学、反对文学与折衷二者之间的这么三派。

一、反文派

齐梁间文学极盛，故所遭之反感亦愈大。此派当以裴子野为代表。他著了一篇《雕虫论》，用来正式发表他的意见。他以为一切学问必折衷于六艺，又骂斥当时一般文人的弊端。至若"闾阎年少，贵游总角，罔不摈落六艺，吟咏性情"，在现在我们的眼光中看起来，文学的妙处正在"吟咏性情"，谁管他合乎六艺不六艺呢？但当时他竟发出这种论调，却也难怪。第一是由于他当时的环境，由汉至梁，文胜乎质，文学几乎家弦户诵。少年轻薄，文采风靡，盛极而生反感，理之必然。第二是由于他自己的地位。我们要明白子野之曾祖为注《三国志》之裴松之，祖为作《史记集解》之裴骃，在他自己又曾删《宋书》为《宋略》。可见他们几辈人，都是有名的史学家。史家尚质，自然不主过于藻饰的文学。此派在当时的言论界上，并不发生若何影响。及至到了隋代统一以后，李谔始上书于隋文帝黜浮华，那时才有皇帝出来正式干涉文人作浮丽抒情之文学文。

二、主文派

这派的批评颇能代表当时的思潮，以刘勰与钟嵘之势力为最大，现在将他们的中心思想及具体主张略举如下。

甲、经为文原。汉代后经学与文学分途发展，傅玄有《五经诗》，为引经入文之第一人。大谢动辄援引经义入诗，亦为前人所未发。齐梁之际，乃有正式主张五经为一切文学之源，似乎以不懂经学为大耻。故《文心雕龙》有《宗经篇》最要紧的几句话，是："论说辩序①，则《易》统其首；诏策章奏，则《书》发其源；赋颂歌赞，则《诗》立其本；铭诔箴祝，则《礼》总其端；纪传铭檄，则《春秋》为根。"又说："百家腾跃，终入环内。"刘氏虽然如此的说，但我们总觉得这种话并非他的由衷之言。因为他是一个佛教信徒，晚年出家修行。但他迫于当时人的一般趋势，所以也不得不照例说几句门面的话。而且在一般人的眼中看来，经学家的地位，较文学家来得高，于是文人更不得不借经学家的招牌引以为自重。这种说法在后来影响颇不小。颜之推以文章原出于五经，唐代柳子厚又以文章出于六经，宋代周敦颐乃进一步，更以文学为载道之工具。

乙、返于自然。齐梁之际，编辑类书的风气很为盛行，大家做起文章来犹如抄书，藻缋太过，于是又发生一种崇尚自然之反响。彦和所说文必宗经，所以迎合当时人的心理；所谓文贵自

---

① 辩，应为"辞"。

然，所以救治当时人的弊病。而且在后一点上，钟嵘亦有同感。《文心·原道篇》说："心生而言立，言立而文明，自然之道也。……龙凤以藻绘呈瑞，虎豹以炳蔚凝姿，云霞雕色，有逾画工之妙；草木贲华，无待锦匠之奇。夫岂外饰，盖自然耳。"《明诗篇》又说："人禀七情，应物斯感，感物吟志，莫非自然。"至于钟嵘，更明目张胆，反对当时文人之用典。他在《诗品叙》上说："吟咏情性，亦何贵用事。'思君如流水'，既是即目；'高台多悲风'，亦惟所见；'清晨清陇首'，羌无故实；'明月照积雪'，讵出经史。观古今胜语，多非补假，皆由直寻。"此语在后代颇发生相当影响，最容易看出的就是宋严羽之主妙悟说，其言曰："诗有别才，非关学也；诗有别趣，非关理也。"妙悟二字，即为直寻二字之转语，再后又有王渔洋之神韵说与袁子才之性灵说。

丙、侧重情性。南朝文学，极典丽之能事，最重外表而忽略内容。故《文心》《诗品》均力矫此弊，主张文学的要素，还在性情。《文心·情采篇》说："夫铅黛所以饰容，而盼倩生于淑姿；文采所以饰言，而辩丽本于情性。故情者文之经，辞者理之纬。经正而后纬成，理定而后辞畅，此立文之本也。昔诗人篇什，为情而造文，辞人赋颂，为文而造情。"不消说得，刘氏是主张文学是应当为情而造文的。钟记室的《诗品叙》开口就说："气之动物，物之感人，故摇荡性情，形诸舞咏。"他的主张也是与彦和一致的。

丁、声韵。声律发明于王融、谢朓，成就于沈约。梁武帝问四声于周舍，他答以"天子圣明"四字，梁武帝虽不喜好，然而他自己所做的诗仍不大与四声相背，可见四声在当时颇占有一部分的势力。关于此点，《文心》与《诗品》二者的主张并不一致。刘勰是主张声律论的，他有一篇专讲声律的话，最要紧的就是说："凡声有飞沈，响有双叠。双声隔字而每舛，叠韵杂句而必睽。沈则响发而断，飞则声飏不还，并辘轳交往，逆鳞相比，迂其际会，则往蹇来连，其为疾病，亦文家之吃也。"至于钟嵘，则颇不以王、沈等之发明声律为然。他很痛恨声律发明以后，"于是士流景慕，务为精密，襞积细微，专相凌架，故使文多拘忌，伤其真美"。不过声律的发明，在当时颇占势力，不惟南方的文人谨守勿失，即北方文人亦不敢违背。魏孝文帝迁洛的那年，就是沈约修《宋书》告成的那年。迁洛以后北方文人也讲起声律来了，所以钟嵘的话在当时是不大发生影响的。

三、折衷派

在当时的一般批评家之中，尊重文学者固大有人在，而诽谤文学者亦未免言过其实。大约南人多属于前者，而北人则属于后者。现在要举的第三派就是折衷前二派而立言，此中代表人物为颜之推。他生于梁，而后来入北。可说他能综合当时南北的思想，所以才会发生那种中立的议论。在他所著的《家训·文章篇》中，起首即说文章出于五经，又列举从来文士的通弊，以告诫他的子孙。他的正式主张是："人为文章，犹人乘骐骥，虽有逸气，当以衔勒制之，勿使流乱轨躅，放意填坑岸也。文章当以理致为心肾，气调为筋骨，事务为皮肤[①]，华丽为冠冕。"当时南方文士，最重情致，主张为情而造文，颜氏正式提出"理致"二字，以矫正一般文人的趋势。他不大满意而引以为戒的"文章

---

① 务，应为"义"。

之体，标举兴会，发引性灵，使人矜伐，故忽于持操，果于进取"的情形，殊不知这正是文学的真际呵。颜氏这种折衷的议论，是不容易遭人信仰的。

第三期　陈文学

讲南北朝的文学史，大半把陈代与齐、梁相合而讲。齐开先声，至梁而成熟，到了陈代，不过南朝文学之尾声而已。

陈代不过四传，君主中颇有能文之士，尤以后主为最。同时他的后妃与宗室，都有相当的文学修养。最有名的《玉树后庭花》《春江花月夜》等，都是陈代宫廷中文学的代表作品。最著名的文人，有徐陵、阴铿、张正见、江总等，题材不出宫廷的范围，而外表又极华丽哀艳，现在把这两点提出来讲，但不要忘记齐、梁、陈虽说三次易代，而文学却是一脉相传，是不易断代来说明的。

先谈宫体诗。这种诗的特征，论其内容，专用以描写宫廷及闺闱，外表极讲究声律与辞采，这种体裁倒不是起于陈代，不过到陈代更加发扬。盛极之后，几乎又近于衰落一途。当齐、梁之间，文学界发生一种崭新的运动，就是宫体诗之流行。"宫体"二字，实起于梁简文帝。这种体裁在中国文学史上占有极长远的年代，而且有很大的影响。虽说在齐梁才盛行，但在前已有晋、宋乐府开端，如《碧玉歌》《桃叶歌》《白铜鞮》等，如鲍照、惠休都善于作之《子夜歌》《懊侬歌》一类的侧艳之词。再往前推，当以《楚辞》之中《九歌》为始祖，不过到了齐、梁，此风极盛，陈代徐陵之辑《玉台新咏》，就是替宫体做一种大规模的宣传。当时无论朝野，也不分男女，都一致地浸淫于此种轻靡悦耳的新诗之中了。到了初唐，这种体裁的气息，尚可以在四杰及沈、宋的作品中寻出。降至盛唐，此风稍衰，但不久遇到李长吉，又把宫体中兴起来。到唐代末年，又得李商隐、温庭筠二位护法大将，再降又变化成为五代小词，再传而成为宋词，一直至今不绝。

其次，再谈当时文章的作风，自然以雕镂为正轨。自从永明以后，一般文人均从刻镂上用功夫，比如作诗由炼章而炼句，而至于炼字。汉诗有佳章，晋诗有佳句，至此时的诗方有佳字。因为过于雕琢，不免偏于技巧一方面，甚至发生只有零碎的好句子，或最精美的好字面，而忽略了全篇的结构。这种风气，影响到后代的尚不少。

炼字在中国修辞学中，占有极重要的地位。中国的古代文学有定式，所以要想在此已定之范围内出奇制胜，遂不得不趋向炼字的一途。此时的阴铿、何逊等，都是炼字的大家，后来影响到唐代的杜甫，所以在杜工部的批评文学中很推崇那位"能诗何水曹"（何逊），又自谓"颇学阴何苦用心"。工部诗有全由何逊的诗中脱化而出的，如他的"孤月浪中翻"，从何水部之"初月波中上"而来。再举何逊诗的炼字之处，如"薄云岩际宿，初月波中上"的"上"字，"夜雨滴空阶，晓灯暗离室"之"暗"字，"疏树翻高叶，寒流聚细文"之"翻"字、"聚"字，以及"江暗雨欲来，浪白风初起"的"白"字，都是极千锤百炼之功夫而成的。

第八章　北朝文学

总　论

　　南北由天然环境的不同，所以他们所产生的人物也很有别。大抵当六朝时，文人多出在南方，而经师正出在北方。在李延寿的《北史》，"文苑"与"儒林"分传，后者较多，而且有相当的成就，推想南北人好尚的不同，亦由他们用功不用功的缘故。《北史·儒林传》说："南人约简，得其英华，北学深芜，穷其枝叶。"可见北人学问比较踏实，而南人学问比较空灵。又如同一以山水为对象之文学作品，南人则有谢灵运之用诗，而北人郦道元则用散文。所以《北史·文苑传》又说："江左宫商发越，贵于清绮；河朔词义贞刚，重乎气质。气质则理胜其词，清绮则文过其意。理深者便于时用，文华者宜于咏歌。"

　　从以上看来，可以略知南北风尚之不同，但这里所要讲的北朝的范围若何，不可不首先给它弄个明白。若遵照李延寿所编纂之《北史》，乃起于拓跋魏而终于隋代。但从当日的事实上看来，西晋怀、愍之世，大河南北，已非汉人所有，应从五胡十六国讲起才对。若说最初北方都是野蛮种族，并无文化，此话未免

305

太苛。如刘渊、刘聪、苻坚、姚兴、沮渠蒙逊、赫连勃勃等人学问都很不坏，刘聪更是一个诗人，《晋书》记载可考。

但为讲述的便利起见，还是从北方最先统一之拓跋魏讲起，而北齐，而北周。

我们首先要把这几代的年号及定都地点略说一说。魏人建国，始于晋末，当南方刘宋崛兴之时，从开国直到孝文帝，定都在平城。太和十八年，迁洛阳，西魏又迁长安，东魏亦在洛阳，北齐乃迁至彰德。

今分北朝文学为三期，以由魏开国至孝文帝太和中为第一期，以由太和迁洛至北齐为第二期，以由西魏迁长安至北周为第三期。

第一期　魏开国至孝文帝太和中

这时期的北方最先为匈奴、鲜卑等胡族所据，拓跋魏氏亦不通中国文学，只能用胡语，而且从扫定群雄到太和年间，频年征战，也谈不到什么文学。间或有少数汉人去点缀北地文坛的风景，亦只限于散文家，可以崔浩为代表。

第二期　太和迁洛至北齐

这里所讲的第二期，乃真是北朝文学之启蒙期。此时把原来的平城改称恒州，魏代自从孝文帝即位（他仿佛像后来的金章宗），渴慕中国文化，定计南迁，以调和南北殊俗为己任。他的宗室权臣颇有反对他的，他宁愿杀掉不服从他的人而不情愿牺牲他自己的主张。当太和十二年，他又改姓为元，同时又禁止百姓作胡语，所以很容易与中国文明同化。就是孝文帝本身也是当代文人，他所作的《吊比干文》及小文小诗等，均可观。所以以后魏代君王间有能为诗文者如节闵帝、孝庄帝等，但谈到此期的真正文学家的代表，还要推温子昇、邢邵（子才）、魏收（伯起）三人。在当时一般南方文人的眼光中，很看北方的文人不起。且举庾子山之言为代表。他说："自南北来，惟寒陵片石，可与共语，余则驴鸣犬吠耳。"（按，寒陵片石，乃指温子昇所为《寒陵寺碑文》。）但北方文人每以崇拜南方文人为风尚，而且他们所举的标准人物也正是南人。孝文帝迁都洛阳为太和十七年，正是南方沈约《宋书》告成之日，此时南方声律之说正盛，北人眼中最看得起沈氏。济阴王晖业称赞温子昇，以为他"足以陵颜（延年）、轹谢（灵运）、含任（昉）、吐沈（约）"。这列举的四位，都不是南方的文人么？后来魏伯起入齐修《魏书》，常常与邢子才相争辩的问题，即是南方任、沈优劣论。邢诋魏模拟彦昇，魏又诋邢在沈集中作贼。从此等消息中看来，便知北方文人之不易抬头，而且不易脱南人之窠臼。然而在魏、晋以来，北方也出了不少的文士（《隋书·经籍志》所收者不广），但有种趋势始终与南方不同的：一是他们比较善于持论，擅散文而不能为流连哀思之诗赋。故魏收曾言："子昇不能作赋，邢子才有一二首，然非其所长。"二是他们中的诗人并不多见，如邢、如魏、如温，所存的诗均不过各有十余首。但他们做的诗虽不多，颇能绝对服从当时流行的声律论，倒比南朝尚有少数人反对的纯粹些。

再谈到北魏的散文，大家都能忆起两位不朽的作者，一为作

《洛阳伽蓝记》之杨衒之，一为作《水经注》之郦道元。这两部不徒可以说颇富于文学的趣味，简直可以称之曰散文诗。《伽蓝记》将洛阳寺宇历历绘出，令人追慕中古建筑艺术之美妙绝伦，《水经注》描写山水之空灵飘渺，与当时南方大诗人谢灵运所发表之山水诗，正是旗鼓相当。到了唐代的柳子厚，山水文即学郦，而诗又出于谢，清代王闿运山水诗学大谢而兼以《水经注》。

至于北齐之代表作家如祖鸿勋、樊逊等人，亦皆能为文而不能为诗，这真是一代的风气所使然。

第三期　西魏迁长安至北周

此期北朝史迹颇繁复，列简表如次：

$$北魏 \begin{cases} 东魏——北齐 \\ 西魏——北周 \end{cases}$$

北魏末，宇文泰奉孝文帝迁于长安，为西魏。建都二十四年，宇文始自立为北周，周立国二十一年，始灭高齐。再过十一年，然后入隋。次灭陈，南北始归统一。

在梁元帝江陵称制与西魏开衅后，江陵破，元帝被杀。越三年，宇文始复篡周。在元帝未被杀以前，庾信由南奉使入北，遭梁又与魏开战，被阻不得归。后来南北讲和，各释俘虏，惟有庾信与王褒始终未被北朝人放回，所以他们二人均终老于北地。

此期中所发生的两大事件：（一）为南方文学之反响；（二）为南北文学之合一。

　　北方的文人心目中所最崇拜的，就是南方的文人，于是以后北方的文人作风也渐渐的"南化"起来，殊与北人之本来的淡素之口味不合。于是有北地忧时之士，苦口婆心，欲挽狂澜于既倒，此派当以苏绰为首领。他的文章均为单笔，乏藻采，当时又得宇文泰当国，亦禁斥浮华，令苏绰为朝廷作《大诰》以训诫群臣。（按：苏氏未见北周立国而亡，令狐德棻以宇文当国之日，为北周开国之时。至清代谢启昆作《西魏书》始改正此误。）到了稍后，南方又有姚思廉之子姚察修《梁书》，亦深恶当时之骈偶气习，作文专用单笔。到唐代又有韩、柳等之作古文。其实讲古文运动，应以苏绰为始祖。

　　声律说起于南，而北人应之；古文说乃起于北，而南人从之。但在当时积习不易废掉，故令狐德棻《周书》批评他说："绰建言务存质朴，遂糟秕魏晋，宪章虞夏，虽属辞有师古之美，矫枉非适时之用。"

　　其实此期所最当注意者，并不在单笔古文之崛起，而在南北文学之合一。关于沟通双方文化的先驱者，当推南朝之庾信与王褒。子山是太平时奉使入北，直至南北朝开衅，欲归不得。王褒先与梁元帝同守江陵，江陵既破，元帝愤慨，竟尽焚其书曰："文武之道，尽于今日。"而且同时他们君臣俱投降北方，这就是当时两位诗人入北之始。虽说以后两方媾和，各把俘虏放回。庾、王二人始终被北人死死留住，终久未能还乡。但北人之尊崇他们二人，亦无微不至。因之，北方文学风气，颇受二人影响。甚至于写字，原来北方人最崇拜赵文渊的，即到王褒入北，北方人均舍赵从王，连赵文渊自己也从新改学王褒之书法来了。至于庾信更受北人抬举，无论在朝在野，莫不以能读子山之文为荣。

《庾信传》说："由是朝廷之人，闾阎之士，莫不忘味于遗韵，眩精于末光。犹丘陵之仰嵩、岱，川流之宗溟、渤。"可见当时他在文学界上权威之一般。以下专讲庾信。

梁、陈之间文体，每以徐（陵）、庾（信）并称，这是子山早年事实。那时他们的兴致蓬勃，所以能做出许多秾丽的作品出来。及至入北周以后，羁身异域，乡愁独多。由柔艳靡绮之什，一变而为慷慨激昂之歌。但他终究又脱不尽南人气骨，所以他的作品，竟能兼有南人之温丽与北人之刚劲。因此不能以永明以后浮艳的传统作风去范围他。谈到作赋罢，他能另开一种境界，如他的《哀江南赋》，外表最善以单笔运用复笔，而内容又加入时事而且夹以议论。照明人赋之分类法为：古赋（汉），俳赋（六朝），律赋（唐），文赋（宋）。子山虽生于六朝之末，他偏不作俳赋而来作为宋代文赋之远祖的《哀江南赋》。又如诗，他的最有名的《咏怀诗》二十七首，在《子山集》中可算代表作品。论其形式，则为古体过渡到律诗之新体；论内容，则为感慨身世，与当时用此等诗体咏叹宫闱的完全异样。以此等诗为南北朝文学之结束，似觉可怪。但从现在看来，像《咏怀诗》这样作品，非带有点北方刚劲气质的人不能作，然而若不是南方的才人羁旅于北方的，亦不能作。此诗影响后代诗人倒不小呢。

第九章　隋代文学

隋代的局面，很与从前的秦朝相像。秦能统一六国，而隋能统一南北。两朝的国祚甚短，均传至二世而亡。而且秦始皇与隋文帝所用以治国的方术都是出于法家。因为此时统一，文学分南北的这条惯例，现在又不能适用了。如薛道衡为河东人，杨素为华阴人，均是北方人，但均是诗家。

隋代名为三传，而实为两代。隋文帝是一个征讨的武人，最没有文学的兴趣。同时又得他的臣子李谔迎合皇上风旨，上书论文体浮薄，文帝甚为嘉奖。一切文学，均禁浮华，有些奏章做得华丽的，且因之而得罪。但是可惜他的家教最不如法，偏偏在杨家生出一种酷嗜文艺与繁华的杨广来。

在唐人所修的《隋书》中，对于隋代文学之批评未免隔膜，它的《文学传叙》上有下面几句话："隋文初统万机，每念断雕为朴，发号施令，咸去浮华……炀帝家习艺文，有非轻侧之论。[①] 暨乎即位，一变其风……虽意在骄淫，而词无浮荡。"

杨广天才极高，只看他的《饮马长城窟》等作品便可以看得

---

① 断，应为"斫"。家，应为"初"。

出。但他颇能为浮荡之辞，如《春江花月夜》二首，如《晚春诗》《月夜观星》《赐守宫女子诗》，尚不叫它们做浮荡，恐天下再无浮荡之辞了。炀帝不惟自己喜欢作诗，但他同时又喜与臣下争炫才能，如薛道衡所作之《昔昔盐》中，竟由"梁空落燕泥"一句做得最佳而被杀。炀帝复向人夸口说道衡现在还能做"梁空落燕泥"否？再有一位诗人王胄，曾有名句为"庭草无人随意绿"，也被炀帝嫉妒不过而被杀身。但他们君臣的确流下了不少的佳句，又均是属于浮艳一方面的。如当时最流行之调子，亦以属于艳歌一类的为多。如上所说之《昔昔盐》。昔同夕，夕夕犹言夜夜，盐即引，引等于艳歌。

隋代文人只有杨素所作比较风骨高骞，尚少当时所流行之南人的轻靡的气习。

总之，这代的国祚既短，又以法家之学说治国，在文学史的价值，实不见得顶高，只可说是由六朝至唐代之过渡时期，但此代实开中国文学史上之黄金时代的唐朝的先路。

第十章　唐代文学

总　论

唐代文学在中国文学史上占有很重要的位置。因为这一代文学的范围极其广大，可以说是古今文学的一个转圜的时期。它结束了由周至隋的旧时代，而开创了由唐至清的新时代。虽说为时不过三百年，但文学的情形却十分复杂，且先把他的各种特点提出来讲一讲。

（一）文人数量之激增。提及唐代文学，我们便联想到唐诗，单就唐代诗的数目大约来计算计算，宋人计有功作《唐诗纪事》时所采录的就有一千零五十家，到了清康熙时所辑的《全唐诗》，入选的约计二千二百家。平均说起来，唐朝每年都有七个诗人产生，至于其他作家尚不计算在内。

（二）各种文体之完备。前代所有的各种文体，唐代都保全得有，而且又开创了几种新文体。以下分别说明：

甲、诗

汉魏六朝的古体诗在唐代还是盛行，以外更加了一种近体诗。除了五言诗以外，七言诗更非常兴盛。

313

乙、词

唐代为词的萌芽时代。虽世传之李白的作《菩萨蛮》之不可靠，但到了白居易之作《忆江南》，刘禹锡之作《竹枝词》及《潇湘神》，总算为由诗入词之过渡作品。至唐末温庭筠更为填词的大家。

丙、赋

律赋始于唐人，与汉赋、六朝人赋不大相同。

丁、文

无韵之文，唐代作家更多，随便翻开《文苑英华》与《唐文粹》之类来看，质与量均不弱于他代。宋以后所说之古文，亦由唐代韩愈、柳宗元而起。至于骈偶的文章，自有李商隐、段成式等推波助澜，以后他们又被推为后世所称的四六文之祖。

戊、小说

唐代文人多半把他们的空闲时间来做小说，实开宋元长篇小说的风气。如沈下贤、白行简、元稹等，均为短篇小说之能手。凡唐人所作、流传至今的《柳毅传》《霍小玉传》《虬髯客传》等篇，都是很幽美动人的作品。

（三）风格之特殊。唐代文人只要成为大家，莫不具有一种特殊之风格，如杜甫与李白虽同为诗人，都各有其独到之处。韩、柳与温、李，虽同作散文，然前者则醇古有致，后者又工致绝伦。

（四）思想之复杂。唐代文人大半是自由思想者，毫不为一家成见所拘束，如杜甫的思想出入于儒家、道家之间，李白不惟有道家与神仙家思想，且受景教的影响。王维与白居易很相信佛教。至于皮日休、陆龟蒙，简直有道教的思想。诗人思想派别之复杂，可谓达于极点。正惟因其思想之复杂而不受拘束，所以能成其为伟大。

以上所说的，只是唐代文学的几种特点，但是构成这种种特点的原因在哪里呢？

一、政局之统一。统一南北朝的为隋代，承隋代之后而规模更见宏大的便是唐代。此时南北思想打成一片，故文学上绝无南北的界限。在唐朝以前，诗人的籍贯南人较北人的数目为多，但到了唐朝，北方的诗人反而比南方的多。如唐初的四杰，王勃是龙门人，杨炯是华阴人，卢照邻是范阳人，他们都是北方人，只有骆宾王为义乌人。又如温庭筠是太原人，李商隐是河内人，其他北方著名的诗人尚不少。可见当时是无南北的界限的。

二、交通之便利。不但南北的界限至唐代而消灭，就是东西的界限，也至唐代而推广。当时由天山南路以通西方印度、波斯、大食等处，这是由于李渊起家在陇西成纪，与胡地相近，立国后对于东西门户完全开放。因为当时亚洲的文化除印度以外只有中国最高，所以东西各国如日本、高丽、波斯、亚拉伯的人，都相约而来。而且唐代的用人完全注意人才，无国界的限制，外人取功名的亦不少。因为唐代文化的远被四方，所以外国人至今日尚有称中国人为唐人的。我们可以说唐代不只可以代表中国之文明，且可以代表亚洲之文明，因政局一统与交通便利，就发生以下两种情形：

甲、学校

当时学校制度即已盛行。太学学舍竟有千二百区，同时听讲学生竟有八千人之多。新罗、高丽、百济、高昌、吐蕃等国均派有子弟来留学，日本人也从那时学了许多中国的文化过去。

乙、宗教

（一）佛教。贞观时玄奘法师留学印度，法相宗因此传入，密宗亦在唐时传到中国。

（二）回教。回教起源约在隋代，然传至中国最早即在唐代。

（三）景教。当贞观时，景教由波斯传入中国，此教即耶教之一种，当时被称为波斯教，因波斯为大秦所灭，故又称之为大秦景教。（郭子仪曾将其私宅捐为礼拜寺）

（四）祆教。即拜火教，此教以火为光明之象征，拜火即崇拜光明之意，亦由波斯传入。

（五）犹太教。后又为之为挑筋教，盛行于开封一带。

（六）摩尼教。亦从波斯传来。

此外尚有一种中国本来的宗教，在唐代被立为国教的道教。唐代皇帝姓李，自以为是老聃的后裔，乃尊老子为太上玄元皇帝。但唐代绝不因自己崇拜道教之故，而摧残别的宗教。当时信仰极其自由，并且每种外教传入之后还受唐代法律的保障。

三、君主之提倡。唐代的君主能作文章的颇多，如太宗、玄宗等尤为杰出，太宗时招集一般有文才的人，名之曰十八学士，如虞世南、欧阳询，都是当时著名的文人。在他的敕修的《晋书》之内，他很崇拜陆机的文学与王羲之的书法。所以《晋书》中的《陆机传论》及《王羲之传论》都是出于唐太宗的"御制"。

四、选举之影响。中国选举的制度，隋代实是一个转机，以前所通行者为荐举，先由州郡选好以后，再进之于朝堂。但是流弊甚大，自魏、晋以外，选举差不多是以门户做标准的，只要翻开《南史》《北史》一看，凡九品中正之选，南朝人不是姓王，便是姓谢，北朝人不是姓崔，便是姓卢，至于寒门微族，被选的盼望绝少。至隋文帝大业时，方废除门资而改用科第制度。到了唐代，仍然因袭此制，不过考试的科目更加繁多，唐代科举竟有数十种，最贵者有秀才、进士、明经几种。唐人取明经考试时，用帖经之法，颇浅薄可笑，所以唐人的经学不甚发达。而且在唐人的眼光中，把明经科看得不甚重。当时士人都以得中进士科为荣，即如孟郊、贾岛诸人的诗中，且以进士落第为莫大憾事，韩愈作诗诫子，也谆谆望他们后来取得一官半职。于此我们可以说，唐人作诗的动机或者不如宋人的纯洁，因为他们都是有所为而作的。不过这种原因倒未必尽然，唐代考试用诗赋，不一定开国时就是如此。最初考秀才、进士、明经三科皆用策，至高宗永隆二年考试，才用箴、铭、论、表等杂文，至武周光宅二年，又改用赋，到了开元七年，才正式以诗取士。那时用的是排律诗，虽说钱起的"曲终人不见，江上数峰清^①"（《湘灵鼓瑟》）、崔曙的"夜来双月满，曙后一星孤"（《明堂火珠》）等名句是从考试进士中得来的，然而可惜唐代的两位代表诗人——杜甫与李白，都并不是进士及第。

　　五、生活之繁丰。唐代门户大开，以致国中五方杂处，许多从前没有的宗教，未见过的外国人，都从外面输入。当时又承隋代统一之后，武力文治，都臻极致。人民生在这样太平的新时代，对于优美的人生，定是用一种享乐的态度，至于生活之丰

---

　　① 清，应为"青"。

裕，自不待言。

六、外乐之输入。每代的文学，尤其是诗歌，多少不免同音乐脱不了关系。唐初音乐名目颇为复杂，有俗乐、雅乐之分。又从西域如龟兹、疏勒、印度等地输入了新的调子。故七言乐府，在唐时很盛行，如什么《伊州曲》《凉州曲》《渭州曲》都是在与外族毗邻的境界中受"胡乐"的影响而产生的。

唐代文学分期说

论到每代的文学分期法，本来是一件极勉强的事。就唐诗来说罢，前人多分为初、盛、中、晚四期。但是有些诗人，不知究竟要分在那一期才好。即如杜甫，他本来生于睿宗时，而死于大历中，若举他来代表盛唐，但是他有许多好诗大半是到中唐时所作。又如钱起，为大历时诗人，足可以代表中唐，但是他是天宝十年的进士，在当时已很享盛名。可见这种人工分期法，是极其牵强的。但为讲述的便利计，却又未能免俗呵。

现在且把从前人对于唐代文学的分期法，列举如下：

（一）三分法

甲、姚铉（见《唐文粹》）

第一期　陈子昂"起于庸蜀，始振风雅"。

第二期　张说"雄辞逸气，耸动群听"，苏颋"继以宏丽，不变习俗"。

第三期　韩愈"起绝群流[①]，独高邃古"。

---

① 起，应为"超"。

我们在这里要注意宋人与唐人论文之眼光完全不同，唐贞元以前论文的眼光，还是用的六朝人的，而宋人论文的眼光，乃用到唐人元和以后的。

乙、宋祁（见《新唐书·文艺传序》）

第一期　高祖、太宗"江左余风"，以王勃、杨炯为代表。

第二期　玄宗"崇雅黜浮"，以张说、苏颋为代表。

第三期　大历、贞元"法度森严"，以韩愈、柳宗元为代表。

照宋祁以上所分，是以无韵文为主体，但诗之变化，不一定受此影响。

丙、严羽（见《沧浪诗话》）

一、汉魏晋与盛唐（开元天宝之间）"第一义"

二、中唐（大历以还）"第二义"

三、晚唐（声闻辟支果）

严沧浪以禅理喻诗，他生在南宋，他颇不满意于北宋人之一心揣摩韩愈而抹煞其他作家。他力矫此弊，所以发出这种议论。照他的说法，韩愈已打入第二义以内去了。

（二）四分法

甲、杨士弘（见《唐音》）

一、始音（王勃、杨炯、卢照邻、骆宾王）

二、正音（由王绩至张志和）

三、遗响（皇甫冉至刘禹锡）

四、遗响（贾岛至吴商浩）

乙、高棅（见《唐诗品汇》）

一、初

二、盛

三、中

四、晚

既明知分期之不当，但为讲述的便利起见，姑且暂定标准如下：

第一期　初唐（六一八至七一二）高祖武德元年起，

第二期　盛唐（七一三至七六五）玄宗开元元年起，

第三期　中唐（七六六至八四六）代宗大历元年起，

第四期　晚唐（八四七至九〇七）宣宗大中元年起，至唐亡。

第一期　初唐文学

在每次开国时期的文学，他的变迁决不如改朝换代之显著。而且新朝之初，与旧朝之末的文人，到底还是这一般人。如魏黄初的文学，是建安之余绪，宋初文人，尚有十国之遗老。可见开国时文学的趋势，一方既然保存着前代旧的体格，一方还要另外创造些新的花样。唐初的文学，当然不是例外，据《唐书·文艺传序》里说："高祖、太宗大难始夷，沿江左余风，绮句绘章，揣合低印，故王、杨为之伯。"但是在姚铉的《唐文粹》的序上说法又不同，他说："唐三百年，用文治天下，陈子昂起于庸蜀，始振风雅……"

其实以上两种说法，本是相反而又是相成的，《文艺传叙》从保守旧的文学一方面着眼，所以举唐初四杰为代表，《唐文粹序》从开国后革新文学一方面入手，所以举陈子昂为代表。以下再分开来说明：

（一）齐梁派。唐太宗是一个文学的爱好者，他曾亲为晋代文人陆机作赞论。他很喜欢作宫体艳诗，颇引起虞世南的正言谠论。然而虞世南虽知劝人，到他自己名下作起诗来，仍然不免是"靡靡之音"。唐太宗虽然赋有文学天禀，他又开文学馆招集当时一般有学问的人，名曰"十八学士"，这些人都是陈、隋遗留下来的，里面有政治家，如房玄龄、杜如晦等；有经学家，如孔颖达、陆德明等，有史学家，如姚思廉等。只不过有一个蔡允恭入了《唐书·文艺传》，倒可称为一个十足的文人。但是其余的虽与唐初政治与学术大有关系，但对于文学上的影响，实在并不甚大。所以谈到初唐文学，应当注意的，当在高宗以后，且略举几个最著名的文人如下：

一、上官仪。他是此时代表齐梁派的第一人。他是贞观初年的进士，在当时极负盛名。他的诗被人传诵的秀句有"鹊飞山月曙，蝉噪野风秋"等。这种当时所谓"上官体"诗的趋势，不外乎声律调协及对偶工稳。说到对偶，且看《文心雕龙·俪词篇》也不过举四种，如什么"言对为易，事对为难，反对为工，正对为劣"，至于上官仪又弄出六对、八对的名目，他所说的六对，就是：（一）正名对，如"天地"对"日月"；（二）同类对，如"花叶"对"草芽"；（三）连珠对，如"萧萧"对"赫赫"；（四）双声对，如"黄槐"对"绿柳"；（五）叠韵对，如"彷徨"对"放旷"；（六）双拟对，如"春树"对"秋池"。他所说的八对：（一）的名对，如"送酒东南去，迎琴西北来"；（二）异类对，如"风织池间树，虫穿草上文"；

（三）双声对，如"秋露香佳菊，春风馥丽兰"；（四）叠韵对，如"放荡千般意，迁延一介心"；（五）联绵对，如"残河若带，初月如眉"；（六）双拟对，如"议月眉欺月，论花颊胜花"；（七）回文对，如"情新因意得，意得逐情新"；（八）隔句对，如"相思复相忆，夜夜泪沾衣。空叹复空泣，朝朝君未归"。对偶的分类竟如此之麻烦，恐他自己提笔时也未必能完全记得呵。

唐自开国以后，本袭江左余风，又加以上官仪之推波助澜，时尚较前尤为绮丽，他的孙女婉儿后来在武周时也掌握文学的权衡。她的作品及对于文学的见辞[①]，却是承袭她的祖父而来的，当时一般人的风气，当然可以想见了。

二、沈宋及四杰。诗之分为古体与近体，始自初唐，而沈佺期与宋之问即被人称为律诗之祖。自从王融、沈约一般人创为四声之说，以后诗的声律的限制，较前为密。但是沈约等自己创立的规则，当时却未必能完全遵守。由古体诗演进到近体诗的途程中的一种过渡的作品，近人王壬秋把那叫做新体诗。自沈约以后，一直至初唐，此风总未改变。直到沈、宋出来，才把真正的律诗的格式树立起来了。究竟新体诗与真正律诗之分别又在哪里呢？看《谢灵运传论》说"前有浮声，后须切响"，这岂不是明明指的平仄而言？如"英辞润金石，高义薄云天"，即属此例。《文心雕龙·声律篇》中飞沈之说，可举"辘轳交往，逆鳞相比"二语来说明律诗的真象。律诗的平仄如下示：

仄仄平平仄

---

① 辞，应为"解"。

平平仄仄平

平平平仄仄

仄仄仄平平

或为

平平平仄仄

仄仄仄平平

仄仄平平仄

平平仄仄平

第一，律诗要有周期。满了四句，又周而复始，此即谓之"辘轳交往"。第二，律诗的平仄相间，两平两仄，相排而下，故谓之为"逆鳞相比"。真正律诗的格调必要合乎上述两个条件。至于所谓新体诗，不过声调和谐，顶多能做到"逆鳞相比"一项。例如薛道衡的《昔昔盐》："垂柳覆金堤，蘼芜叶复齐。水溢芙蓉沼，花飞桃李蹊。"

以上所举的诗，还谈不到"辘轳交往"。到了唐初，此风尚未改变，即到沈、宋出来，于是律体方正式成立。竟随便举他们的律诗来作例，如沈佺期之《杂诗》："闻道黄龙戍，频年不解兵。可怜闺里月，长在汉家营。少妇今春意，良人昨夜情。谁能将旗鼓，一为取龙城。"

此种律诗的格词一成，与当时的绝句及考试的试律诗均有关系。绝句乃以四句为一周期，五七律诗增至八句，分为二周期。至于当时试律，更增至十二句，乃至成为三周期了。

更奇怪的，就是当时及以后所作的古诗，亦几与律诗同化。如张若虚所作的《春江花月夜》以古体诗而夹着许多律诗的句调在里面。

律诗发达的次序，是先由五言而起的，由五言再进而为七言。

四杰乃王勃、杨炯、卢照邻、骆宾王四人，虽非律诗之倡始人，但在当时的名声，及被盛唐时人所称述，更较沈、宋为高。四杰的文集至今尚存，可惜沈、宋的多已散佚了。这四位不消说是齐梁派中之健将，不惟作诗负盛名，即骈文亦华赡可观，他们大半是学庾子山的。他们的才调纵横，气象亦甚阔大，虽为后来复古派所讥评，但大诗人杜甫等对于他们也有相当之敬意。在他的《戏为六绝句》中说："王杨卢骆当时体，轻薄为文哂未休。尔曹身与名俱灭，不废江河万古流。"

当时的诗的形式是格律化，但是内容较前代怎样，趁此说明如下：

一、宫闱。这完全是承江左之余风，乃六朝宫体诗之一种变像。初唐诗人，多少总与这方面脱离不了关系。

二、边塞。唐代武功，炫耀四方，所以歌颂战功的作品很多，同时又有许多非战思想的文学出现。

三、玄谈。在前有鲍照《行路难》之类，诗中陈说许多玄理。此时不过易谈玄之五言诗为七言或杂言。自武周以后，七言名家很多，四杰之外，如刘希夷、张若虚、李峤等，都是长于七言的。在武周以前，七言诗多属短句，如乐府诗《行路难》之类，到武周后长篇始出现。这里举张若虚的《春江花月夜》来说明。

《春江花月夜》原为乐府诗，由陈后主造题，与《玉树后庭花》《堂堂》等同调。陈代歌词可惜而今不见，现在此词可见而又最古者，是为隋炀帝所作。其词为："莫江平不动，春花满正开。流波将月去，潮水带星来。"新奇可诵，但只有五言四句。即至张若虚作此题时，洋洋长篇，极诡丽恢奇之能事，满篇富有玄理，而毫不觉沉闷，如"江畔何人初见月，江月何年初照人"，谁能举出答案？此外又如刘希夷之"年年岁岁花相似，岁岁年年人不同"，李峤之"山川满目泪沾衣，富贵荣华能几时。不见只今汾水上，唯有年年秋雁飞"，都是带有玄理的。

可是此派的作家，我们虽暂定名之曰齐梁派，其实与六朝不同之处有最显著的几点，就是较之从前词句更加长密，律调更加谨严，而文气亦更加壮盛。

（二）复古派。这差不多是一种极普遍的现象，每朝的文学运动达到极盛的时候，同时必定生出一派反动思潮与之对抗。或许这正是一种好现象，因为大家倒不必同齐逼上一条路上去走。唐初文学沿江左余风，最早对于六朝艳体生反动的要算虞世南，他劝太宗不可作宫体诗，但他的话在当时毫未发生效力，即他自己做的诗，也不脱齐梁圈套。

在贞观时，十八学士之一姚察的儿子名叫思廉的，继续他的父亲未竟之业，修梁、陈二书，传论多用单行直叙，远宗《史记》派之单笔，与《晋书》等之宗《汉书》用复笔的大不相同，这是一位初唐时散文中复古派之代表。

作诗与当时潮流反抗的，最初有王绩（字无功），现在还有他的《东皋子集》传于世。他的诗多属于赞美自然，清微冲淡，风格极似陶渊明。他对于当时诗人的脂粉习气丝毫也不沾染，但是他自己尽管这样做下去，对于当时一点儿影响也没有。一半固然由于积习骤难打破，再则由于他是入《隐逸传》的名士，当时交游不广，所以不能形成一种改造的风气。

以上一位史学家与一位隐逸诗人，虽有心复古，但都是心有余而力不足，所以对于当时并未发生什么影响。最先把复古的旗帜张展起来的，还要让到武周时的陈子昂，以后韩愈不是明明称颂他"国朝盛文章，子昂始高蹈"吗？

陈子昂，字伯玉，四川射洪人。相传他原来默默无闻，他用了千金的高价把当时人很注意而不敢买的长安市上的胡琴买回家去，许多名士都欣然被请去听他弹弄，不料他突然将此乐器摔在地上立成粉碎状，当众人齐声叹惋之时，他却大发牢骚，说从来没有一个人注意到他的比胡琴还珍贵到十分的诗文上面去。他趁此机会将他的文集散给大众，于是一日之间，名满长安。从这个故事看来，他兼能诗文，不若姚思廉之只能作散文，他善于做一种革新文学的运动，不比王无功之只留作自己欣赏。

他所作的极有名的《感遇诗》三十八首，是学正始中阮籍的《咏怀诗》。他所作的五古多属单笔，然而作起律诗来，还是遵守当时的体制。他不惟作诗改变风气，即散文亦然，在武后时上书言事，完全带建安文人的风格。所以我们在今存的《陈伯玉文集》中读到他的论事书疏，皆疏朴古茂，毫无华饰。然而他所作的贺表及序之类，仍然是用复笔作的。总之，他是一个有意复到建安、正始的时候的文人。他之所以为韩退之所佩服，就是因为他的文都是主变，而且以起衰为原则的。但子昂的诗却能在当时树立一派。至于改变散文的风气，到了元和韩退之的时候，才能算正式成功，此时不过发端罢了。

唐代两个复古的诗人，陈子昂与李白都同是蜀人。

第二期　盛唐文学

唐代固有的文学，到了此时才一齐正式成立，略比于从前汉武帝时代，实为唐朝文学的最高顶点。

让我们假说一种走路的比喻，来说明此代文学的趋势，当更得到一种明瞭的观念。

先从初唐讲起吧。那种雕琢藻绘的姿态，若以境界而论，倒像琼楼玉宇，深闺重闼。我们试读宫体与律诗，仿佛在闺阁中拜见满身珠翠的千金小姐一般。到了盛唐，他们经不惯房帏的掩闭，于是走到康庄大道，乘着高车驷马，尽驰骋之能事。后来谁不佩服李、杜二公之诗境壮阔，旁若无人呢！可惜大路虽宽，现已被人走过，于是另外又有一些人，觉得深闺太拘，而康衢又太阔，反不如盘桓于花园果囿，优游卒岁，或竟至往来于鸟道羊肠，铤而走险。前者是大历十子，后者乃元和诸公，这岂不是中唐的一幅绝妙写照吗？在中唐时期另外有一般人，因为无论大路小径，坦途险道，都已被人走尽，他们不得不再觅他种方向，不得已拣择一块旷野平原，信步盘旋，这就是妇孺都解的元白诗所到的境界。凡是真正特立杰出之人物，决不屑走人家已走过之旧路。先是走窄路，渐走到宽路，又转到窄路，又跑到宽路。但是不幸而陆地上的路都已有人迹之时，于是不得不舍陆而涉水，舍车而乘舟了。到了晚唐五代，大家觉得好诗已被前人做得差不多了，所谓"诗余"之词，乃不得不应运而生，这正犹如一般人颇以陆行为厌倦而另寻水路一般。

开元、天宝之际，可说是唐代极盛的时期，也可说是唐代极衰的时期。无论极盛极衰，都是为不朽的作品造种种机会。前章早已说过，唐代文学之发展，与当时科举颇有关系。因科举而使唐代的诗人激增，虽说不是唯一的原因，却是最大的原因，且将开元、天宝两榜进士的名单节抄如后：

甲、开元中进士之兼为诗人者计有：

张子容、李昂、王泠然、刘慎虚、王湾、崔颢、祖咏、储光羲、崔国辅、卢象、綦毋潜、王昌龄、常建、贺兰进明、陶翰、王维、薛据、刘长卿、阎防、梁肃、李华、萧颖士、邹象先、李颀、张谓、薛维翰、万楚、葛万、丁仙芝。

乙、天宝中进士之兼为诗人者计有：

岑参、张谓、杨贲、包何、包佶、李嘉祐、钱起、鲍防、张继、元结、郎士元、皇甫冉、皇甫曾、刘湾。

我们看完上表，所得结论有二：

一、进士中仅有大诗人在内，如王维、李颀、储光羲、崔颢、钱起等等。

二、再从表外去一想，如与王维齐名而又为王所佩服之孟浩然，他的名字并不见于此表中。至若世人所圣称的诗圣杜甫、诗仙李白，也是榜上无名。李白功名心虽淡，而杜甫则屡试不第。于此可见，科举虽可以开通风气，然有少数杰出之士，决不为风气所囿而埋没其独立的志趣。我们可以断定说，科举可得人才而不必能得天才。

除了诗人的数量当此时较为激增以外，还有几种特点：

一、各极所长。前乎此的诗风，如初唐诗人所表现的，论形式则以七古与五律为最多，谈内容则多描写宫闱情绪。他们的面貌大抵相似，还没有专门擅长某种体制的诗人出现。到了此时风气较前不同，各个诗人，就其性之所近，对于各种体制都有特殊的专长，至于做到各体皆美的诗人仍极少，因为天才实均有所偏至的缘故。

论到五古，李白不能不首屈一指，储光羲亦可称为大家。七古与歌行，仍然推太白为第一人，如李颀、岑参、高适辈，亦属此中能手。再说近体诗吧，王维、孟浩然的五律实能出色当行。崔颢、王维与李颀的七律，委实令人难及。善于五绝的，除王维外，还有裴迪等人。善于七绝的，更不能不推李白与王昌龄及王之涣呢。他们中间还有一个怪杰，几于各体皆备，而且各体皆好的，舍了杜甫还有谁呵。

二、题材繁复。初唐诗人承袭六朝以来遗风，诗的境界更加狭隘，所以他们描写的对象，每每为宫闱所拘囿，到了盛唐的诗人，取材便开展得多了。此时不惟内容改变，即声调亦多与以前不同。如作歌行并不用律调，他们的分派，如太白、东川之诗，每多参入玄理，前者更杂以神仙家之言。王维与孟浩然的山水诗极负盛名，还有一个田园诗人储光羲。至若岑参与高适，最长于边塞之作，临到杜甫，更好于诗中大发其议论，实为诗之散文化的鼻祖，他又以诗记载时事，所以后人称他叫做"诗史"。

三、学古途广。文学最后的目的是创造，而最初总不出于摹仿，尤其是在重视师承的古代诗人。他们的诗出于从前某家，其中每有线索可寻。初唐诗人所取法的古人，寥寥无几，而且限定极出名的诗人才用来做模范，如建安、正始的诗人，除陈子昂仿阮嗣宗的《咏怀诗》外，简直没有被唐初的诗人学步的资格。到了盛唐，他们作诗的题材既阔大，所以被模仿的古诗人的时代也延长，数量也加增。而且在当时，或以后不大为人所重视的诗人，也被此时人用来奉为圭臬，且发扬而光大之。如陶渊明与鲍照，前者的诗入《文选》的只八首，而后者又被人惋惜为"才秀人微，取湮当代"。曹操诗且被《诗品》列入下品，在齐梁时学阮籍的只有一个江文通。大谢虽称雄一时，然其诗颇难作，而且难懂，从前学他的也不见多。到了盛唐时，差不多自建安以后的，无论有名无名的诗人，都有被他们学步的资格，而且有时故意检取当时不为人所注意的诗人而取法之。推移时尚，以造成一种风尚。以下略举盛唐人学古之一般。

杜工部之五古，当以《北征》《咏怀》和《三吏》《三别》为主，其得力处为曹操之《薤露行》与《苦寒行》，以及蔡琰之《悲愤诗》，实为杜诗所自出。至其五律，当以《秦州杂诗》为主，那些诗的渊源，是从庾子山的《感怀诗》二十七首出来的（唐初未尝没有学庾子山的，但只取其秾艳而遗其感慨之处，惟杜工部不如此）。他的山水诗兼学大谢、小谢，颇能得灵运之雄厚，而兼玄晖之明秀。次如李太白之《古风》五十九首，很可看出他从建安曹、刘直学到阮嗣宗的《咏怀》。他的山水诗又学谢朓。至于他的《蜀道难》《远别离》等与李东川之《杂兴诗》，则皆学鲍照之《行路难》，还有学陶渊明与二谢，尤其是小谢而为山水诗的，便是王维与孟浩然。学陶渊明的农家诗而喜咏田园的便是储光羲。唐代学陶的还有几人，但以储氏为最肖。其他诗人，均各有其师承，以上不过略举数例而已。

于此可见他们学古的途径之广。齐梁以来，被湮没的诗人与诗风，于此尽皆复活起来，而且真正的唐诗，亦于此时方能算正式出现。

李白与杜甫

唐朝是中国文学史上的一个黄金时期，唐诗又是唐代文学中的精华，而李白、杜甫又为唐代诗人之代表作家。自来谈文学批评或文学史的没有不推尊李、杜的，不过在我们未讲此题之先，须将一般人对于李、杜比较的种种观念之不妥当的略加辨正。

一、根据于地理的。以杜代表北方诗人，因为他家于河南巩县，住长安也很久，所以他的诗颇偏于写实一方面，这是北方诗人的特色。又以李代表南方诗人，以为他生于四川，后又到了湖北，所以他的诗很偏于浪漫一方面，这是南方诗人的特色。这种议论，尤以日本人之研究中国文学者为尤甚，如笹川种郎之《支那文学史》便主此说，近来颇影响到中国的作文学史的人。以地域关系来区分文学的派别，只有在交通不便、政局不合，如南北朝、五代等时代尚可适用，到了唐代，文学早已没有分南北的界限了。

二、根据于思想的。又有人以杜甫的人生观代表儒家，说他的作品句句都不离社会，而以李白的人生观代表道家，因为他的诗大半有超脱人世之感。这话也许有一部分是对的。杜甫的思想也并不是儒家可以包括的。至于太白之尚理想、崇虚无，诚然带有很浓厚的道家色彩，至于他的种种飞升远举之想，那是属于神仙家的，而且不免方士化了。其实太白又何尝完全抱着出世之想呢？人们总不能离弃社会而独立，惟其责望于人世者越大，故其对于世间之失望也越甚。到了不能"兼善天下"之时，只好逼上遁世的一条路上去，他的超出世间的思想，完全是由于他不能忘却世间的苦痛，如古之屈子、阮生，均属此类。何况太白自幼便富于纵横之志，后来到处都不得意，精神渐归郁结，可见李、杜二人的思想，并不是根本上有什么分歧之处。

他们不真愧为千古的大诗人，决不易受时代及环境的影响，虽说他们在诗国的成就最伟大，但均不得意于当时之科举，他们都不是进士。他们的友谊虽然很浓密，但对于文学的主张毫不妥协，他们都能摆脱当时及从前被齐梁所拘束之风气，各自寻找途径，出全力全智去造就他们的艺术之王宫。

因为他们所走的路不同，我们更有比较二者之必要。大约言之，李白主张复古，他偏偏肯把他的旁逸斜出之天才，安置在古人已造好之模范以内，可说当得起建安以来古诗之一位结束的人物；杜甫主张革新，他的诗真是无所不学，但同时又能无所不弃，也不愧为元和以后诗风之开山师祖。再分别去讲，先提李白。

我们万不料这位被古今一般人目为大才横绝的太白，竟给我们派他一个复古派的健将的徽号，这并不是没有根据的。在太白之前的诗家而倾向复古的人，尚有如陈子昂、张九龄、孟浩然等人，可惜他们的天才均不及太白的伟大，所以成绩不大好。至太白便不同了，他有时颇以复古为己任而且自豪，他曾说过："梁、陈以来，艳薄斯极，沈休文又尚以声律，将复古道，非我而谁？"他又以为，"五言不如四言，七言又其靡也"，这也是他的一种复古思想的表现。因为诗之最古者为四言，五言次之，七言更后出。他的《古风》五十九首开口便说："大雅久不作，吾衰竟谁陈？王风委蔓草，战国多荆榛。"又说："自从建安来，绮靡不足珍①。"他断至建安为止，以外便看不上眼，这是太白论诗的大主张。现在更从他所存留于现在的诗的形式上看来，古诗占十分之九以上，律诗不到十分之一，五律尚有七十余首，七律只得十首，而内中且有一首只六句。《凤凰台》《鹦鹉洲》二诗都是学崔颢的《黄鹤楼》诗，但也非律诗，因为只收古诗的《唐文粹》中也把此诗收入。自从沈约发明声病以后，作诗偏重外表，太白很不满意于这种趋向，乃推翻当时所流行之齐梁派的诗体，而复建安时的古体。而且在他所作的古体内，可以找出许多不同的来源，因为他的天才太大，分别去学古人，同时又能还出古人的本来面目。他的五古学刘桢，往往又参入阮籍的风格；七古学的是鲍照与吴均；五古山水诗学的人是谢朓，又学到魏、晋的乐府诗，到了小谢以后，他便不再学下去了。可是魏、晋人作诗，多不大能变化，如陶、阮只善用单笔，颜、谢只长于复笔，惟太白则颇能变化，七古多用单笔，五古描写诗多用复笔，有人在此要反问道：太白诗既复古，何以集中乐府诗竟占一百十五首之多？杜甫曾说"李侯有佳句，往往似阴铿"，阴铿不明明是陈人吗？不过我们可以如此回答说：凡是反对某种风气的人，对于那种风气必有极深的研究。太白对于梁、陈以来的诗风极有研究，所以才不满意而欲复建安之古。故李阳冰说："至今朝诗体，尚有梁、陈宫掖之风，至公大变，扫地并尽。"他是真知李白之为人，而所说的话如此。

这里再转过来谈杜甫。他不惟不满意于齐梁，而且不一定以太白之学汉、魏为然，以为永明、建安都是过去了的时代，说是

---

① 靡，应为"丽"。

古体，均差不多，又何必厚彼薄此？而且每代各有每代之胜，又何必苦苦宗那一代呢？所以他说："前辈飞腾入，余波绮丽为。后贤兼旧制，历代各清规。"他一方面既不轻看古人，对于自己作诗，又总以求新为贵。所以他又说："不薄今人爱古人，清词丽句必为邻。"他并非完全不学古人。可以说在他的眼光中看来，从来没有一家不好，但同时又没有一家尽好，所以他学习许多的古人，但同时又推翻他所学习的古人，他正是一位诗国的革命家。从以下几种特点可以看出：

一、用字。古诗最重情致，而略于炼字。最初有佳篇，而后有佳句，再后有佳字。即如太白的诗，多为一气呵成。至于工部用字，极重锻炼的工夫。他颇有自知之明，他自己批评自己说："为人性僻耽佳句，语不惊人死不休。"又说："新诗改罢自长吟。"他很佩服阴铿及何逊，因为六朝的诗人，到了阴、何，最讲求炼字，少陵有时且直用阴、何的成语（黄伯思《东观余论》曾举出许多证据来），可见"颇学阴何苦用心"之句之不是假话。李白也曾调笑他说："借问别来太瘦生，总为从来作诗苦。"杜诗中炼字，最注意于动词，如"风急春灯乱，江鸣夜雨悬"之"悬"字，"爽携卑湿地，声拔洞庭湖"之"拔"字，都用得十分恰当而生动。

二、内容。杜诗的内容约可分为两大类，一种是描写时事，一种是输入议论。唐以前人作诗的内容，不外抒情、谈玄，或描写山水，藻绘宫闱，但用诗以咏叹时事的并不多，不过仅留蔡琰的《悲愤诗》、王粲的《七哀诗》、庾子山的《咏怀诗》等寥寥数种而已。至于在诗中大发议论的，尤为少见。以诗描写时事，为诗之历史化；以诗发抒议论，乃诗之散文化。把诗的领土扩大，不愧"诗史"的称呼，而又善于融化散文的风格的，不能不推子美为第一人。此类最重要的作品，如《奉先》《咏怀》《北征》等均是。元和时代的韩愈很受了他的大影响。到了宋代，黄庭坚、陈与义诸人更推波助澜，达于极点了。他的七古更能上下千古，议论纵横，远胜于前。在他以前的纯粹七言诗，如《燕歌》《白纻》用以抒情，《行路难》用以谈玄，到唐代李颀、李白亦更张鲍照之旗帜而发扬之。杜甫的七古亦然，且能兼有二李之长，他能将无论粗语细语都装在他的诗内，而且没有不雅的，宋人学他的，有时便出现粗犷之象。他的五律做得很有名的，如《秦州杂诗》二十首之类，可认为是从庾信的《咏怀诗》化出的，这也是一条唐人所未走过之路。

三、声调。自从齐梁声病之说盛行以后，古诗即变为律调。开元、天宝间，诗人又生出了一种反响。但太白还是爱作乐府诗，竟占有三卷之多。子美不作乐府，他把诗和乐的性质完全分离。且看王渔洋的《古诗平仄论》及赵秋谷的《声调谱》。渔洋发现古诗的平仄，自以为是"独得之秘"。他们的结论是，凡七古用平韵的，末后三字，必是平声，尤以第五字为最要。且随便举例，如昌黎诗"五岳祭秩皆三公，四方环镇嵩当中"；东坡诗"春江绿涨蒲萄醅，武昌官柳知谁栽"，若改第五字平声为仄，便变成律调了。东坡的七古本学韩退之的，又学杜。然最初发生此种变调的，要算王昌龄的《箜篌引》，惟到工部时更加尽量引用。又说七绝的声调，此种体裁之最早作家，为释汤惠休的《秋思引》："秋寒依依风渡河，白雪萧萧洞庭波。①思君末光光已

---

① 渡，应为"过"。雪，应为"露"。

灭，眇眇悲望如思何？"梁人七绝更多。隋代有无名诗人所作的"杨柳青青着地垂，杨花漫漫搅天飞。柳条折尽花飞尽，为问行人归不归①？"均属声调和谐。太白七绝受此等诗的影响甚大，故念去调子极为铿锵悦耳。惟《山中问答》一首句句用拗体为例外。至于老杜的七绝，则以拗体的占十分之九以上。而如《江南逢李龟年》之声调和谐的作品，反算是例外。我从前曾作过《杜诗声调谱》，得一定例如下：就是他的七绝，全首以前二句拗者居多，前二句中又以第一句拗者为多。此种调门，后来黄山谷、李空同最喜欢学他。总之，子美的诗无论内容及声律各方面，都极力避去前人已经走过的路，所谓用一调即变一调，后来学他的宋人，尚能得他的善变之处，至于明代人，只学得他的高腔大调罢了。

第三期　中唐文学

开元、天宝之际，为唐朝文学极盛时代。虽不必说盛极必衰的话，然而极盛以后的确难乎为继。谈到诗的境界、气象，竟由阔大而变为纤小，由雄奇而变为秀美。此期派别甚多，略分之为三大段，即大历、元和与长庆。

（一）韦、刘与大历十子

大历诗实为盛、中唐文学之分水界。此时杜甫尚未死，而钱起、刘长卿亦为开元时人。然钱、刘并不列入盛唐，杜甫不被称

---

① 为，应为"借"。

为中唐的诗人，只因为从钱、刘以后诗风与前不同：既由伟大变为高秀，而所学的目标不出于王维诸人，再上不过学到小谢，且此时近体诗较前更为发达，如钱、刘之律诗，李益之七绝，均甚有名。惟韦应物专作五古，然其源流仍同于钱、刘二人。

韦应物与刘长卿

韦诗为人所称道的一点，总说他是出于陶渊明，不惟时人以陶、韦并称，他自己也承认"尝爱陶彭泽①，文思何高玄"。但是细玩他的诗词，高秀而华偶，与陶不很相像，这层在《四库全书总目提要》中已说得明白，其言曰："韦之五言古体，源出于陶而溶化于三谢，故真而不朴，华而不绮。但以为步趋柴桑未为得实。'乔木生夏凉，流云吐华月'，陶诗安有是格耶！"此处所说的三谢，指的是谢灵运、谢惠连与谢朓。其实三谢的诗格距离太远。惠连之诗存于今者甚少，不得而评。至于大小谢完全不相类。韦诗高秀，乃是出于小谢。单就用字来说，大谢诗中所用的颜色字极其浓厚而强烈，至于小谢则着色清微而秀发。如大谢的"原隰黄绿柳，虚圃散红桃②"，并不似小谢的"霜剪江南绿"与"春草秋更绿"之用"绿"字，更来得空灵飘渺。回头再来看，韦应物所遗留的一二百首诗中用"绿"字者，竟至四五十处之多，恐怕不只是与小谢暗合，而且是有意学他，所以与其说韦诗镕化于三谢，反不若说他出于小谢更为得当。除了小谢外，韦氏还学王维的五古。

当时一般人最喜作五古诗，故七言古诗很少见。有一位五言

---

① 尝，应为"常"。
② 虚，应为"墟"。

最负大名而被人称为"五言长城"的刘长卿。他诗的来源与韦同，但律诗较韦为多。不知为什么到了此时都趋向于做短诗的路上，五律、七律、七绝而外，还只有五古。至若像前代之纵横卷舒之七言长篇，很不容易得见，所以他们颇不易成为大家。

大历十子

关于十子的记载，后来意见颇为纷歧。我们现在且列举数说，略资比较：

第一说见《新唐书·文艺传·卢纶传》，其人名为：卢纶、吉中孚、韩翃、钱起、司空曙、苗发、崔峒、耿沣、夏侯审、李端。

第二说见江邻几《杂志》，其人名为：卢纶、钱起、郎士元、司空曙、李益、李端、李嘉祐、皇甫曾、耿沣、苗发、吉中孚。

不知为什么既称十子，共计却有十一人。

第三说见于严羽之《沧浪诗话》，他未能将十子的姓名列举出，但是举有一个为前二说所未列的冷朝阳。

他们都是各说各人的话，不知有什么根据，至于十子之中，如崔峒、苗发、耿沣之流，所作的诗，而今实在不可得而见，于是在清代有一个以大历年代的诗人到如今尚有存诗可考者为标准，而厘定十子之数目，于是有第四说，为管世铭之《读雪山房唐诗钞》，其人名为：刘长卿、钱起、郎士元、皇甫冉、李嘉祐、司空曙、韩翃、卢纶、李端、李益。

大半管氏之说，也未必有所本。不过他所举的十子，个个的诗尚不坏，而今现在我们人人得见。

所以把他们十个人列在一起。就是因为此时诗人，对于个性之表现不甚强烈，看去大家的风格差不多是大同小异，或竟至含混不清，哪能像盛唐之李诗与杜诗各有千古呢？十子的诗，照现在所存的看起来，大概都能做到"颜色鲜美，声调铿锵"八个字。

（二）元和之诗文

此处虽标题为元和，而元和略前略后之时代均包在内。讲诗则以韩愈、孟郊为代表，讲文则以韩愈、柳宗元为代表。诗与文至此时皆开前古未有的局面，且诗与文同时变化，而散文之变化所发生的影响更大。宋以来文人口中所说之"古文"，均从此时开端。韩愈收束了由汉到唐以复笔作散文的风气，而代之以单笔，直到清代桐城派为止，他的势力不可谓不大。现在先论此时诗之变化。

讲到元和的诗人，每以韩、孟并称，照寻常人的揣测，以为韩愈的名声很大，孟郊一定是学韩的，其实完全不然。若以文而论，韩愈所走的是变古的一路。至于作诗，恐怕韩愈还要受孟郊的影响呢。此时的诗风是追随杜甫以后而变本加厉的，他们都趋于悬崖绝壁的一流，诚有如陆机《文赋》所说的"谢朝华于已披，启夕秀于未振"的境界，韩愈《与韦中立论文书》所说的，"惟陈言之务去，戛戛乎其难哉"。在这两句话中也可见他们作风之一般。

何以说诗到韩退之的手里究和从前的大不相同呢？因为他首先不用做诗的方法来做诗，他硬用作散文的方法来做诗，所以叙事、发议论都能畅所欲言。他是一个儒家的学者，他的哲学却是在第二流以下。然而他的学问极渊博，他所崇拜的是孟轲、扬雄，他的辟佛大约是学孟子的距杨、墨，而他的文学造诣却受了扬子云不少的影响。单看他的诗句的来源，便知此言不谬。

一、以字书入诗。汉代文学家如扬雄、司马相如之流，同时又是小学家。韩愈对于小学也很费了一番苦功，他自己又有"凡为文词，宜略识字"的口供。他用了许许多多为平常所不经见的字放在他的诗中，如他著名的《南山诗》《陆浑山火》及与孟东野《城南联句》，并不是一个并未研究过小学的人一翻就看得懂的。不但如此，有时他的诗句有六个字或竟一整句都是名词，那简直是有意模仿字书上的句法了，如《陆浑山火》中的"虎熊麋猪逮猴猿""水龙鼍龟鱼与鼋""鸦鸱雕鹰雉鹄鹍"。又有几于连句都是动词的，如同篇中之"烀焘煨燌孰飞奔"。这显然是有意学《急就篇》的句法以炫新奇的。

二、以作赋之方法做诗。汉赋每喜用奇字奥义，韩诗亦然。可见两者取字的途径是一样的，此层前段略已提及。且赋最尚铺张排比，而韩退之的《南山诗》历叙山上之土、石、草、木，与春、夏、秋、冬，极其详尽，与汉赋之历叙东、西、南、北、草、木、鸟、兽章法颇相类。我们不妨说《南山诗》就是一篇每句五个字的赋。

三、打破诗中之句法及节奏。这层就是他以散文入诗的具体方法的表现，如《石鼓歌》之"其年始改称元和"直是一句散文。他的五言偏偏要用上三字的与下二字分节，如"有穷者孟郊""淮之水悠悠"。七言中用上三下四的拗句，更属平常，如《送区弘南归》之"落以斧引以缒徽"及"子去矣时若发机"，又如《陆浑山火》之"溺厥邑囚之昆仑"及"虽欲悔舌不可扪"。这些地方的确是不遵守诗句的成规的。

他的诗近体不如古体，五言不及七言。

他对于文学的主张，可见他与李翱书[1]，大抵很注意于"惟陈言之务去"一点。他很推崇他的同时人善为"涩体"的樊宗师。这位先生死后的墓志，就是退之的大笔。"不蹈袭前人一句[2]，何其难也！"这是那篇文章中的警句。可惜樊氏虽能不蹈袭前人一句，而故意作来令人不懂，所以他生前所作诗文在一千首以外，流传到而今的只有两篇文一首诗，而且令后世的人注来注去还是读不清楚。元代的陶宗仪、清代的孙之𫘦，算是勉强把句子点断了。这种"涩体"真可算是"矫枉过正"的成绩了。

在没有往下讲以前，且把中唐的几个著名的文人的生卒年月列表于下，以资比较。

人名	生年	卒年	年岁
孟郊	天宝十载（七五一）	元和九年（八一四）	六十四
韩愈	大历三年（七六八）	长庆四年（八二四）	五十七
白居易	大历七年（七七二）	会昌六年（八四六）	七十五
刘禹锡	大历七年（七七二）	会昌二年（八四二）	七十一
柳宗元	大历八年（七七三）	元和十四年（八一九）	四十七
元稹	大历十四年（七七九）	太和五年（八三一）	五十三
贾岛	大历十四年（七七九）	会昌三年（八四三）	六十四
李贺	贞元六年（七九〇）	元和十一年（八一六）	二十七

---

[1] 此处所指应为《答李翊书》。

[2] 一句，应为"一言一句"。

从上表看来，以孟郊的年岁为最早。长寿的有白居易，活了七十五岁。短命的有李贺，只活了二十七岁。

韩愈在当时极倾倒孟郊，而元和之诗风，实自孟郊始变。

孟郊

孟东野虽然活六十四岁，但是穷一辈子，下第，再下第，到五十岁以后才登进士，并未得到高官显爵。当他的晚年，儿子又死掉了，他的确是一个家苦而孤独的诗人。他的性情，他的境遇，都逼他走到刻苦惨凄的道路上去，如他《赠崔纯亮诗》："食荠肠亦苦，强歌声无欢。出门即有碍，谁谓天地宽。"真是活活画出一个愁云暗淡的苦吟诗人的形态。又如《秋怀诗》："孤骨夜难卧，吟虫相唧唧。老泣无涕洟，秋露为滴沥。去壮暂如剪，来衰纷似织。"无怪乎后来的人都怕读他这种惨颜无欢的哀鸣语呢。

究竟这位诗人的才气很大，他不仅工于苦吟，而且有时出语的气象却非常之阔大，如《游终南山诗》"南山塞天地，日月石上生"，《赠郑夫子鲂》"天地入胸臆，吁嗟生风雷。文章得其微，物象由我裁"等句，胸怀又是何等的宽宏！真是与穷愁的孟郊几不相类。但在后世诗人，固然有尊重他的，也有不满意他的，如苏东坡以寒虫比他的风度，以小鱼及蜇虬比他的品格，元好问又给他加上"诗囚"的绰号。这由于他们的遭遇及工力各不相同，所以大家不一定能互相了解。

再者，韩愈乃当时文宗，一代诗豪，何以偏偏颂扬他到极处，竟有"我愿化为云，东野化为龙"等句，这实在是因为孟郊的奇险，实开前代未有之创局，不仅是能改变唐代的诗风，而且是一个认真做诗的人，看他《吊卢殷》诗中的两句话"有文死更香，无文生亦腥"，可见他的意旨之所在。

至于像他一般狭隘的胸怀与穷苦的境遇，而诗的风格又颇相仿佛的，在汉则有郦炎与赵壹，在魏又有程晓，以后诗人之学东野的，有北宋的王令（有《广陵集》）及南宋之谢翱（有《晞发集》），在元和同时诗人中，与孟郊相近者，尚有柳宗元。柳诗中也有幽怨苦楚，与孟东野抱同病之处，而且他们又同是有学谢灵运的地方，尤其是关于诗的色泽一方面。东野学到谢的烹炼词采，子厚学到谢的藻绘山水。

柳宗元

再谈柳子厚吧。他是此期中山水文学之代表者，而他的渊源，乃出于六朝。

谈到六朝的山水文学，诗则推大、小二谢，文则有郦道元。郦道元的《水经注》有些地方简直是散文诗，但柳子厚则能兼而有之。

大谢的描写山水的诗，不仅内容富丽，即诗题亦颇费功夫。柳子厚更学到大谢工于制题这一点。柳诗的题目佳妙的很多，随便举几个，如《湘水馆二水所会①》《登蒲州石矶望横江口，潭岛深回，斜对零陵山②》，以及《中夜起望西园，值月上》，老实说，莫说以上所举的几首诗的内容本来不坏，就是这些题目的本身已经充溢了葱郁的诗意呵！

以后到了宋人，只有姜夔的词题制来颇为精妙，可说是由谢与柳传下的。

---

① 湘水馆，应为"湘口馆潇湘"。
② 回，应为"迴"。零陵，应为"香零"。

卢仝与刘叉

唐代的诗人数目极多，无论什么派别都有。讲到怪僻的作家不得不推卢仝与刘叉，他们都长于杂言，而带有一种特殊风格的。

刘叉的诗，到而今的只有《冰柱》及《雪车》两首，但只要这两首，已足以充分表现这位怪僻诗人之打破从前一切拘忌而畅所欲言呢。

卢仝的诗，完全收在《玉川先生集》内。他有一首极著名的《月蚀诗》。这首诗的背景，是当时宦寺之乱，稍后有韩愈的《效玉川子月蚀诗》，到宋代欧阳修又作《鬼车诗》，都是极力摹仿他，但是兴趣索然。惟有明代刘基作的《二鬼诗》，还能仿佛得到他的好处。又有王令学到他的五言的一部分，此外十分注意他的人并不多。但他却不因注意他的人少，而减少他的真价。

至于玉川子诗的来源，倒也别致。他不肯去摹仿前代鼎鼎大名的诗人的风格。而另外去学汉代童谣及铙歌等类。他的诗取材的地方也极广，即如《汉书》中的《天文志》，一大部分都被他采用在他做的《月蚀诗》内。

因为他太怪僻了，后来许多以大家自居的诗人，对于他这种"舍正路而不由"的态度，是不大以为然的，且引元遗山论诗的诗，以见一般："万古文章有坦途，纵横谁似玉川卢？真书不入今人眼，儿辈从教鬼画符。"

张籍与贾岛

唐代诗人擅长于五律的约分两派，第一是杜甫的一派，气象磅礴，到宋以后占有极大势力，然而当时却不大兴盛。其次，就是张籍、贾岛的一派，就人人眼中所有，而人人口中所不能道的写出。要想把平常的题材写得出奇，所以不得不借重于苦吟。

张籍在当时，他的乐府诗也很有名。即最善于作此类诗的白居易，都很佩服他呢。"张公何为者？业文三十春，尤工乐府词，举世少其伦。"这是白乐天读文昌诗时的赞语。他不但长于乐府，五律也做得很好。看去似觉平淡，实在是从平常一般人所不经意的处所挑剔出来的，所以难能而可贵。

至于贾岛作诗，更较刻苦。后来讲做诗叫做"推敲"，就是由于他因为一句"僧推月下门"或"僧敲月下门"而惊动了韩愈的大驾的故事而来。他更由韩愈之提奖而还俗。他所做的关于咏和尚的诗尤其特别的好，如写火化和尚时，有两句是"写留行道影，焚却坐禅身"，又有送和尚还山的诗，为"独行潭底影，数息树边身"，下有夹行小注说："二句三年得，一吟双泪流。世人如不赏，归卧故山秋。"于此正可以证明他的苦吟之一般。

从张、贾二人以后，唐代诗人作五律的几无有能出二人范围以外的。晚唐诗人一派学张，一派学贾，此种势力，到清代尚盛，如乾隆年间有高密李怀民、李宪乔专门学张、贾的五律，竟成了高密诗派。怀民所作的《中晚唐诗主客图》对于此派源委，分列颇为详审，此图引在下面：

张籍　清真雅正主
　　　上入室　朱庆馀
　　　　　入室　王建　于鹄
　　　　　　　升堂　项斯　许浑　司空曙　姚合

及门　赵嘏　顾非熊　任翻　刘得仁

郑巢　李咸用　章孝标

贾岛　清奇僻苦主

上入室　李洞

入室　周贺　喻凫　曹松　崔涂

升堂　马戴　裴说　许棠　唐求

及门　张祜　郑谷　方干　于邺　林宽

以上将《主客图》中人物胪列出来。可惜此书流传不广，刻本很难得。后来谈到此书的，有吴振棫在他的《养吉斋余录》载有此种掌故，再有杨钟羲在《雪桥诗话》上曾有批评。这是由于高密派首领当时只作客于桂林李松浦家（有《韦庐诗集》有《二李评语》），与外边隔绝，故知道此派的人绝少。可是李氏兄弟之说，也不一定是创见，却受了明代杨慎《艺林伐山》中所说的影响。

此外学贾岛而最肖者，在南宋有永嘉四灵（赵灵秀、翁灵舒、徐灵晖、徐灵渊），到清末有释寄禅号八指头陀者，明代人倒少有学他的。

李贺

他是唐代一位极聪慧的诗人，同时又是一位短命的诗人。太白既被人称为诗中仙才，而长吉乃被人称为诗中鬼才。他的诗格极幽细，七言比五言好，古体比今体长。他又善为乐府诗，但不比白居易、张籍，用此种体制来诉民间疾苦。他的乐府诗，却是从齐、梁的宫体学来而改变面貌的。他的诗又很得力于《楚辞》，故虽为宫体而不流入于浮艳。到了晚唐，有李群玉

346

学他。李商隐、温飞卿也学他。到宋代的词人，多少都与他有点关系。

王建

王建，字仲初，被人称为宫词之祖，以七绝诗描写宫闱琐碎之事，计一百首。其后王涯又继之为《宫词》，还有曹唐的《游仙诗》、胡曾的《咏史诗》，都各有一百首之多。后代最精于此体者，为清初之厉鹗及清末之饶智元。前者有《南宋杂事诗》，后者有《十国杂事诗》流行于世。

以上叙述元和之诗已完，再叙其散文。

元和之文——韩愈

元和时代之文，也如此时之诗一样，通通是以变化为原则的。韩愈在当时大作他的"古文"运动。

自来散文之派别，不外二种，一属于理致，例如周、秦诸子之文，其用在说明义理，本非为文而作文；再属于词采，例如六朝人之文。自魏晋以后，文笔之界，分别甚严，凡为文者均以文为主而略于笔，但不幸到了元和时代，文笔的界限，实已漫漶不可再分。若以晋后文笔的界说去衡量当时韩、柳的作品，他们所作的是笔而非文。单看他同时人的理论，便可知道。如刘禹锡祭韩愈文中有句说："子长在笔，余长在论。"稍后杜牧的诗也说道："杜诗韩笔愁来读，似倩麻姑痒处搔。"可见唐时人是不承认韩愈的作品为文的。在后晋刘昫作《旧唐书》一百六十卷上，才开始用"韩文"的名称。北宋苏轼作《潮州韩文公庙碑》称他的"文起八代之衰"。老实说，以纯粹文学的眼光来看，魏、晋、六朝的文学并未衰，到韩愈起而改革以后，倒真的把文弄衰了。但他虽未必能起八代之衰，却能变八代之貌，因为从韩愈以后，把四部书中的子集合糅起来，以集之文，发子之理，有时子的成分更多，把文学的界限弄到混然无存，于是文学的独立性质因之而失掉。他又挂起一块卫道的招牌，及其末流，就有一种"文以载道"的主张出来，这乃是韩氏为厉之阶，咎无容辞的。

总之，从元和以后，文之最大趋势即为以笔代文，以集代子。此种运动，实以韩愈为一个大力的斡旋者，但作文用单，并不始于韩愈，不过从他以后，更成为一种风气罢了。用单笔当以《史记》为宗，复笔当以《汉书》为主，由六朝至中唐，可说是《汉书》的时代；自从中唐以后，可以说是《史记》的时代。但是在六朝举世以复笔为风尚之时，其中还有少数人，如北朝之苏绰、南朝之姚察，他们的作品都是"笔"而非"文"。至初唐，陈子昂亦用单笔。盛唐时，又有元结亦用单笔。其后又有独孤及，与他同调的又有萧颖士与李华，由独孤及而梁肃而苏源明，也是使用单笔的。韩退之初年作文，就是学独孤及。与韩同时齐名的有柳宗元，还有李观、刘禹锡、欧阳詹。出于韩的门下的，为李翱与皇甫湜。晚唐则有杜牧、皮日休、刘蜕、孙樵，都是从韩文脱胎而出的。到了唐代以后，学他的更多，甚至以单笔的文跃而为正宗，而作复笔文者乃退为旁支。

韩愈的势力似乎越到后来越见显著。比如人家对于他的批评，《旧唐书》作者与《新唐书》作者就不一样，宋祁作《新唐书》自然有许多材料是根据刘昫的《旧唐书》而来的。刘氏对于退之尚有褒有贬，但是到了宋祁的手里，把贬他的话一齐都删去，而尽变为褒词了。

《旧唐书》说韩愈"常以为自魏、晋以还，为文者多拘偶对，而经诰之指归，迁、雄之气格，不复振起矣。故愈所为文务反近体，抒意立言，自成一家新语……世称韩文"。

《新唐书·韩愈传》赞曰："自贞元、元和间，愈遂以六经之文为诸儒倡。然愈自视司马迁、扬雄至班固以下，不论也。"又说："其道自比孟轲，以荀况、扬雄为未醇。"从以上所引的两段话中可以看出韩愈的几点：

一、他以孟子自居，隐然以承继道统之人物自命，尤其是他的辟佛之无理取闹，也正与孟子之距杨、墨之无端谩骂一样。这是他文章的内容。

二、他又隐以司马迁自比。西汉以后的文人，他一个也瞧不起。所以他作文好用单笔，除句调参差以外，颇注重于文之气势。他论文气颇有精到之处。又文中琢句炼字的地方，颇得力于扬雄，这是他文章的形式。

其实韩愈的文章对于后世的影响极大，是无容讳言的。但论到他的思想，却是非常之浅薄。他虽挂起招牌拥护孔孟，可是品行也多可笑，很爱赌博。他教训他的儿子，不过只有升官发财的思想。辟佛而晚年又专门与和尚往来，辟老而晚年颇信服食之说，竟吞硫黄而死。像这种言行矛盾、思想浅浮的文人，充其量能继道统，也不过如此而已。

讲到读书，柳宗元实比韩愈为精，如《辨鹖冠子》《读列子》等作，开后世辨伪之风气，较之韩愈之《读荀子》《墨子》等篇之空空洞洞说几句话的不同。至于子厚的文学的来源，乃学《楚辞》而兼之以诸子，与退之之专门开口孟轲、闭口扬雄的不相类。清代方苞极推尊韩文，而对于柳文尚有不满之处，也可以见二人文学之异趣。但他二人对于小学均有相当之研究，故文中涉及训诂处颇精，至于宋后之学古文者，不过只剩得一副空架子罢了。

附单笔复笔兴替表。

单笔派：

群经诸子、迁、扬——苏绰、姚察——陈子昂、王绩——元德秀、独孤及——苏源明、梁肃——中唐诸子——杜牧、孙樵、刘蜕、陆龟蒙、皮日休——元祐诸子——至此而盛

复笔派：

《楚辞》、《汉书》、选学——魏、晋、六朝——初唐（四杰）——盛唐苏颋、张说——晚唐温庭筠、李商隐、段成式——宋初（西昆体）——至此而断

（三）长庆之诗文

长庆是唐穆宗的年号，这一期的文人大半是与韩、柳生于同时。他们所以不归入元和而算在长庆期内，一则因为他们比较元和诸公死得更迟，二则因为他们的集子是在长庆年间编成的，所以这期的两个代表作者，如元稹有《元氏长庆集》，白居易也有《白氏长庆集》。

元、白虽说与韩、柳生当同时，但元和与长庆的诗风完全不同。元和诸公如韩愈、樊宗师等所作的诗文，惟恐被别人知道，故处处故意要别人难懂。但到长庆时的元白作起诗来，惟恐人家不懂，所以白居易的诗竟有老妪都解的传说。到宋代，苏东坡批评他二人为"元轻白俗"，也无非是嫌他们的诗太容易了解的缘故。而且到了此时，元、白对于作诗的观念，不惟与元和诸公所怀抱的不同，更与从前许多作诗的宗旨相反。自来诗人，大半是

用诗以发抒自己的情感，如《史记》所说的："《诗》三百篇，大抵皆圣贤发愤而作。"[①]即相传的诗必穷愁而后工，总是表明诗是为自己而作成的。换言之，作诗即是诗人的目的。可说这是从汉、魏起直至元和所有的诗人所抱的极普遍的观念。但到了元、白，这个观念完全改变了。他们并不以作诗为目的，而却以作诗为手段，可说他们正是受了相传的子夏所作的《诗大序》上的话"上以风化下，下以风刺上"，及"主文而谲谏，言之者无罪，闻之者足以戒"的影响。其实三百篇作者的本意是否如此，尚属疑问，不过从汉代的经师的眼光中看来，这种讲法几成铁案。总之，这派人的意见总可以代表诗是为人而作的这种意见，这点是他们显然与元和诸人不同之处，可说韩愈是将子部与集部合而为诗，白居易则混同经师与文人的观念而为诗。他对于文学的具体主张，在他与元九（稹）的书，可以完全看出。（见《旧唐书》一百六十六卷及《白氏长庆集》）最重要的两句话就是："文章合为时而著，诗歌合为事而作[②]。"由此观念出发，所以他极推重有比兴的诗，谓"诗为六经之首"。他说自汉至唐诗道中绝，对于唐代极大诗人李白也不见得满意，对于杜工部不过取他的合乎为时为事而作的一部分，如三吏（《潼关吏》《新安吏》《石壕吏》），三别（《新婚别》《无家别》《垂老别》），《塞芦子》《留花门》，又最赏识老杜的"朱门酒肉臭，路有冻死骨"等句子。他又觉得从前人专门爱用诗以炫耀他们自己的学问，所以用了许多险字奇句，故意叫人不懂。诗的功

---

① 《史记》原句为："《诗》三百篇，大抵贤圣发愤之所为作也。"
② 诗歌，应为"歌诗"。

用既是用来感化别人，自然要使懂得的人越多越好，故诗中所用的字，必令一般人都能了解。当时完全能了解他同情他的人，最著者有元稹，其次为邓鲂，为唐衢。看他《赠唐生诗》有"不能发声哭，但作乐府诗"。唐生对于时事愤嫉而大哭，但他却是以诗代哭。他又说他的当哭之诗，乃是"篇篇无空文，句句必尽规，功高虞人箴，痛甚骚人辞。非求宫律高，不务文字奇，惟歌生民病，愿得天子知。不得天子知，甘受时人嗤"。我们看了他的《与元九书》，可以知道他作诗的理论。读了这篇《与唐生诗》，又可以知道他的作诗的方法。是非求格律高，不务文字奇，一方面又代替下层社会的苦人说话，一方面又容易使人懂得。无怪乎当时得名之盛，"二十年间，禁省观寺邮候墙壁之上，无不书，王公妾妇牛童马走之口，无不道。至于缮写模勒，衒卖于市井，或持以交酒著者，处处皆是"，甚至于鸡林贾人专门到中国来贩买他的诗呢。

他的诗在当时的势力如此之大，同时所遭大人先生之忌刻亦不小。因为他代替困苦的小百姓说话，有时不得不伤犯执政的官人的面子，因此得罪了当时许多有权势的贵人，所以白氏的官运并不亨通，连遭几次的贬谪，反叫他有机会去游历忠州、江州、杭州等地。及至到了晚年壮气消磨，颓然自废，天天只知吃酒看花，决不再歌民生的痛苦，学学明哲保身之训，而改作闲适一类的为己而作的诗了。

与白氏同调而且与他实际合作的诗人，当然推元稹，可惜此君早死。最先是元、白齐名，到后来又有刘禹锡起而继之，世人称为刘、白。关于讽刺类的新乐府，白氏所作的共五十篇，而元氏的乐府十三篇，即与白氏的同名，为：一、《上阳白发人》；二、《华原磬》；三、《五弦弹》；四、《西凉伎》；五、《法曲》；六、《驯犀》；七、《立部伎》；八、《骠国乐》；九、《胡旋女》；十、《蛮子朝》；十一、《缚戎人》；十二、《阴山道》；十三、《八骏图》。从以上的题目看来，可见他们是同用一种题材，是抱同样的目的而作的。这派讽刺诗影响到后来的力量很不小。后来专门学此派诗而著有成绩的人，有元代的王冕（元章）的《竹斋集》（邵武徐氏丛书），清代的金和（亚匏）的《秋蟪吟馆集》，及与金和同时之杨后（柳门）所作的《混江龙》等词。

　　元白的诗影响及于后代的，除了他们有意所作的讽刺诗以外，还有一种纪事诗，如白居易之《长恨歌》，元稹之《连昌宫词》及《望云骓》，到后来的势力也很大。因为此类诗在元、白以前也是不大发达的。略将长庆以前的有名的纪事诗依代列举，如：（一）汉辛延年之《羽林郎》叙霍光家奴冯子都事迹；（二）《陌上桑》叙罗敷辞使君事；（三）《孔雀东南飞》之一千七百八十五字，写焦仲卿与其妻兰芝的悲剧；（四）魏左延年与晋傅玄之同写女侠秦女休之故事，而为《秦女休行》；（五）《木兰辞》，述梁师都部下木兰女之事实。到了唐代又有：（六）卢照邻之《长安古意》；（七）骆宾王之《帝京篇》及《咏怀》；（八）崔颢之《江畔老人愁》与《邯郸宫人怨》；（九）杜甫之《三吏》《三别》《丽人行》等篇。一直传至元、白，更能发扬而光大之，如白之《长恨歌》记太真生前及死记后艳迹；元之《连昌宫词》由一座宫殿而感到沧桑之变，《望云骓》从一马而看出唐代的兴亡大事。元、白二人此类作品最得力于《孔雀东南飞》，不过改五言为七言罢了。因为用诗纪事之风一开，文人同时可以代替史家，而经师又可以合于文人。此后到了晚唐，郑嵎有《津阳门行》，以一千四百字述唐明皇之华清宫门，可以觇当时之盛衰。至于用这类诗以专描写一个人的，有李绅、杨巨源之《崔莺莺歌》，司空图之《冯燕歌》，到了韦庄的《秦妇吟》，可以看到黄巢当时扰乱的情形："内库烧为锦绣灰，天街踏尽公卿骨。"此派诗到明末又演变为吴伟业之《陈圆圆曲》及《永和宫词》，可由吴三桂的爱姬及崇祯帝的田妃事迹中看出明末将亡的景象。到了清代中叶，陈文述（云伯）的《碧城仙馆集》中颇多此种作品。清末有王闿运（壬秋）的《圆明园词》，从他的自注本中，可以得到清代当时外侮内忧的缩形。近来有王国维（静安）之《颐和园词》，亦可觇清末政变先后之迹象。总之，此诗的两种特点，一是长篇，二是通俗。所以到了明代竟化身成为弹词，最著的如杨升庵之《廿一史弹词》及明末人的《天雨花》之类。但明、清的许多文人所做的纪事诗，篇幅虽然仍是长的，但通俗一层，绝不顾及，反而炫才逞博，堆了许多故典及词藻。谈到这里，我们更不能不佩服元、白二公才气之大，所以颇能以白描见长呵。

元白与小说

中国的小说起源本来很早，但从来未被人重视，因为一般文人并不把做小说当作一件正经事干。到了唐代始有专门作小说的文人出现，而且小说起源于神话，上古的神话与小说每难分别，如《山海经》中与《天问篇》中之种种神话与传说。到汉、魏遗留至今的小说，多半是稍后的文人伪造，不定据为史料。截至唐代以前，一切号称、或真的是汉魏六朝之小说，总不脱灵奇与鬼怪两个特点，到唐代始有人注重于人事之描写。照流传到今日的唐代小说看来，和从前不同的略有数点：

一、短篇。如宋时章回小说《宣和遗事》之类，此时绝无。

二、文言。词采秾丽，不以白描见长，如宋代之诨词小说，此时亦无有。

三、内容。第一是虚构，创造若干非世间的人物，如中唐李朝威之《柳毅传》。第二是缘饰，故意张大其词，如杜光庭之《虬髯客传》，但此中有一公同的特点，即是以人物为中心。

我们今日尚能得见此等小说，全靠有北宋人所修的《太平广记》五百卷。以下所引的即根据《太平广记》的卷数。

在讲元白时与小说相提并论，却有两个缘故。一是中唐的几个有名的小说家，不是元白之兄弟，即为二人之至友，如白行简为居易之弟，元稹、陈鸿均为居易之友。其次是元白一派所作纪事诗，颇有与当时作小说的同用一题材，如白居易有《长恨歌》，陈鸿即有《长恨歌传》，元稹有《会真记》（《太平广记》作《崔莺莺传》），而杨巨源有《崔娘诗》、李绅有《莺莺曲》。

现在且把唐初至元和的小说，列一简目，并注明见于《太平广记》之卷数以便翻阅，也可以窥见唐代小说是到中唐才盛行的。

隋唐间　王度《古镜记》（见第二百三十卷）

唐初　江总《补白猿传》（见第四百四十四卷）

武周　张鷟《游仙窟》（今从日本抄回）

大历、贞元　沈既济《枕中记》（见第八十二卷）、《任氏传》（见第四百五十二卷）

　元和　沈亚之《湘中怨》《异梦录》《秦梦记》（见第二百八十三至二百九十六卷）

陈鸿《长恨歌传》（见第四百八十六卷）、《东城老父传》（见第四百八十五卷）

白行简《李娃传》（见第四百八十四卷）、《三梦记》（见《说郛》第四卷）

元稹《莺莺传》（见第四百八十八卷）

李公佐《南柯太守记》（见第四百七十五卷）、《谢小娥传》（见四百九十一卷）、《庐江冯妪》（见三百四十三卷）、《李汤》（见第四百六十七卷）

唐代小说之分类

关于小说之分类法，起源甚迟。因为当时人只知道提笔就写，替他们分类的，始于明人。罗列数说如下：

一、胡应麟之六分法（见《少室山房笔丛》九流绪论下二十九卷）

　　1.志怪　《搜神记》

　　2.传奇　《崔莺莺传》

　　3.杂录　《世说新语》

　　4.丛谈　《容斋随笔》

　　5.辨订　《资暇录》

　　6.箴规　《颜氏家训》

由以上看来，可见胡氏对于小说二字观念之复杂。前三类尚是小说，后三类似不应列入，且所引例，也不限于唐人作品。不过因为是最先为小说分类的一人，故先引及之。

二、《四库提要》之三分法

1. 叙述杂事　《世说新语》
2. 记录异闻　《山海经》
3. 缀录琐语　《酉阳杂俎》

三、日本盐谷温之四分法（见《支那文学概论》中）

1. 别传　《东城老父传》《李林甫别传》《高力士传》
2. 剑侠　《虬髯客传》《红线传》
3. 艳情　《游仙窟》《霍小玉传》《李娃传》《会真记》
4. 神怪　《柳毅传》《非烟传》《南柯记》《枕中记》

唐代小说，自元、白以后，何以竟至如此之兴盛，据日人铃木虎雄之解释，以为由唐之小说盛而演成叙事诗。其实我们的推测，正同他相反。就是到了此时，各种诗体均已作完，诗之地步臻于极境，乃在诗国以外另觅一个发展的园地。将诗的涵义用散文的体裁写出，于是乃由诗而变为小说。我们用这种解释说明唐代小说兴盛之故，想来不致大错吧。

第四期　晚唐文学

从宣宗大中以后直到唐末，这段时期姑且定之为晚唐。我们可用对待中唐文学的眼光移来看这几十年的作品，大概不错。因为此时诗人文人的态度，均以对于元和、长庆诸公的向背而分他的派别，他们对于中唐作者，不是附和，即是反对，诗文至此，不过唐代之尾声而已。

以文而论，中唐韩退之等化复为单，而此时学他的有孙樵、刘蜕、皮日休、陆龟蒙等人。杜牧虽未直接学韩而气势颇相近。但同时又有一般专门作骈四俪六的复笔文章的，有号称"三十六体"之李义山、温飞卿、段柯古，他们又显然是与退之背道而驰的。

至于诗，前人每以中晚唐并举，这实由于此时的诗人都逃不出中唐诸家之范围。且诗至此已成强弩之末，近体纷起，而作古体者绝少。要把他们分成数派颇不容易，现在仍旧以他们对于元和、长庆诸公向背的态度，而勉强分之如下：

（一）功利派

这派均属《主客图》中人物，从前早已讲过。他们作诗颇以格律为重，大半都长于作五律的近体诗。此派以清奇僻涩为工。尤其是贾岛，他死得很晚，晚唐诗人均与他相见。又因科举试律之故，遂刻意讲求。晚唐人热心于科第，较从前更甚。试举刘得仁的诗为例，他说："外族帝皇是[①]，中朝亲故稀。翻令浮议者，不许九霄飞。"

后来栖白和尚做了一首诗吊他，道："思苦有诗身到此[②]，冰魂雪魄已难招。直教桂子落坟上，生得一枝冤始销。"

其他如李山甫因举选士不第，跑去帮藩镇为乱。又如许棠老而始第，他快活异常，自己说登第后筋骨轻健，比少年更好，成名乃孤进之还丹。又如罗隐因不第，投奔吴越钱镠，其后南唐使者至吴越，钱问识罗隐否，答以不知，钱甚以为怪，使者回答说："只因金榜无名，所以不知。"那时又有投卷之风，又如李昌符专做婢仆诗，因而成名。当时的诗人对于科举之眼红如此，所以无怪乎张、贾诗之流行，而诗风之不振呵。此外，与张、贾立于反对地位的有：

---

① 皇，应为"王"。
② 有，应为"为"。

（二）词华派

（甲）杜牧。他的《樊川集》完全保存至今，晚唐诗人中他很负盛名，人每以二杜并称，号杜甫为大杜，而牧之为小杜。他的诗词采华艳，当时有一位善于五律学贾岛的诗人喻凫，以诗见杜牧，他置之不理，凫出语人曰："吾诗无绮罗铅粉，宜其不售也。"从"绮罗铅粉"四字中可以看出他的诗格，又可以看出他与诸家的不同处。他的作品，文有《罪言》，赋有《阿房宫》，诗有《杜秋娘》。他不但不满意于张、贾，亦且不满意于元、白，完全为一无依傍之作家。他虽说词采动人，然而诗文均富有纵横之气，故能华而不缛，决不至于为辞藻所囿。以下再举一派专门以词胜者。

（乙）李商隐、温庭筠。这两位诗人所作，大都不脱宫体之意味。唐诗词采之盛，到温、李可谓登峰造极，直可称他们的诗为宫体之正宗，原出于李长吉。义山的七律颇能学杜，而温则专学长吉，既不同于韩、孟之险怪，复不同于元、白之轻俗，更不甘为张、贾之僻苦，看来满眼都是"绮罗铅粉"，内容不外是闺情怨思，有时诗意不免为词所害，所以解义山《无题诗》的人，宋以后议论纷纭莫定。飞卿虽专学长吉，而加以变化。用比喻来说，长吉之诗如满身珠翠见之于月下者，而飞卿之诗，则如满身珠翠之见于和风暖日中者。总之，他们都富有一种幽光冷艳的风格，不愧为唐诗别派。他们所擅长的诗体均为七古，李之七律较温为佳。此派诗到后来影响颇大，如昭宗时韩偓之专以描写宫闱为对象的《香奁集》，乃学温、李而变本加厉的。（后人有疑此集为五代人假托者，经清人震钧著《香奁集发微》考证诗中之背景，确为致尧所作无疑。）及至北宋初年，西昆体源出于李。两宋词人，亦每每学他，如北宋周清真、南宋吴梦窗均与义山脱不了干系。

此时另有一派诗人，从来不大为人所注意，现在方有人研究及之的，即为皮日休、陆龟蒙。前者是湖北襄阳人，著有《松陵集》。后者为苏州人，著有《笠泽丛书》（"丛书"二字从此始，然与宋后"丛书"之意不同）。二人诗最有关系者，为同居太湖时诗咏太湖周围风景者。说到他们的根本思想，在唐代诗人中最为奇怪。前乎此，王维、白居易好佛，杜甫晚年好道，均不出于哲理之外。而皮、陆的脑子中竟满装着道教思想。他们作品中讲到服食修炼之处极多。此种思想在唐诗人中极为少见，李白稍微有点痕迹。至于他们诗的来源，乃是学韩愈（唐人学韩至皮而止）。最显者的是句调之奇特，如五言每句总是以上二字下三字各为一节，七言乃以上四下三各为一节，至韩退之作诗，五言乃有"淮之水悠悠"，七言乃有"虽欲毁舌不可扪"等句子。此调皮、陆诗中倒可常时见到，如皮日休《缥缈峰》有两句为"恐足蹈海日，疑身凌天风"，简直是以上一下四各为一节了。又如陆之《和寄题玉霄峰》有句云"天台一万八千丈，师在浮云端隐身"，第二句又以上五下二各为一节了。又如陆之《引泉》有句为"余来拜旌戟，诏下之明年"，这第二句实无异于文句。此风亦从唐人开端，以后宋人的变更加厉，皮、陆原出于韩愈，还有其他证据。每个诗人作诗取字，必有一种路径可寻，比如韩诗用字光怪恢伟，乃从汉赋而来。退之志则孟子，文则扬雄，他显然受了子云不少影响。此时皮、陆不惟学到韩的本身为止，反学韩之所学者。如二人所选之字，多取《太玄经》中，那正是从扬雄那里学来的。以后学皮、陆的还是有人，学得最肖的有南唐之陈陶，他的近体诗颇有名。至宋则姜夔五古出于皮，宋末谢翱的五律最善学陆。这派诗人所走的是僻路小径，平常人是不大注意的，所以将他们的源委略加以上的说明。

此外尚有专门学元、白的一派，内中又分旁支数起。

（三）元、白派

甲、讽谏诗。以聂夷中为代表，他长于咏田家的诗，代替不平之农夫呼号。可以说他是唐代之关心于"农民运动"者，此种诗专学白居易之《秦中吟》等诗。

乙、纪事诗。此类不多见，所用诗之形式则为七古，如郑嵎之《津阳门诗》，乃咏华清宫遗事，司空图《冯燕歌》描写当时一侠士，韦庄之《秦妇吟》写黄巢作乱，长安女子被虏事，但此诗早佚，虽吴任臣《十国春秋》亦不载。近世乃从敦煌石室中发现之。此种诗来从白居易之《长恨歌》及元稹之《连昌宫词》。它的特点是诗而兼史，且为长篇，兼咏一中心人物，与西洋之史诗略略相似。

丙、通俗诗。此种诗绝对不避俗字俗句，求老妪能解。以罗、杜最擅此道，唐末"三罗"齐名，即罗隐、罗虬、罗邺，此处指罗隐，杜乃杜荀鹤。此派诗最新浅易读。

此外还有一派，乃宫词之变体。自中唐王建作《宫词》，同时有王涯亦能。其后曹唐《游仙》、胡曾《咏史》及罗虬《比红》及以后之和凝《宫词》与花蕊夫人之《宫词》，皆为其流裔，乃由"附庸蔚为大国"了。

唐　词

　　唐代的诗人最多，唐代的诗风最盛，而唐代的各种诗体都美备。到了晚唐，几乎再也作不出更好的诗出来，于是乎有一种应运而生以代替诗之位置的新文体产生，这就是词。

　　诗与词不同的地方，就形式言，词为长短句，而句有固定句法；其次，是古诗不能歌唱，乐府诗却可入乐。唐及五代的词，更替代了乐府的地位，都是可以"被之管弦"。（词至宋以后，也不能歌唱了。）

　　若照以上所举两个标准，即长短句之能唱者以评衡古句，则词之起源颇不始于唐代。六朝人诗之近于此体裁者，最著的为鲍照之《梅花落》《夜坐吟》、梁武帝之《江南弄》《春晴》、陶宏景之《寒夜怨》、徐勉之《迎客》《送客》、王筠之《楚妃吟》、徐陵之《长相思》，所以毛西河以词托始于宋代，这话大致可信。且举鲍照之《梅花落》如次：

　　　　中庭多杂树，偏为梅咨嗟。问君何独然？念其霜中能作花，露中能作实。摇荡春风媚春日，念尔零落逐寒风，徒有霜华无霜质。

　　到了隋代，此类长短句之诗渐多，盛唐以下更不少。平常人谈到最早的唐词，而又最为人所传诵者，莫不举李太白之《菩萨蛮》及《忆秦娥》二首。这两首词做得极好，但是否出于李白之手，实属疑问。比如五言诗托始于苏、李，那诗倒也做得不差，但不是苏、李所做的。最初怀疑李词的人是胡应麟，他说李白不屑为此，又谓此词虽工丽而衰飒，详其意调，绝类温方城所作。胡氏的话，约略可信，因为此词的风格很像温飞卿。再则《菩萨蛮》调子是中唐以后才出的，而飞卿又以善做《菩萨蛮》著名。

太白为盛唐人，若谓盛唐无可信之词，则又不可。最显明的如唐明皇之《好时光》，其词如下：

宝髻偏宜宫样，莲脸嫩，体红香。眉黛不须张敞画，天教入鬓长。　莫倚倾国貌，嫁取个，有情郎。彼此当年少，莫负好时光。

到了中唐以下词体便渐渐加多，如张志和之《渔歌子》，以后如白居易之《江南好》、刘禹锡之《潇湘神》，都是极负盛名的长短句。

词体既盛于中唐，而讲词的每以晚唐为词之正式成立时代，这由于晚唐以前无专门的词人。以数量而论，不过每人有几首作为诗的附庸的小词，专以作词成家，复有词的专集的，不得不推晚唐。讲到千古词人之祖，自然要落在温庭筠的头上来了。他的相貌极丑，外号温钟馗，然而他的词正与他的容貌成反比例。他的词集，自宋以后见于著录的，有《金荃集》与《握兰集》，可惜后来竟散失了。二集现在虽不得见，幸而赵崇祚所编的《花间集》倒保存了六十六首温词。（今人朱古微先生所刻《彊村丛书》中收《金奁集》题温飞卿作。但过细看来，其中竟杂有韦庄、张泌、欧阳炯诸人之词在内，此集恐非原来之书。）温庭筠的词，最有名的为《菩萨蛮》与《更漏子》，其实皆为宫体之流变。自从飞卿以后，唐代的词人渐多，如皇甫松（子奇）、韩偓（致尧）与张曙（阿灰），各人都有相当的成就。

词体究竟从何而来？从宋后人所称的"诗余"的名字看来，

词乃由诗蜕变而成，这是无足讳言的，尤其是从乐府变来。乐府诗之所以异于古诗，是一面有词，一面又有声，其中又夹有有声无词之"泛声"（或谓之"合声"）。其后将泛声填以实字，乃成为词。可见词之成立，乃将乐府中文字之范围宽放，更进而侵占之一部分。大抵泛声填成实字之日，即词体正式成立之时。这话从前有朱熹及沈括都已说过，大概可信。

唐及五代之词多系小令。北宋时慢词方才发生，何以唐代小令独盛？这就可以用词本由绝句变来去解释。现在考最初的词，非由五绝变成，即由七绝变成，痕迹甚为显然，如《南歌子》与《生查子》即由五绝变成，至于由七绝变成的，就有白居易的《忆江南》及刘禹锡的《潇湘神》及诸人之《浣溪沙》，又如《浪淘沙》之名起于刘禹锡，纯为七绝诗，至李后主就把它变成词调。可见最初之词，乃将五七绝增减而成，这也是不可磨灭的事实。

唐代文学批评

从前曾经说过，每当文学极盛时代，批评之风亦极发达。如齐梁文学茂美，同时产生《文心雕龙》和《诗品》两种不朽的批评名著。假若用这个例子去推测唐朝批评界的情形，几乎适得其反。唐代的诗文如日中天，而论文之著作，竟寥若晨星。所以后人都说，唐人只知作诗，而宋人才专门出来替唐人作诗话，不过这层还需考虑。我们不能因为唐代的文学批评著作流传于现在的绝少，就贸贸然断定唐人文学批评之风不盛。如谓不然，请翻开《新唐书·艺文志》总集之末所排列的唐代论文专书，便可知唐代论诗者纷纷不少，其目如次：

李嗣真《诗品》一卷。王昌龄《诗格》二卷。元兢、宋约《诗格》一卷。昼公《诗式》五卷，又《诗平》三卷。王起《大中新行诗格》一卷。姚合《诗例》一卷。贾岛《诗格》一卷。炙毂子《诗格》一卷。元兢《古今诗人秀句》二卷。李洞《集贾岛句图》一卷。张仲素《赋枢》三卷。范传正《赋诀》一卷。浩虚舟《赋门》一卷。倪宥《文章龟鉴》一卷。刘蓬《应求类》二卷。孙郃《文格》一卷。

以上共计文家十六人，书十七种。其中虽有几部不免带有讲文法的色彩，然总可算具体而微的批评之作。现在我们见得到的，只有昼公（即释皎然）的《诗式》一种了。而此仅存之一部唐人论文著作，远不及《文心》与《诗品》，他徒谆谆在形式上去讲求，殊不知唐诗之妙处，并不是只靠形式的。

假使要编一部中国文学批评史，各朝均容易收辑材料，只有唐代较感困难，因为当时论文书籍都未能流传至今。如日本之铃木虎雄著了一部《支那诗论史》，他的次序是从周讲起，到六朝以后便接住明朝讲下去，中间丢了唐、宋六百年间不说，只提了几句。殊不知唐代论文专书，现今虽不可得见，而唐人关于批评文学的意见，散见于各种文体中的很不少，若肯过细去搜辑起来，材料颇觉丰富。现在略举收集此类材料之途径如下：

一、史论。如《南北史·文苑传》与《隋书·文学传叙》等。因为这几部史书之编纂者均为唐人，可看出初唐文人对于文学批评之意见。

二、诗。如李白之《古风》、杜甫之《偶题》及《戏为六绝句》、韩愈《荐士诗》及白居易《寄唐生》，对于前代及并世人，每有极精到之批评。

三、书札。如韩愈《答李翱书》、柳宗元《与韦中立论师道书》、白居易《与元九书》、司空图《与李生论诗书》。

四、传志。如元稹的《杜工部墓志》、李阳冰的《李白墓志》、韩愈的《孟贞曜志》与《樊绍述志》。

五、集叙。如李汉的《昌黎先生集叙》、杜牧的《李长吉诗集叙》。

六、杂文。如李赞皇的《文章论》、司空图《二十四诗品》。

从以上看来，便知唐人论文，虽无专著流传至今，而此项材料却不少。研究唐代批评文学，最应当着眼的是看他们转变风气的地方。唐代文人一方面结束六朝以前，一方面又开启宋代以后，此朝实为中国古今文学变化之枢纽。

第十一章　五代文学

总　论

　　五代是中国政治局面最纷扰的一段时期。这一节历史上所称为正统的后梁、后唐、后晋、后汉、后周，虽说经历五个朝代，共计仅有五十四年，平均每代约十年，较之南北朝各代尤为短促。朝代易了五次，而皇帝的姓且换了八次。在欧阳修《新五代史》中，有所谓《杂传》一类的体裁，如冯道等人，皆归入此中。其时只在一姓的皇帝治下做臣子的仅有三人。除了后唐在洛阳定都外，其余皆以汴梁为都会。虽说代表中原，但并没有一个很有大力的人平定各地的纷扰，同时又有十国分布在各地，如前蜀王建、后蜀孟知祥、吴杨行密、南唐李昇、北汉刘崇、南汉刘隐、吴越钱镠、荆南高季兴、楚马殷、闽王审知，虽说欧阳修作《五代史》，以五代为本纪，十国为世家，但五代的君王不是武人，便是异族，对于文学一道，多是门外汉。所以在他们本部并无文学之可言，一般文人均散处于十国，不在蜀即在南唐，或在荆楚及吴越。大抵在长江上下游一带。这是一件极凑巧的史迹。每当南北两朝对立之时，文人居住在南方的总占最多数。

五代文学，自当以小词为主，诗文均不能及词。地域的分布，由蜀至江南，而以南唐为大本营。兹将词人分布地域，分列如下：

（1）中原

和凝　自后唐至后周虽为相，仍不废为词人，人称"曲子相公"。

牛希济　自蜀而后唐，由南迁北。

毛文锡　亦由蜀而后唐。（以上见《花间集》）

庾传素　亦由蜀而后唐。（见《尊前集》）

陶穀

（2）十国

韦庄　文词最高。

牛峤

薛昭蕴

魏承班

尹鹗

李珣

以上前蜀（前、后蜀均都成都，不过时间分先后）。

欧阳炯

顾夐

鹿虔扆

阎选

毛熙震

以上后蜀。

孙光宪

以上南平。

张泌

以上南唐（自韦庄以下均见《花间集》。欧阳炯有弟彬，见《尊前集》）。

孙鲂

以上吴。

伊用昌

以上马楚。

冯延巳

成幼文

成彦雄

徐铉

薛九

韩续（歌姬）

以上南唐。

刘侍读

许岷

林楚翘（此三人均见《尊前集》）

十国之中君主与后妃有善为词者：

李存勖，即后唐庄宗。

王衍，即前蜀后主。

孟昶，即后蜀后主。

李璟，即南唐中主。

李煜，即南唐后主。

钱俶，即吴越王。

大周后，李煜之妻。

蜀李昭仪，李珣之妹。

李玉箫，宫人。

花蕊夫人，费氏。

按上表看来，五代词人的分配区域，在长江上游的，以蜀国为中心；而下游则以南唐为中心。但南唐之词人虽多，而在赵崇祚所编的《花间集》中，只收有张泌一家，其余的差不多尽是蜀人。这有两种原因，第一是当时交通很不方便，各地的词，很不容易传流。其次因为赵氏是蜀人，而他所选的更是以蜀人为主体。（清代学《花间集》的有纳兰成德、项承祚、勒方锜、文廷式等人。）然而在无名氏所编的《尊前集》中所选的南唐词人的作品，倒不在少数。以下单举南唐的几个最著名的词人来讲，尤注意在中主、后主。

南唐词人

冯延巳，字正中，扬州人。舞权弄法，极贪官污吏之能事。

但他的词却与之成反比例。他所作的《蝶恋花》词，后来有人又将此词归在《六一先生词集》中，以为缠绵敦厚，非欧阳修不能。又如最著名之《谒金门》，《词综》也以为成幼文所作，但据《南唐书》等断为延巳作品。此首词起句为"风乍起，吹皱一池春水"，中主甚为赏悦，尝戏延巳曰："吹皱一池春水，干卿何事！"延巳答曰："未如陛下的'小楼吹彻玉笙寒'。"中主大悦。

延巳的人品虽遭人訾议，但他的词却有永久之价值。古今每为一般人所不称道的奸邪，文采斐然。最著的如曹操之四言诗、严嵩之《钤山堂集》，及阮大铖之《咏怀堂集》。阮氏之诗，竟可为明代之冠。

南唐二主

南唐二代之君，从文学的观点上去估量他们，真不愧为绝代聪明，绝代才华。二主之中，子尤胜父。

中主姓李，名璟，马令《南唐书》称赞他的"美容止，有文学"。在十岁时，即有诗名。他是一个早熟的天才，可惜他的词流传至今的不过几首，内中以《山花子》一阕"菡萏香销翠叶残，西风愁起绿波间，还与韶光共憔悴，不堪看。细雨梦回鸡塞远，小楼吹彻玉笙寒，多少泪珠何限恨，倚栏杆"为最有名。

李璟的第六个儿子，名煜，字重光的，即为后世词人所最称颂的李后主。他是天下第一等文人，同时又是天下第一等荒唐人。他的艺术与天才，却能向多方面的发展，能写，能画，能文，能诗，又懂佛典，更能填词，差不多什么事都会，只是很不会做皇帝。因为他即位以后，完全不改文人故态，什么国家大事都不在意，仍然每天吃酒做诗，听音乐，或打畋猎。直到宋太祖欲统一中原之时，立志平服江南，招他入朝，却不敢去。于是就惹动曹彬与潘美的征伐，即等宋兵到了江边才开始防御，收集国内军马，总共不过三百匹。可怜这位荒唐的皇帝，不得不做亡国的俘虏了。

有趣的，是他在围困的紧急情形的中间，还得有闲心照平常的态度作词。相传的《临江仙》："樱桃落尽春归去，蝶翻金粉双飞。子规啼月小楼西，玉钩罗幕，惆怅暮烟垂。别巷寂寥人散后，望残烟草低迷。"末了还阙三句，后来经刘延仲补成云："何时重听玉骢嘶，扑帘飞絮，依约梦回时。"又一说这三句并未阙，原文是"炉香闲袅凤凰儿，空持罗带，回首恨依依"，较刘补更近自然。又有一种传说，他被人掳去临行时，尚填有《破阵子》一阕，末句有"教坊犹奏别离歌，挥泪对宫娥"，颇为后代文人所诟病。但"成败不足以论英雄"，尤不可以论文人。而且从文学上说来，后主毕竟是一个成功者。他的生命、名誉及一切，都寄托在他的词中。我们可以说他不善于做皇帝，也可以说他不屑于做皇帝。从古以来，善于做皇帝的人多着呢，哪里赶得上后主还留数十首词光照于天壤之间呢。更进一层说，他的政治上的失败，正是他文学上的成功。只看后主身为南朝天子之时，真是极人间之欢乐繁华，但此时的作品均属讴歌承平，富丽有余而动人不足。及到破城以后，一降而为北地幽囚，在宋代得了一个"违命侯"的滑稽封号。此时又极人间之悲苦寂寞，梦想江南繁华，终日惟以眼泪洗面，甚至一言一动都不得自由。当他七夕生日，奏着"故国不堪回首月明中"的调子，竟遭残鸷阴狠的宋太宗的牵机药的赐与，而客死异国。但后世都忘记了他政治上的失败，对于他的词的成功，无不众口同声赞美。此中议论最妙的，是举晚唐五代词人的三个代表来互相比较①，更为近真。周济所说的，"温庭筠如浓妆艳抹，韦端己如淡妆素服，李重光则乱头粗服，不掩其美"，真的不错。他的词妙在自然，能变粗为细，化刚为柔，不惟为十国词人之冠，后世亦无有能及之者。有时他不仅以词擅长，如他的《相见欢》之"自是人生长恨水长东"，用"自是"二字，似乎给人生下了一个定义一般。末了引近人王静安评后主词的几句很中肯的话如下："词至李后主而眼界始大，感慨遂深。"又说宋道君皇帝《燕山亭》词，略似后主，"然道君不过自道身世之戚，后主则俨有释迦基督担荷人类罪恶之意，其大小固不同矣"！

---

① 是，应为"试"。